博兴历代诗汇

政协博兴县委员会 编

齊鲁書社
·济南·

图书在版编目（CIP）数据

博兴历代诗汇 / 政协博兴县委员会编. -- 济南：齐鲁书社, 2024.1

ISBN 978-7-5333-4799-4

Ⅰ. ①博… Ⅱ. ①政… Ⅲ. ①诗集－中国 Ⅳ. ①I22

中国国家版本馆CIP数据核字(2023)第217277号

策划编辑　刘　强
责任编辑　马安钰
装帧设计　亓旭欣

博兴历代诗汇
BOXING LIDAI SHI HUI
政协博兴县委员会　编

主管单位　山东出版传媒股份有限公司
出版发行　齐鲁书社
社　　址　济南市市中区舜耕路517号
邮　　编　250003
网　　址　www.qlss.com.cn
电子邮箱　qilupress@126.com
营销中心　（0531）82098521　82098519　82098517
印　　刷　山东黄氏印务有限公司
开　　本　720mm × 1020mm　1/16
印　　张　31.5
插　　页　2
字　　数　377千
版　　次　2024年1月第1版
印　　次　2024年1月第1次印刷
标准书号　ISBN 978-7-5333-4799-4
定　　价　268.00元

《博兴历代诗汇》编纂委员会

诗中的故乡

顾　春

近年来，博兴的文史研究成果丰硕，斐然可观！这不，继《博兴通史》和《博兴故事》之后，我又凭几抚案，于嗟叹长吟中捧读张基地老先生主编的另一部力作《博兴历代诗汇》。

或曰，想我华夏旧邦，诗教流风，千年不坠。而远绍诗经，中继李杜，后续桐城，虽名篇锦绣，何止兆亿？至县邑，则华夏之一隅，拟之九州，何啻霄壤？《诗汇》所及又多地方风物，无非寻常故事，其珍若何，恐不能无疑；其贵几许，似可以商量。

是然又非然也。

的确，若于《诗汇》匆匆一过，自可有"草芽随意绿，柳眼向人青"（页 11）、"落木连山动，寒烟与水浮"（页 157）这样的珠林上作，但以"根情，苗言，华声，实义"四义度之，其中的卓尔佳什并不见多，此所谓情理固在，何庸赘言？而若慢来细读，则故城的女墙、笔架的三峰、锦秋的风物、先民的人情，无不跃然而出，扑面而来。

有痛恻民瘼者。如张连登的《丁亥冬行赈博兴诗》："我行博兴野，黄蒿被古道。穷檐午不炊，馁腹焉能饱？皇天有厄运，赤子将无告。慷慨汲长孺，衣亦良所抱。讵是洞民瘼？庶用补淋潦，萧萧白榆风，剥削或可保。"诗中所述，为康熙四十六年前后事，而此时，正值不少史家所公认的康乾盛世。而魏基的《田家苦》则悲荡云水般地摹写了明朝万历年间，博兴百姓的食不果腹、清贫至骨，以及豪门的无情、官家的无道。

有记注人民生产活动者。如尹廷兰的《种棉花歌》：

"贝丘城外多飞沙，人家种棉称种花。日用饮食皆借此，培厥根本无浮华。"看来，早在清朝乾隆年间，家乡百姓就把种棉花称作种花，现今乡人仍称种花，可见其来有自了。从"日用饮食"句来看，百姓种花不仅是为织布自用，还以此换取家庭零碎开销，博兴榨油业（棉籽油）的兴盛一时，也就是自然之事了。

有录述人民生活和风俗者。如陈嘉征的《别博兴父老》："乡里有田宜早种，县中无事勿频来。延宾教子真佳事，依限完粮最乐哉！"从中我们能看到中国古代社会的影子，即耕读以传家，完税又纳粮，不可频告官，有事好商量。而魏儒正所发出的"少年业儒中年医"（页 197）这般人生感喟，则折射了儒医同源的史实。在古时，读书人以科甲为人间正道，而屡试不中者，则有可能因其所学改门从医。这些悬壶者，一般家丰财厚，又多为族人和乡人看病，自然形成了诊病不收钱的传统。

有载记古迹而今不存者。如先祖太仆公顾铎的《退老笔架山》（三则）："退休城湖在博昌，奎山乡老叙衷肠。""陶公寄迹一叶舟，我已退居小湖楼。""平湖细浪云叠影，幽秀小山峰三歧。"此可旁证：至迟在明朝嘉靖年间，笔架山又名奎山；确如史载，顾铎于笔架山附近建了藏书楼；笔架山确有三个山峰。如王保泰的《晨望奎楼有感》（二首）："疏星残月破晓天，起望奎楼犹真然。""奎楼矗立城东南，起摩绛霄映烟岚。"由此可知，至迟至 20 世纪 40 年代，故城东南的奎楼还依然故在。

有映照古代政风者。如顾铎的《赠盖义士》："臬台使者观风来，钱谷不问风俗衰。"臬台为明清时按察司的雅称，按照通常认识，其职责主要为澄清吏治和洗雪冤屈，大致相当于今纪委和公检法司，而钱谷为布政使司职掌，臬台怎么会过问钱谷呢？而在明清史研究中，布按二司与道的关系、道的职级、守巡二道的异同等，一直争议不定。我的浅见是，这里的臬台非省里的按察使，而是驻青州的分巡海防道。由此可旁证，明代的道是省级大员，其实际职掌不仅包括吏治和刑名，而是在其所辖诸府中无所不管。由此又可推知，某地的分守道，也并非只管钱谷，同样是对其所辖之大者皆董其事。这对于深化明清史的研究是有特别意义的。

至于其他碎屑饾饤，则不妨再费言一二。如路登云的《题烈妇相氏》如实记录了清军杀掠博兴城时，军士的残暴和相氏的宁死不辱。从这首长诗中，我们能读出作者借烈烈相氏所表达的于明清移祚之后的血泪和流和首阳之志、黍离之悲。而《诗汇》中的不少篇什多咏物酬赠、侑酒应歌，无非吟咏唱和，捉对斗诗。从中既能看到古代士人逞才使气、不遑让人的习气，但更能隐然感受到避席畏狱、远离国是的无奈圆融。

幸已哉！遥追乎这些远去的先贤们，是他们存留了这珍贵的历史记忆！俱往矣！扼腕于那些湮灭的烟雨楼阁，岁月的淘洗让她们如红炉沃雪，匿去了往昔的壮美踪迹。

（顾春，1965年生，山东博兴人。北京师范大学博士，文化和旅游部国家清史编纂委员会副主任。学术研究领域主要为传统文化、中国思想史、宋代和清代学术思想史，著有《来源·争论·特性》《陆九渊教育思想研究》《人之为人》等。）

观风资政　彰往昭今

郝　波

《博兴历代诗汇》经紧张而有序地搜罗、整理、编纂，终于与读者见面了。

博兴县委、县政府高度重视文化事业发展，历来倡导加强对博兴历史文化的研究、保护、传承和利用，博兴县政协积极响应县委、县政府的号召，高度重视文史资料的编辑、整理、汇总工作，为身在博兴、关心博兴的各界人士提供了知博兴的渠道、爱博兴的缘由、建博兴的动力。十五届政协换届以后，将《博兴历代诗汇》的编纂作为文史工作开局之作，几经磨砺，成果初成，付梓面世，以期读者批评检阅。

“诗可以兴，可以观，可以群，可以怨。”（《论语·阳货》）华夏诗歌，自其诞生的源头处，诗人关注的焦点，便不仅仅局限于个人的悲喜荣辱，而是俯身向下，注目苍生。“治世之音安以乐，其政和；乱世之音怨以怒，其政乖；亡国之音哀以思，其民困。”（《毛诗序》）所以，周收国风，汉设乐府，诗歌一直有观政知世、教化民俗的社会性、政治性功用。

博兴是人文荟萃之邦。她历史悠久：远在龙山文化时，此地便有人类聚居；殷商时东方大国薄姑曾建都于此；西周时的齐国也曾以此地为都。这里既是兵圣孙武的里籍，也是汉孝子董永的故乡。几千年来，勤劳勇敢的博兴人民，用自己的智慧和双手，创造出了灿烂的文化。她文化昌盛：兵圣孙武、汉孝董永、北魏将作大匠蒋少游、六朝一代文宗任昉皆为博兴乡贤中之佼佼者；唐风漫溢，骆宾王、任华以文鸣世，诸葛爽、牛存节以武安邦；明清以降，顾铎达则兼济天下，治绩卓著，魏休庵穷则独善其身，潜德感人；更有顾颐、刘文铉、盖方泌以身许国，力拯板荡，尤显浩然之气。她风光秀美：黄河横其北，小清河贯其南，麻大湖物产丰饶、鱼肥水美，锦秋亭翠盖拥红、卷云写练，兼有兴国寺、龙华寺梵音远闻，点缀其间，俨然北国江南，人间佛国。

博兴，同样是灾害频仍之所。在漫长的历史长河里，水灾、旱灾、蝗灾轮番蹂躏着这片土地，加之如梳似篦搜刮膏脂的胥吏贪官，使在这片土地上艰难求生的升斗小民时时刻刻处于水深火热之中，却也造就了博兴人民坦然面对生死，不向命运低头的倔强。他们因地制宜、因势利导，绝地求生：金代李孜在一片斥卤地中首创日炙盐；明代郑安国在漫漫水潦里相度土宜，教民植稻；近代孙中新在黄河泛滥下创设吕剧，以艺谋生。近代以降，更有不畏牺牲的博兴人民，为中国革命的胜利前赴后继，英勇奋斗，有两千多名优秀儿女献出了宝贵的生命，谱写了可歌可泣的壮丽篇章。

以上种种，都被前人一笔笔写进了自己的锦绣篇什中。如今我们将其汇集、整理、出版，展卷阅读，前辈的喜怒哀乐、苦难辉煌如在眼前。同时，有助于我们以史为鉴，更好地挑起落在肩上的时代重担，书写属于这个时代的锦绣华章。

麻雀虽小，五脏俱全。九百平方千米的博兴土地，是九百六十万平方千米华夏神州的管中一豹；五十万博兴儿女，是十四万万华夏子民的海中一勺；博兴历史，是上下五千年华夏文明的镜中缩影。希望读者能以此书为标本，了解博兴的文化风貌、历史面貌、风土人情，并据此以小见大，见微知著，为更好地弘扬华夏文明提供一步小小的台阶。

前 言

《博兴历代诗汇》，是博兴历史上第一本诗歌总集。

一、该书收录诗歌的时代上下限为先秦到中华人民共和国成立。个别章节单元为完整展现历史面貌、保留历史资料，适当延伸至中华人民共和国成立后。

二、该书所收“诗”取其广义，包括诗、词、散曲、乐府、民歌、民谣等诗体作品。

三、该书收录的作品含历代博兴人的诗作，以及历代诗人（包括博兴籍与非博兴籍）“咏博兴”的诗作。博兴地域范围的界定，以当今行政区划为界，区划变更、古今归属不同的，以当今的行政区划为准。

四、该书所说的历代博兴人，既指历代传颂的博兴籍历史人物，也包括长期以博兴为主要活动区域的名人。

五、该书所收历代诗人“咏博兴”诗作，以以下五类题材为主：①自然景观；②人文名胜：包括园林、建筑、遗址、墓葬、寺庙等；③历史名人：既包括在历史上做出突出贡献并被历代传颂的博兴籍历史人物，也包括传说、神话和有史实依据的小说中的博兴名人，还包括以博兴为主要活动区域的名人；④文化风情：包括民俗节会、风土乡情、曲艺歌舞、美食风味等非物质文化遗产，也包括歌咏博兴民间信仰活动、人文精神、区域特色文化、博兴人精神风貌等方面的作品；⑤重大史事：指发生在博兴区域内的战争、灾害、变革等重大历史事件。

六、该书主体部分包含以下五个单元：①诗经齐风。自齐国建立，博兴就是齐之辖地，且曾为齐国国都。《诗经·齐风》存诗 11 首，反映了齐地上古时期的社会风貌和人情风俗，可视为博兴诗词的渊薮。本单元从中选录 7 首。②志乘选录。以博兴及周边县市区历代方志为材料，广泛搜集与博兴人、物、景、事相关的诗作。③披沙沥金。在浩如烟海的历代选集中搜集有关博兴的诗作。④烽火遗韵。博兴是具有光荣革命传统、有着光辉红色文化的革命老区，由于战争年代环境严酷，一些革命者的诗作或已散佚，或在当时未曾记录、歌咏，只能诉诸和平环境下的回忆追记。为全面地记录、反映历史，本单元特将收录诗歌时代下限放宽至中华人民共和国成立后。⑤邑人诗集。在博兴历史上，任昉、骆宾王、任华、魏休庵四位诗人的诗作数量、质量皆颇为可观，本单元将四人的作品单列收录，一则是使读者了解四人诗作的全貌，二则也可丰富全书内容。

七、该书收录诗人及其相关作品不分籍贯和地域，有争议的“历史名人”之作，凡是符合以上第三至第五条内容的皆收入。籍贯有争议而有博兴一说的，也将其作为博兴名人收入。

①注重名人之作，特别是非博兴籍名人任职、游历及怀恋山东景象之作；②广收非名人的优秀之作；③关注无名氏之作，特别是脍炙人口的民间歌谣、口碑诗等。

八、本编资料来源：①纸质文献：采用权威整理本、通行诗类总集本。注重新出辑佚文献的整理成果、域外汉籍、古代地方志、文化世家家谱、馆藏及个人私藏的文集等；②非纸质文献：注重收集古遗址、古建筑（包括寺院、道观）、石窟、碑刻、摩崖石刻等处存录的诗歌。

九、该书所收录的每组作品之下一律标明其作者，所收录的每位诗人首篇诗作后附作者小传，小传内容涉及诗人姓名、生卒年、主要事业、与博兴相关的主要经历、代表作品等。作者生卒年不详的，在小传中注明其活动的大致年代。所收作品皆注明出处：纸质材料包括著者、书名、卷次、页码等，非纸质材料则详细标明来源地点、附着物、原存在形式、抄录时间等。个别资料标点、用字有误者，收录本书时逐一考证并修改。

十、为了帮助读者更加深入地了解博兴的风土人情及诗人诗作，特在附录部分收入论文4篇。另外，由于体例原因，同一作者的不同诗作会出现在不同的单元中，为读者更全面、更方便地了解诗人、查阅作品，该书附录作者小传、作品索引。

目　录

诗经齐风

志乘选录

披沙沥金

烽火遗韵

邑人诗集

附　录

博兴历代诗汇

诗经齐风

《诗经·齐风》选

（选自程俊英译注《诗经译注》，第 167 ～ 178 页，上海古籍出版社 1985 年版）

《齐风》是齐国的诗歌。1936 年《重修博兴县志·序》的开篇第一句即为：“博兴在昔为蒲姑旧壤，太公五世孙胡都蒲姑。”公元前 11 世纪，周灭商后，开始分封诸侯。公元前 1046 年，武王伐纣，灭商，封太公吕尚（姜姓）做齐侯。吕尚灭蒲姑国，都营丘。哀公时，纪侯谮之于周，周烹哀公。哀公死后，周朝立其弟静，是为胡公。胡公徙都蒲姑（又作薄姑、亳姑，都城在今山东博兴东南），而当周夷王之时。胡公姜静在面临纪国威胁的情况下，把国都由营丘迁到了蒲姑。自公元前 883 年齐胡公徙都于蒲姑，至公元前 860 年胡公被杀，蒲姑作为齐国都城约 24 年。故而《史记·齐太公世家》记载：“献公元年，尽逐胡公子，因徙薄姑都，治临菑。”自齐国建立后，博兴就是齐之辖地，且曾为齐国国都。《诗经·齐风》存诗 11 首，属于齐地民歌，展现了齐地上古时期的社会风貌和人情风俗，可视为博兴诗词的渊薮，本书中选录其中 7 首。

鸡　鸣

鸡既鸣矣，朝既盈矣。匪鸡则鸣，苍蝇之声。
东方明矣，朝既昌矣。匪东方则明，月出之光。
虫飞薨薨，甘与子同梦。会且归矣，无庶予子憎。

还

子之还兮，遭我乎猺之间兮。并驱从两肩兮，揖我谓我儇兮。
子之茂兮，遭我乎猺之道兮。并驱从两牡兮，揖我谓我好兮。
子之昌兮，遭我乎猺之阳兮。并驱从两狼兮，揖我谓我臧兮。

著

俟我于著乎而，充耳以素乎而，尚之以琼华乎而。
俟我于庭乎而，充耳以青乎而，尚之以琼莹乎而。
俟我于堂乎而，充耳以黄乎而，尚之以琼英乎而。

东方之日

东方之日兮，彼姝者子，在我室兮。在我室兮，履我即兮。
东方之月兮，彼姝者子，在我闼兮。在我闼兮，履我发兮。

东方未明

东方未明，颠倒衣裳。颠之倒之，自公召之。
东方未晞，颠倒裳衣。倒之颠之，自公令之。
折柳樊圃，狂夫瞿瞿。不能辰夜，不夙则莫。

甫 田

无田甫田，维莠骄骄。无思远人，劳心忉忉。
无田甫田，维莠桀桀。无思远人，劳心怛怛。
婉兮娈兮，总角丱兮。未几见兮，突而弁兮！

卢 令

卢令令，其人美且仁。
卢重环，其人美且鬈。
卢重鋂，其人美且偲。

博兴历代诗汇

志乘选录

〔元〕于钦《齐乘》卷之四《古迹·一》选

（选自于钦纂修《齐乘》，嘉靖四十三年刻本）

博兴风景

〔元〕于钦

锦秋亭，博兴东南城上。中统间邑人所建，取坡诗命名[①]。盖齐地菑、时、般、泺众水潴为马车渎以入海，博兴宛在水中，舟楫交通，鱼稻成市。昔尝过之，爱其风景绝类江南，赋诗亭上，云：

霜风收绿锦，万顷水云秋。
海气朝成市，山光晚对楼。
舟车通北阙，图画入南州。
且食鲈鱼美，吾盟在白鸥。

其鲈虽小，亦四鳃，不减松江有莼菜，齐人皆不识，目鲈为“豸鱼”云。

于钦（1283—1333），字思容，祖籍山东文登，后定居益都（今山东青州）。曾官中书省兵部侍郎。元方志编纂家，曾编成山东幸存的唯一一部元朝的志书《齐乘》。康熙《御选宋金元明四朝诗·御选元诗》卷三十八、康熙六十年《博兴县志》、乾隆《山东

① “锦秋”之名，出自苏轼《和文与可洋川园池》三十首之二《横湖》：“卷却天机云锦段，从教匹练写秋光。”

通志》卷三十五中载该诗题目为《博兴风景》，有的文献则载该诗题目为《题锦秋亭》，本书编者认为前者为佳。

康熙十二年《博兴县志》误将此诗当作苏轼所作。康熙六十年《博兴县志》卷三《河渠志》"河辨·锦秋湖辨"条下对此已有详辨。

〔清〕雍正《山东通志》卷三十五《艺文志》选

（选自岳濬修、杜诏纂《山东通志》卷三十五《艺文志》，乾隆元年刻本）

湖上早春

〔元〕赵孟頫

溪上春无赖，清晨坐水亭。
草芽随意绿，柳眼向人青。
初日收浓雾，微波乱小星。
谁歌采蘋曲，愁绝不堪听。

赵孟頫（1254—1322），字子昂，号松雪道人、水精宫道人、鸥波等，浙江吴兴（今湖州）人。宋宗室，博学多才，工书，能诗善文。其《湖上早春》一诗在雍正《山东通志》卷三十五中，载于钦《博兴风景》诗后。

〔清〕康熙十二年《博兴县志》卷之一《方舆志·形胜》选

（选自万云修、迟龙宾纂《博兴县志》，康熙十二年刻本）

博邑八景[①]

〔明〕陈文伟

蒲姑春草

烟树凄凄古帝州，荒城故址至今留。
春光犹自生南浦，夜月空余照北楼。
青草易增离别恨，苍苔不尽古今愁。
昔年台榭皆零落，雨过风前叫拙鸠。

康熙六十年《博兴县志》卷之一《方舆志·古迹·八景》载："蒲姑，沮洳之地，草生恒早，青阳司令，一望萋萋，殊悦人目。"另，《方舆志·古迹》："蒲姑城，在城东南十五里柳桥社。蒲姑氏为殷诸侯国，晏子所谓'蒲姑氏居之'，《史记》'胡公迁都薄姑'，即此也。"

---

① 最早刊其诗者，似为明嘉靖年间（1522—1566）所修的《博兴县志》，惜此志早已失传。现能见到的这组诗载于康熙十二年《博兴县志》卷之一《方舆志·形胜》、康熙六十年《博兴县志》卷之八《艺文志》。康熙六十年《博兴县志》卷之一《方舆志·古迹》中列"八景"，详解"八景"之缘由。

柳桥夜月

疏星万点照群鸥，细草新蒲小径幽。
翠柳两行作旧岸，绿波一道界中流。
光寒玉露消残暑，影动金风弄早秋。
莫与嫦娥斗纤巧，恐教移向广寒楼。

康熙六十年《博兴县志》卷之一《方舆志·古迹·八景》载：“环桥皆柳也，故桥以柳名。自昼观之水中流，两堤烟琐，殊堪玩赏；至月色空明，波光荡漾，水月相涵，如照乘之珠，跳跃于琉璃宫中，故骚人韵士每来此泊舟夜游。”

贝丘风细

昔人车马猎齐东，往事无凭尚在风。
侧耳乍听疏树里，穿帘如觉小堂中。
林梢淅淅飞黄叶，窗外萧萧响碧桐。
不独封姨曾有约，令人千古恨无穷。

康熙六十年《博兴县志》卷之一《方舆志·古迹·八景》载：“来薰门南有贝丘山，齐襄公田猎处也。春夏清风徐来，披襟当之，和气怡人。”

湾水霞明

远随孤鹜过苍空，一抹悠扬入望中。
日落照残鸦背赤，雨晴映彻水边红。
吴机漫剪天孙巧，蜀锦方裁织女工。
尽日倚楼观不足，莫教吹断海天风。

康熙六十年《博兴县志》卷之一《方舆志·古迹·八景》载："湾水者，湾头店之河水也。朝晖夕照，霞光水光相映明洁，宛如白练，景最佳焉。"

通济酒家

何处相期入醉乡，古槐夹道间垂杨。
欲沽绿醑千年酒，遥望青帘十里香。
村外杏花疏落处，溪边茅屋小桥傍。
金龟换取文君酿，解却多愁万结肠。

康熙六十年《博兴县志》卷之一《方舆志·古迹·八景》载："通济，桥名也，横亘于湾头街中，时水、孝水、小清河水会流其下，土人取以酿酒，有惠泉、桂林之美。酒旆摇风，半竿映水，每鱼舟傍晚，明月清风，小舠数十，聚饮肆前水中，短歌互答，长笛竞吹，酒家之名遂因以传焉。"

南湖渔棹

生涯半世向烟波，漫整丝纶挂绿蓑。
两岸咿哑来短棹，一江欸乃起渔歌。
鸥翻银浪无萍藻，鱼跃清香有芰荷。
旋得活鱼沽市酒，睡残红日竟如何？

康熙六十年《博兴县志》载：“南湖，谓锦秋也。茭蒲满目，多产嘉鱼。天高日晶，渔艇千百，竞为施罟。晴固可观，至薄雾烟笼，渔蓑如织，乱渡于云水苍茫中，更堪入画。于钦诗云‘图画入南州’，盖风景绝似江南云。”

东野田畴

一犁润泽足生涯，俯视耕耘乐岁华。
满地禾苗天子税，几重篱落野人家。
春来陇上啼山鸟，雨过村前长稗花。
林鼓罢敲乡社散，绕庭槐影噪昏鸦。

康熙六十年《博兴县志》卷之一《方舆志·古迹·八景》载：“田畴所在皆是，何必东野？特以城之东野地势平旷，每当夏月，绿禾盈畴，弥望无际，农夫耕耘，云蓑雨笠，千百为耦。时而雨散云收，旷野无声，田歌四起，有古熙皞之风焉。虽无奇观，颇为盛景。”

西城蔬圃

雉堞西连古道傍，家家蔬圃近横塘。
樊迟学处知何陋，张翰思来兴更长。
数亩种残春韭绿，几畦锄遍晚松香。
于今尚带饥民色，致使高人着意尝。

康熙六十年《博兴县志》卷之一《方舆志·古迹·八景》载："城西多曲水，水曲之中多植蔬。青畦绣错，篱舍参差，风景最有别致。殆如古诗云'一水护田''排闼送青'者也。"

陈文伟（生卒年不详），湖北武昌（今属武汉市）人（博兴、安丘诸志皆作安徽舒城人，然历代《舒城县志》皆查无此人）。明正统十二年（1447）丁卯科举人，成化间知博兴县，"刚正廉介，吏民畏服。兴学课士，导兴水利，鼓民力田，岁凶，全活者甚众"（康熙十二年《博兴县志》）。任职期间，有政声，荐为边材，不果用。后"调安丘，刚直廉介，人不敢干以私。兴学励才，讼简盗息，民怀其惠"（万历十七年《安丘县志》）。清代刘献廷所著《广阳杂记》卷一记载了其几则轶事："陈文伟，武昌人，膂力过人。尝五更之田间，猛虎扑地而来，乃两手搏虎肩，而足蹴虎势，虎死。后应会试，场屋火，以右手抵墙头，左手持同事人履，肩而出者几千人。火势迫，乃揖后至者曰：'吾力只此矣。'遂名动天下。后为山东安丘令，流贼百余人掠库，文伟敕群吏：'第谨簿书。诸宝藏，吾无虑也。'群贼大掠库金去。良久，问左右曰：'贼去几何？'曰：'三十里矣。'敕左右以一骑一弹来，驰赴之，问诸贼孰为首者，弹左耳，中之；又弹右耳，中之。贼大骇，伏地请死。文伟曰：'好为我送库金还。'群贼惟命，文伟以一骑尾其后。抵县，群贼请死，文伟曰：'我何有诸贼奴？'各杖三十遣之。文伟自负拓弛，意不以见功也，御史竟以纵贼论劾，免官罢归。"

〔清〕康熙十二年《博兴县志》卷之八《艺文志》选

（选自万云修、迟龙宾纂《博兴县志》，康熙十二年刻本）

诗

慕赵慎轩[①]乞归

〔明〕黄孔昭

回首青云未夕阳，忽看倦鸟思飞扬。
逢时可待官迁转，引老何如利吉康？
京国已传《招隐赋》，门人犹记《治平章》。
到家春酒应初熟，海味山肴取次尝。

黄孔昭（1428—1491），初名曜，后以字行，改字世显，号定轩，浙江黄岩（今温岭市岙环镇照谷村）人。明天顺四年（1460）进士。授工部屯田主事，进都水员外郎。成化间为文选郎中，后

① “赵慎轩”下原注：博令。编者按：赵慎轩，天顺、成化间博令赵姓者，县志所载唯赵珂一人，赵珂，字廷器，号慎轩，浙江黄岩人。正统九年（1444）甲子科举人，成化十年（1474）知博兴县，居官九载，去后见思。万历《黄岩县志》卷之五《人物志上·宦业》：“赵珂，字廷器，永利桥人。中正统甲子乡试，任华容教谕。先是，华容人罕嗜学，失隽且久。珂至，新黉舍，明教规，选邑弟子俊秀者躬课之，循循涵育，士翕然奋兴，黎淳、刘大夏诸公皆其所造就者也。华人德之，俎豆于学宫。终博兴知县。从祀乡贤祠。”

官至南京工部右侍郎，署尚书事。弘治四年（1491）卒于任。嘉靖中，赠礼部尚书，谥文毅。著有《定轩集》《定轩存稿》。与谢铎同辑有方孝孺《逊志斋集》三十卷、《拾遗》十卷，以及《赤城论谏录》十卷。

挽邑主赵慎轩先生

〔明〕熊佑

无复抠衣问道时，鸟啼花落昼迟迟。
教行湖北生前乐，惠在齐东去后思。
细雨空堂书散乱，夕阳斜径菊离披。
十年门下惭无报，独立西风泪满颐。

熊佑（生卒年不详），字良佐，博兴人。明成化五年（1469）进士，授镇江知府，逢灾荒，熊佑上书请求赠捐免税，将官府库存的粮食以平价卖给百姓。又修筑练湖石堰，凿通鲍村、陈滨等港，兴学校，举孝廉等。弘治、成化间名臣王恕称其有宰相之才。后升为四川布政使司左布政使。著有《品汇录》。

锦秋亭怀古

〔明〕翁兆云

一片秋光锦树中，风流胜事有苏公。
湖光潋滟群峰迴，野色苍茫四望通。
广武未销亡国恨，安平犹计复齐功。
愿开十万青州粟，重见当年大国风。

翁兆云（生卒年不详），浙江慈溪人，举人。崇祯初年博兴知县，在任期间筑河堤数十里，随地势建石闸，复兴水利。

锦秋亭步东坡韵

〔清〕陈嘉征

薄城烟水际，盛侣且逢秋。
酒待杯中月，人邀湖上楼。
苍茫碧柳岸，零乱锦花洲。
世态何须问，盟心有白鸥。

陈嘉征（生卒年不详），广东顺德人。清顺治八年（1651）举人，康熙二年（1663）任博兴知县。咸丰三年《顺德县志》卷十一载："陈嘉征，逢简人，南海学，知博兴县。"咸丰九年《青州府志》卷十一中"陈嘉征，直隶举人，康熙二年任"则误认粤省顺德县为直隶顺德府。

又和王雪门韵

〔清〕陈嘉征

何年开绿锦？有客纫荷裳。
霞映霜天碧，风回翠带凉。
游鳞依薄渚，飞鸟直高苍。
俯仰千秋上，伊人水一方。

别博兴父老

〔清〕陈嘉征

一年抚字愧庸才，多谢殷勤送我回。
乡里有田宜早种，县中无事勿频来。
延宾教子真佳事，依限完粮最乐哉！
含哺鼓腹歌帝力，薄姑四境尽春台。

踏　灾

〔明〕连元

为谘民瘼下平畴，烟莽凄凄暗野洲。
邻壑安从沉璧马？原荒空使换刀牛。
逐门烟火残阳冷，遮道号啼衰草愁。
康济有怀非一日，于今请命效何筹！

连元（生卒年不详），山西潞城（今属长治市）人。明崇祯七年（1634）进士，曾署理博兴知县，官直隶蠡县知县。著有《青生集》《燕台草》。

署博次日喜雨

〔明〕连元

云霓悬眼苦迟迟，甘澍今逢代署时。
遍井霡霂连远黛，盈窗淅沥点疏枝。
应知优渥三农足，自是风旸十月奇。
乐意同民欣盛事，俄冠为问夜何其？

题灵沛侯祠①

〔明〕王九人

逢灾变喜雨滂沱，地杰神灵显圣多。
保障闾阎镇北阙，生民无处不弦歌。

王九人（生卒年不详），博兴人。万历四十年（1612）举人。

夏赏绿荷池

〔明〕张文浩

薰风亭馆逗晴烟，十丈新开玉井莲。
翠映一堤青霭绿，红妆半亩紫霞天。

① 灵沛侯祠：在博兴县城西门内，祀李左车。李左车，赵国名将李牧之孙，秦汉之际谋士。秦末六国并起，李左车辅佐赵王歇，被封为广武君。赵亡以后，其向韩信提出“百战奇胜”的良策，帮助韩信收复燕、齐之地。李左车于随韩信伐齐途中病故，相传葬于今博兴县博昌街道伏李村。

鱼吹荇带频窥酒，鸟踏杨丝乱拂筵。
题品惭无白雪调，却将诗思问鸣蝉。

张文浩（？—1644），号学海，博兴东南隅社人，平生有才有养，工吟咏。以贡生授北直隶安肃县（今河北保定徐水区）训导期间，遇乱，或曰：“公无城守责。”文浩曰：“学官非国家臣子耶？”分汛固守，城陷，死之。乾隆四十一年（1776）《钦定胜朝殉节诸臣录》赐谥节愍。

湖　游

〔明〕孙之彦

舟泛锦秋畔，澄泓四望开。
凫晴唼荇渚，蜃雾市楼台。
云汉乘槎入，瑶池带醉回。
停杯长啸处，期羡与追陪。

孙之彦（生卒年不详），邑庠生，曾提议于湾头村建郑公祠以祀天启年间博兴县丞绍兴郑安国。

步　韵①

〔明〕王贻隆

极目湖山畔，连天一色开。
晴光临水渚，浩淼映楼台。
云逐波纹入，风翻浪卷回。
浮鸥解人意，出没共相陪。

王贻隆（生卒年不详），浙江山阴（今绍兴）人，崇祯年间在世，生平事迹不详。

赞

太常任府君画赞②

〔晋〕潘岳

堂堂我君，鉴像开度。
逸德宣猷，含真履素。
味道无闷，守终纯固。
弓舆爰集，抚翼清誉。
翰飞公庭，龙升天路。
初掌方国，流化千里。

① 此诗为步孙之彦《湖游》韵所作。

② 又作《故太常任府君画赞》，为作者观看逝者任昊肖像后所作。任昊，乐安博昌（今山东博兴）人，曹魏时官至太常卿。

遂管秘籍，辨章旧史。
入登常伯，出作卿士。
内外维允，庶绩咸理。
中节日新，令闻不已。
济济儒林，翼翼国子。

潘岳（247—300），字安仁，郑州中牟人。历任河阳令、怀县令、长安令、著作郎、员外散骑侍郎、给事黄门侍郎等职。依附鲁国公贾谧，名列金谷“二十四友”之首。西晋永康元年（300），赵王司马伦擅政期间，受到中书令孙秀诬陷，坐罪被杀。潘岳在文学上与陆机并称“潘江陆海”。《隋书·经籍志》录有《晋黄门郎潘岳集》，明人辑有《潘黄门集》。

歌　风

游锦秋湖歌

〔明〕顾铎

八月二十日湖游，诸弟并内弟及诸侄在焉，酒边乐极作歌。

弟镗弟澜与存礼，侄也曰楠又曰椿，
内弟安子惟邦直，相随拿舟湖水滨。
湖天八月秋将老，夏时难比秋时好。
秋波澄兮秋气清，夏时蕴隆蒸人倒。
我乘秋来篙师欢，采芰为衣荷为冠。
凉云流兮不风雨，芰难败兮荷难干。

欸乃一声湖雁起，凉烟不动湖光紫。
白鸟双双浅水边，渔舟两两芦花里。
隐隐西南山色豪，湖光争与南山高。
波镜还飞红玉粉，水仙犹著白云袍。
澜劈莲房声扒扒，我衣觉薄添之袷。
存礼船头坐采菱，镗也执弓弹水鸭。
楠椿傍执侄礼恭，但笑老子衰颜红。
内弟之弹如镗弹，弹去水鸭飞无踪。
我扣船舷歌白雪，歌声一发湖云裂。
歌工笑我声太高，天地低昂日明灭。
复命歌工奏凤笙，龙笛画鼓秋天空。
川光接顾殊不暇，清商那解声西东？
鸣呼湖兮久不遇，贩儿市子朝夕聚。
商妇谁参琴操禅？落霞岂有王勃句！
我愧非苏亦非王，闲情原爱水云乡。
每欲买屋湖上住，诗不值钱将何偿？
鸣呼！扶桑日出兮湖波卧虹，湖气起雾兮湖天莹莹。
有时骖虬兮上天宫，湖灵游衍兮东海东。
河伯为驱兮天吴御风，自今伊始兮高人是崇。
尚其远夫醉红裙之俗子兮，与不识字之白丁。

顾铎（1488—1552），字孔振，号警斋，又号南田，博兴县锦秋街道西隅村人。正德十一年（1516）举人，正德十二年（1517）进士，曾任山阴县令，后擢为刑部主事。约嘉靖七年（1528），出任汝宁知府。嘉靖十三年升河南按察司兵备副使，分巡汝南道，十六年升任陕西行太仆寺卿（从三品），十七年致仕还乡，卒后诰授通议大夫（正三品）。著有《南田集》。

学宫前池桥亭歌

〔明〕顾铎

步苍龙之背兮长虹卧波，目天光云影兮一鉴初磨。
雾栖画栋兮云宿檐阿，远树浮烟兮草绿平坡。
扶桑日出兮影接长柯，沧海月明兮笑问嫦娥。
绿裳织就兮叚叚轻罗，春风披拂兮东面偏多。
杏园春丽兮暝色烟拖，诸友衮衮兮发迹贤科。

赠盖义士

〔明〕顾铎

君不见，陈太丘，乡闾表率多清修。
又不见，王彦方，乡人化导归贞良。
祖龙御宇乾坤倒，赤帝次兴亦草草。
曰陈曰王于闾阎，力回力挽颓风好。
吁嗟世变如江河，叹世者子独长歌。
洪武永乐朴不散，成化弘治春风和。
乃今宇宙新局面，义士高名扬海县。
里闬再起殷周风，习俗顿觉嬴秦换。
休征孝友原名祥，前身曾上曹参堂。
清净虽不治黄老，作息回首号虞唐。
有时激烈急人急，倒囊不惜羞空涩。
途中恶少怕相逢，道傍枯骨心于邑。
臬台使者观风来，钱谷不问风俗衰。
巍扁高楣题义士，赏一劝百真雄才。
吁嗟！陈兮王兮不可见，得见义士亦可羡。
行表宅里树风声，邑乘他年还立传。

奎山种树

〔明〕顾龙山

水色山光映女墙，水山凝秀发奇祥。
桂采月窟三秋盛，花发河阳百里香。
欲备栋梁须灌木，还从拱把养千章。
生成全仗栽培力，抡选良才献圣皇。

顾龙山（生卒年不详），号云谷，博兴县锦秋街道西隅村人。例贡生，顾铎子。活跃于嘉靖、隆庆、万历年间。著有《云谷诗稿》十二卷。

酌迎秀楼

〔明〕顾龙山

岸柳垂青尚未花，登台相对酌流霞。
黄鹂学语藏深树，白鸟忘机立浅沙。
窗牖风清云入座，池塘春暖草生芽。
留连不觉瓶罍尽，城堡遥闻奏暮笳。

黉舍招饮

〔明〕顾龙山

松下吟哦意若狂，偶来黉舍日初长。
堂前槐色笼苔色，天末岚光杂水光。

殿宇阴森晴日寂，池台掩映草花香。
广文谁道儒官冷？留客开尊亦暂忙。

锦秋漫兴

〔明〕顾龙山

平湖千顷翠荷稠，逸士骚人镇日游。
欸乃歌声撩醉耳，潺湲水色荡吟眸。
汀花不断联溪尾，沙鸟无端立渡头。
野兴已飘烟水外，绿蓑青笠棹轻舟。

游锦秋湖·驻马听（二则）

〔明〕魏基

酒伴诗俦，短棹孤航喜共游。
轻移野渡，漫转横塘，缓泛中流。
西湖何处不须求，东坡到此谁能勾？
水底船头，又天光云影闲攒辏。

一叶鱼舟，万顷茫然锦浪流。
冲开菱荇，压倒菰蒲，触散浮鸥。
涵晴带雨两相投，浓妆艳抹原非谬。
大展吟眸，又天涯几点遥山秀。

魏基（1533—1610），谱名邦基，号休庵，又号三家村野人、方石居者、方石子、诗狂道士、迂叟、一笑叟，民间私谥天外逸人，博兴兴福镇福旺村人。魏休庵出身田家，早年入泮，后弃去功名，归隐田园，以布衣终其一生。康熙十二年《博兴县志》卷之六《隐逸传》：“魏基，邑庠生，力学，义命自安，不求仕进。卜居邑东南，结茅数椽，乐诗书，尚琴酒，即朝无暮炊，不计也。题壁云：‘一文无也只留竹，四壁萧然不卖琴。’号曰‘休庵’，又号‘一笑叟’：‘可笑者一笑快之，不可笑者亦一笑谢之。’尝夜归，路遇贼夺其衣物。基曰：‘我魏休庵也。’贼惊云：‘不知是魏师父！’策蹇送至其家。潜德感人如此。”魏休庵作品现存文集《潦倒集》，诗集《醉梦吟》，另有《散曲集》及逸诗逸文若干。

杨公①去思篇

〔明〕袁学孔

锦秋之水碧且澄，寒波千顷鉴光莹。
锦秋之月明且洁，皎色如银更如雪。
水光月色两相映，君侯澄洁堪为并。
时取碧水作商霖，时悬明月照人心。
照破人心直与曲，商霖遍洒郊原足。
岂期丹诏促君行，空留湖水与明月。

袁学孔（？—1643），博兴人，诸生，生平事迹不详。

① 原注：讳子凤，调德平。编者按：杨公即杨子凤，河北无极人，举人。明万历年间知博兴县，心存惠爱，政尚精明，易粟捕蝗，祷雨请赈，革防河枪手，除社里老人，征收钱粮，催科有法，民谣赞之：“杨爷好官，差人不欢。”天启三年（1623）调任德平，后升徐州知州，官至刑部郎中。

祝翁邑侯[1]寿

〔明〕张于宣

贝山春草绿，湖边春水明。
湖山相映何冶媚，间有至人发其英。
至人澄湛水为神，洗心定静葆乎贞。
春蔼秋肃妙财成，独全大德曰生生，
湖山两不老，大德岂有盈？
十秋事业满钟鼎，三祝华封在舆情。
兹幸值夫绣绂之盛日，敢伛偻席前而劝双觥。

张于宣（生卒年不详），博兴人。明崇祯十二年（1639）己卯科举人。

① 翁邑侯：即翁兆云，崇祯初年博兴知县，生平事迹见第19页《锦秋亭怀古》作者小传。

〔清〕康熙十二年《博兴县志》卷之六《人物志》选

（选自万云修、迟龙宾纂《博兴县志》，康熙十二年刻本）

获嘉行

〔明〕顾铎

顾玉，由明经历任获嘉县丞。性慈爱，不用扑刑，不得已用朴，辄掩面涕。民有争者，以理谕之，其人自服而去。宦六年，家无百金之资。与人处，皆以为坐春风中，君子比之陈太丘焉。公任获嘉时，携其孙名铎方周岁，铎后成进士，官太仆寺卿。重过获嘉，感而作《获嘉行》，忠孝之义，溢于言表。《行》曰：

我祖携我来获嘉，我发未燥才一岁。
我今重过获嘉城，我发半白照行袂。
获嘉道上行人多，遮问我祖今如何。
昔年旧政尤省记，一一欣说如婆娑。
一人不打心最古，一钱不爱甘清苦。
有时对哦庭下松，大行帘卷纤纤雨。
百姓尚知我祖心，六载回乡未百金。
至今遗后无长物，相随旧日鹤与琴。
念我薄劣不克肖，黄堂乌府徒荣耀。
又复司仆拜大卿，敢言风雨秦边写。
获嘉城头秋日黄，获嘉城下河流长。
努力不敢愧祖德，松楸回首遍烟霜。

偶 题

〔明〕顾龙山

顾龙山，号云谷，铎之子也。其父积书万卷，公博学嗜古，能读父书。著《云谷诗稿》十二卷，录公七言律诗一阕，可概平生。诗云：

睡起空斋午梦余，藤床竹枕簟纹舒。
架签且喜藏千卷，瓶粟无劳问石储。
贪酒每将巾自漉，爱花常是手亲锄。
柳边定是来知己，隐约窗中见小车。

〔清〕康熙六十年《博兴县志》卷之八《艺文志》选

（选自李元伟纂修《博兴县志》，康熙六十年刻本）

诗　歌

诗言志，歌永言。《南风》一曲，实开风雅之源；《五子》《三百》，可谓善承其流。汉唐以下，滥觞斯极，然体情写色，穷力追新，虽曰月露风云能使山川增其嫣润，人物焕其光华，天地间正不可无此点缀也。

即墨士卒倡歌

田单在即墨，坐则织蒉，立则杖炼，为士卒倡曰：

无可往矣，宗庙亡矣。
今日尚矣，归何党矣!

攻狄谣

田单攻狄三月而不克，齐婴儿谣曰：

大冠若箕，修剑拄颐。
攻狄不能，下垒枯丘。

灵芝篇

〔魏〕曹植

董永遭家贫，父老财无遗。
举假以供养，佣作致甘肥。
债家填门至，不知何用归。
天灵感至德，神女为秉机。

附：

鼙舞歌五首（其二）

灵芝篇

〔魏〕曹植

灵芝生王地，朱草被洛滨。
荣华相晃耀，光采晔若神。
古时有虞舜，父母顽且嚚。
尽孝于田垄，烝烝不违仁。
伯瑜年七十，彩衣以娱亲。
慈母笞不痛，歔欷涕沾巾。
丁兰少失母，自伤早孤茕。
刻木当严亲，朝夕致三牲。
暴子见陵侮，犯罪以亡形。
丈人为泣血，免戾全其名。
董永遭家贫，父老财无遗。
举假以供养，佣作致甘肥。
债家填门至，不知何用归。
天灵感至德，神女为秉机。
岁月不安居，呜呼我皇考。
生我既已晚，弃我何其早。

《蓼莪》谁所兴，念之令人老。
退咏《南风》诗，洒泪满袆袍。

乱曰：

圣皇君四海，德教朝夕宣。
万国咸礼让，百姓家肃虔。
庠序不失仪，孝悌处中田。
户有曾闵子，比屋皆仁贤。
髫龀无夭齿，黄发尽其年。
陛下三万岁，慈母亦复然。

曹植（192—232），字子建，沛国谯县（今安徽亳州）人。曹操与武宣卞皇后所生第三子，生前曾为陈王，去世后谥号思，世称陈思王。曹植是三国时期曹魏著名文学家、建安文学的代表人物。其代表作有《洛神赋》《白马篇》《七哀诗》等。后人因其文学上的造诣而将他与曹操、曹丕合称为“三曹”。原有集，已佚，今存《曹子建集》为宋人所编。王士禛尝论汉魏以来二千年间诗家堪称“仙才”者，唯曹植、李白、苏轼三人耳。

齐讴行

〔西晋〕陆机

营丘负海曲，沃野爽且平。
洪川控河济，崇山入高冥。
东被姑尤侧，南界聊摄城。
海物错万类，陆产尚千名。
孟诸吞楚梦，百二侔秦京。
惟师恢东表，桓后定周倾。

天道有迭代，人道无久盈。
鄙哉牛山叹，未及至人情。
爽鸠苟已徂，吾子安得停？
行行将复去，长存非所营。

陆机（261—303），字士衡，吴郡吴县华亭（今上海市松江区）人。西晋著名文学家、书法家。出身吴郡陆氏，为孙吴丞相陆逊之孙、大司马陆抗第四子。陆机在孙吴时曾任牙门将，吴亡后出仕西晋，历任太傅祭酒、吴国郎中令、著作郎、平原内史，世称“陆平原”。善书法，其《平复帖》是现存年代最早并真实可信的西晋名家法帖。原有集，已散佚，后人辑有《宇士衡集》。

出郡传舍哭范仆射①（三首）

〔梁〕任昉

平生礼数绝，式瞻在国桢。
一朝万化尽，犹我故人情。
待时属兴运，王佐俟民英。
结欢三十载，生死一交情。
携手遁衰孽，接景事休明。

① 范仆射：即范云，字彦龙，南乡郡舞阴县（今河南泌阳西北）人。南朝梁大臣、著名文学家，范缜从弟。他卒官尚书右仆射，故称范仆射。“传舍”即客舍。任昉与范云是交情深厚的老朋友，两人都是“竟陵八友”的成员。入梁之后，范云官至右仆射，任昉为黄门侍郎、吏部郎。天监二年（503），任昉出任吴兴太守，与老友范云告别后赴任，在途数日，即在传舍中听到范云逝世的噩耗。为悼念亡友，任昉写下了这组诗。“邑人诗集”单元对此作了重复收录。

运阻衡言革，时泰玉阶平。
浚冲得茂彦，夫子值狂生。
伊人有泾渭，非余扬浊清。
将乖不忍别，欲以遣离情。
不忍一辰意，千龄万恨生。

已矣平生事，咏歌盈篋笥。
兼复相嘲谑，常与虚舟值。
何时见范侯，还叙平生意。

与子别几辰，经途不盈旬。
弗睹朱颜改，徒想平生人。
宁知安歌日，非君撤瑟辰？
已矣余何叹，辍舂哀国均。

任昉（460—508），字彦昇，小字阿堆，乐安博昌（今山东博兴）人。著名文学家，“竟陵八友”之一。任昉幼年时刻苦好学，才华横溢，闻名乡里。十六岁时，被刘宋丹阳尹刘秉聘为主簿，后被朝廷征召，任太常博士、征北行参军。齐永明初，被丹阳尹王俭聘为主簿。后来进京官拜尚书殿中郎，又调任竟陵王萧子良的记室参军，后因父丧而辞官。服丧期满后被任命为太子步兵校尉，掌管东宫书记。永元末年任司徒右长史。梁高祖萧衍即帝位后，任昉为黄门侍郎，接着又升任吏部郎中。天监二年（503），出任义兴太守。此后，先后出任吏部郎中、御史中丞、秘书监，领前军将军。天监六年（507）春，出任宁朔将军、新安太守。天监七年（508），任昉在任上去世，终年四十九岁。追赠太常卿，谥号敬子。原有集，已散佚，明人辑有《任彦昇集》。

赠郭桐庐出溪口见候

〔梁〕任昉

朝发富春渚，蓄意忍相思。
涿令行春反，冠盖溢川坻。
望久方来萃，悲欢不自持。
沧江路穷此，湍险方自兹。
叠嶂易成响，重以夜猿悲。
客心幸自弭，中道遇心期。
亲好自斯绝，孤游从此辞。

咏田单

〔北宋〕王安石

湣王万乘齐，走死区区燕。
田单一即墨，扫地如风旋。
舞鸟怪不测，腾牛怒无前。
飘飖乐毅去，磊砢功名传。
掘葬与劓降，论乃愧儒先。
深诚可奋士，王蠋岂非贤？

王安石（1021—1086），字介甫，号半山，抚州临川（今江西临川）人。庆历进士，“唐宋八大家”之一。历任扬州签判、鄞县知县、舒州通判等职。熙宁二年（1069）任参知政事，次年拜相，熙宁七年（1074）罢相。一年后，再次被宋神宗起用，旋又罢相，退居江宁（今江苏南京）。元祐元年（1086）病逝，赠太傅。绍圣元年（1094），获谥文，故世称王文公。

咏孙节妇歌

〔明〕顾铎

孙氏，生员高朋妻也，十七岁归朋，四年而朋亡。或劝更适，氏泣不从。朋继母素称难事，孙能得其欢心，寿七十余。有司岁加粟帛，邑太仆卿顾铎为文志之。

孙氏之女高郎妇，红颜相斗双琼玖。
江梅并蒂结芙蓉，高郎忽作霜催柳。
人生弱草栖轻尘，黄金难用买青春。
琵琶且过别船月，血满床席世几人?
问昔节妇年四五，已无遗雏作身主。
惟有高郎三尺坟，便是百年身后土。
春风菀柳变鸣禽，隔叶绵蛮空好音。
汉宫又报砧声急，西风飒飒惊空林。
刀尺空催秋夜永，寒衣难寄泉亭冷。
白日荒荒影吊形，青灯寂寂形怜影。
谁知节妇心更劳，柔肠剪断并州刀。
双星不识明河近，在天谁记三星高?
心固劳兮节更苦，历历白云孤月午。
铜牙力射胥江涛，空拳白格秋林虎。
节苦谁知贞而坚？一片孤心万仞山。
月娥青天还碧海，壮士徒能斩汉关。
嗟嗟节妇不多见，甄氏女子真可贱!
莽之大夫还北面，聊作长歌劝乡县。

瀛洲篇

〔明〕顾铎

海上瀛洲真渺茫，何如城绕水云乡。
烟霏苍润新蒲细，鱼鸟游翔翠芰长。
十里香风吹菡萏，一天凉雨满垂杨。
月明苇柳秋多影，风冷蒹葭夜有霜。
锦绣晴纹春藻绿，云霞树色晓楼黄。
莺簧鸟管钧天乐，雪藕冰菱禊事觞。
太华峰头空玉井，吴宫沼上白云廊。
鸡头菱角翻风湍，水色晴光荡女墙。
海国提封皆沃衍，齐城七十此金汤。
活分清水沉苍璧，圆抱瑶环横野航。
市上碧烟疑蜃吐，云边紫气有龙藏。
逐臣自拟居天上，香案原曾侍玉皇。

题烈妇相氏

〔明末清初〕路登云

正气两间何所寄？权衡毋乃归名义。
子孝臣忠妇贞良，人纪天常赖不坠。
名义依然有自始，其间得失根廉耻。
丈夫苟免尚贻羞，况复区区是女子！
忆昔博昌忽动笳，知多马上抱琵琶。
娥眉纵许千金赎，一失难浣白璧瑕。
维时被掳有贞娘，父氏相兮夫顾郎。
求死仓皇不得死，无那强逮赴沙场。
得来少妇如花美，军士争看载色喜。
向使一时忍转移，就中岂是无生理？

惟有贞心坚似石，刀锯鼎镬总无惜。
宁将性命毕当前，弗肯营中栖一夕。
世家忠孝数根由，跳入清流水上头。
烈烈英魂却壮士，血倾碧草鬼神愁。
矢志成仁仁已成，贞形不毁面如生。
初心止许终从一，遑计堪遗身后名。
贞娘墓草已离离，惭愧后人不及知。
踯躅鸣禽悲上下，幽光阐发独为谁？
荒烟野草动新愁，一缄清泪寄林丘。
轶事终垂太史笔，聊存巴句备微搜。

路登云（生卒年不详），字凤阁，博兴人。性纯孝，明末，清兵至，执其母，刃且加颈，登云以身护，愿代死，求甚哀，获免。后母殁，守墓三年。顺治中，以岁贡授兖州训导，迁东阿教谕。康熙三年（1664），任滕县教谕。协理河工，并著能声。著有《四书尊朱》。

春　归

［清］钱大受

韵限“溪”“西”“鸡”“齐”“啼”，并用“雨”“丝”“风”“片”“烟”“波”“画”“船”下头。

雨中红褪逐流溪，丝柳阴阴小院西。
风过花香迷睡蝶，片时春梦醒鸣鸡。
烟浓晓树连山碧，波泛新荷出水齐。
画岱久闻思远别，船归南浦趁莺啼。

钱大受（生卒年不详），字伯衡，山东掖县（今莱州市）人。康熙二十五年（1686）春，由岁贡任博兴县训导，重修学宫，捐俸助学，施教有法。后殁于任上。

夜　坐

〔清〕钱大受

昨日寻春春已去，今宵待月月还来。
浮云流水浑无定，皓魄青襟两不猜。
坐久惟消书一卷，倦余辄尽酒三杯。
明朝未卜谁相访，闭户酣眠莫早开。

题锦秋湖

〔清〕释佛曦

湖水深深浸太空，蒹葭两岸动秋风。
轻桡疑荡青天上，旭日如临碧海中。
雨过芙蓉铺锦绣，云开鸳鹭起芳丛。
等闲慰我沧洲兴，铁笛横吹任短篷。

释佛曦（生卒年不详），生平事迹不详。

题锦秋湖

〔清〕释成楚

烟波万顷映秋光，鸥鹭争翻翠带长。
白苧风摇菰米冷，沧洲歌去芰荷香。
游人载酒凌清旭，渔父收篷下夕阳。
鹅鸭城边堪逸兴，晴云片片绕横塘。

释成楚（生卒年不详），字荆庵，山东新城（今桓台）人。受五戒于青州法庆寺，后居灵岩寺。能诗。

登朱衣阁

〔清〕路允亨

湖水茫茫一鉴开，落霞孤鹜影徘徊。
半天画阁依城出，十里渔船破浪来。
选胜谁陈金谷赋，吟诗欲效柏梁台。
莲花深处仙风起，隐隐朱衣论楚才。

路允亨（生卒年不详），博兴人。康熙年间贡生。

登朱衣阁

〔清〕顾平楚

杰阁插天际，巍然傍水涯。
西吞秦岭秀，南吐吴江霞。
星月穿堤柳，蛟龙鼓浪花。
仰瞻云雾里，点首唤灵槎。

顾平楚（生卒年不详），字名阁，博兴人，廪生。曾参与康熙六十年《博兴县志》纂修。

己卯[①]仲春，同栾印百、妙微上人、家介士兄黑夜泛舟沧洲亭[②]下

〔清〕王海

烟涵疏柳弄柔黄，黑夜轻桡荡浅塘。
怕有鱼龙惊起睡，一灯闪烁远相将。

王海（生卒年不详），字春涛，号云泉，山东益都（今青州）人。清康熙时诸生。益都李文藻称其“诗文磊落有奇气”。工书，著有《凭翠堂集》《怅别亭百咏》。《国朝山左诗钞》存其诗一首。

① 己卯：康熙三十八年（1699）。

② 沧洲亭：博兴东关偏南有三元庙，宛在水中。康熙年间任博兴知县的朱光宗结亭其上，曰“人境沧洲”。康熙五十八年（1719），沧洲亭倾圮，知县李元伟重修。

春泛锦湖

〔清〕贾昉

大化本无际，东风吹浩水。
淡淡碧玉波，幽深不见底。
倚棹问桃花，宛入仙源里。
翘首远山横，翠影白云起。

贾昉（生卒年不详），字炅寅，博兴人。康熙年间廪生。才思英敏，为时任博兴知县李元伟所器重，参与纂修康熙六十年《博兴县志》，著《策略典训》三十卷、《剩赘录》二卷。

丁亥冬行赈博兴诗

〔清〕张连登

我行博兴野，黄蒿被古道。
穷檐午不炊，馁腹焉能饱？
皇天有厄运，赤子将无告。
慷慨汲长孺，良亦□所抱。
讵是洞民瘼？庶用补淋潦。
萧萧白榆风，剥削或可保。

张连登（生卒年不详），字瀛洲，号省斋，陕西咸阳人。岁贡，康熙三十八年（1699）至四十七年（1708）任青州知府。《丁亥冬行赈博兴诗》写于康熙四十六年（丁亥年，1707）。后调任直隶正定府（治今河北省正定县）知府、通永道员。因政绩显著，升湖北按察使，又晋湖北巡抚。雍正元年（1723）奉诏回京，致仕。其任青郡时，饥民啸聚劫掠，连登即亲诣安抚。所至有声，吏畏民怀。尤工辞章，精书法。年逾六十，免官归里，卒于家。著有《瀛洲稿》《靖叛纪略》《救灾定变志》等。

小清河玩月

〔明〕雪蓑道人

长空一印千江色，倒影波心见太华。
老大乾坤关不住，清光浩浩遍天涯。

雪蓑道人（1498—1565），本名苏洲，自号雪蓑子、雪蓑道人、五湖散人兼三十六洞天牧鹤使者等。原籍河南杞县，后徙居唐县。明代大书法家、诗人、道人，与著名文学家、戏剧家章丘李开先及青州衡王为至交，常遨游于章、莱、青三邑，往来于海岱间。

锦秋亭

〔明〕王象艮

常伴鸥眠暮与朝，莼鲈满载酒萧萧。
江南烟景差相似，想像苏堤跨六桥。

王象艮（约1563—1642），字伯石，又字思止，号定宇，山东新城（今桓台）人。明万历年间，以明经（选贡）为南京国子监典簿，历任河南颍上、洛南知县，云南姚安府同知。著有《迂园集》十二卷。

湖　雨

〔明〕王象艮

锦秋一日一番游，自笑游情剧未休。
纵使冥冥烟雨里，绿蓑青帽也轻舟。

锦秋湖渔父词

〔明末清初〕徐夜

竹笠蓑衣共一船，载酒明月入芦烟。
侬家不解耕耘苦，手把鱼叉即是钱。

徐夜（约1611—1683），初名元善，字长公，号小峦。入清以后，更名夜，字东痴，号嵇庵，山东新城（今桓台）人。著有《东痴诗钞》，王士禛摭拾其遗诗，辑为《徐东痴诗》，后人辑有《阮亭选徐诗》《隐君诗集》。

锦秋湖竹枝词（八首）

〔明末清初〕王士禄

其一

后槽水落晚霜浓，竹扈新施接败荭。
一夜海潮拥蟹至，朝来几担入城中。

其二

湖畔家家理钓筒，斜风细雨晓蒙蒙。
惊看龟甲冯洲出，望去才知是背篷。

其三

朝朝罩䈰向鱼矶，罢钓归船傍夕晖。
晚爨时闻虾蚬气，一双笭箵挂烟扉。

其四

解指湖中鹅鸭城，几年睥睨与波平。
一雨水宫三十里，并归凫雁作湖声。

其五

鲁连坡边春水生，安排鱼具下烟汀。
渔家小妇双鬟绿，晓日门前理钓罾。

其六

桃花春涨鳜鱼鸣，晓日穿波下钓罾。
忽看青空点雪坠，绿蒲深处立鱼鹰。

其七

如镜湖波清且幽，荻芽菱叶雨中抽。

无数艖舟杂钓艇，绿杨一道接湾头。

其八

岸痕几寸记沙洲，入夏山矾水不收。
荇叶荷茎都没却，只余一寸是青丘。

王士禄（1626—1673），字子底，一字伯受，号西樵山人，山东新城（今桓台）人。自少能文章，工吟咏。以诗法授诸弟，皆有成就，而王士禛尤以风雅为海内所敬仰。顺治年间进士，投牒改官，选莱州府教授。后迁国子监助教，擢吏部主事。康熙二年（1663），以员外郎典试河南。母殁，以毁卒。乡人私谥节孝先生。博学，工诗词，著有《读史蒙拾》《司勋五种集》《然脂集例》等。

锦秋亭

〔清〕王士禛

苏公不可见，湖水犹今昨。
斜日古亭闲，水花自开落。

王士禛（1634—1711），字子真，一字贻上，号阮亭，晚号渔洋山人，山东新城（今桓台）人。雍正时避帝讳，改名为士正，乾隆时又改为士祯。顺治十五年（1658）进士，授扬州府推官。康熙年间历礼部主事、翰林院侍讲，后累官至刑部尚书。谥文简。诗有“一代正宗”之称，康熙时为诗坛盟主，与朱彝尊并称“南朱北王”；又为“清初六家”之一，论诗倡“神韵说”，领袖诗坛近五十年。诗集初有《阮亭诗钞》，晚年并历年所刻为《带经堂集》，又自选部分诗为《渔洋山人精华录》，另有笔记《池北偶谈》。2007 年，齐鲁书社出版了六卷本《王士禛全集》。

登锦秋亭

〔清〕毛畹

此地谁为主？常来高士游。
行行循岸柳，处处见汀鸥。
水阔桥通路，亭闲客自留。
溪风吹满袖，不觉已深秋。

毛畹（生卒年不详），字楚茨，号石兰，山东掖县（今莱州）人，莱州府增生。勤于儒业，晚年客死闽中，书籍散佚。诗工五言，著有《河东草》《饮马池集》。《国朝山左诗钞》存其诗二首。

题沧洲亭

〔清〕吴自冲

芰荷历乱动秋风，十里澄湖映碧空。
最是费人摩画处，远山影入有无中。

吴自冲（约 1632—?），字惕庵，号云洲，山东海丰（今无棣）人。诸生，性简傲嗜酒。工诗画。卢见曾《国朝山左诗钞》存其诗四首，称其“作画有奇趣”。著有《留云阁诗集》。

仲冬次韵[1]

〔清〕白誉

一派清波冻朔风，环亭叶落树皆空。
闲看采藕湖边立，人在冰壶玉镜中。

白誉（生卒年不详），字髦公，号阔庵，陕西清涧人。白乃贞长子。曾官甘肃文县训导。素负大志，善古文词赋，工草书。七试棘闱，不售，遂放游江汉，历苏赣齐鲁，与名士相唱和。著有《阔庵集》。

题沧洲亭

〔清〕吴自冲

野水浮天阔，临流结小亭。
风翻荷背白，雨溅草芽青。
试茗聊分座，看山因久停。
故人驰札至，新酒报开瓶。

① 此诗为次吴自冲《题沧洲亭》韵所作。

次　韵①

〔清〕白誉

水云还萧寺，烟霞护草亭。
空林残照紫，古戍远峰青。
浪迹浑无定，长征得暂停。
莫嫌冬月冷，鲁酒尚盈瓶。

雨霁忆湖上倚莲亭

〔清〕王海

倚莲亭下接芳洲，草色青青指贝丘。
最是花香堪入座，泼天晚霁月如钩。

咏倚莲亭②

〔清〕王启后

卜筑烟霞里，苍茫一望迷。
绿荷低水面，芳草满平堤。
古篆呼童拨，新诗倩客题。
夕阳渔唱晚，疑在竹林西。

---

① 此诗为次吴自冲《题沧洲亭》韵所作。

② 倚莲亭：康熙六十年《博兴县志》卷之一《方舆志·古迹·倚莲亭》载："倚莲亭，王生元禧所筑也。王生性躭幽静，因宅后近水，遂于莲池上结茅庐，名为'倚莲'。啜茗赋诗，陶咏其中。四方君子题赠颇夥，集难尽载，采数篇入《艺文志》。"

王启后（生卒年不详），山东新城（今桓台）人，王象坤曾孙。诸生。康熙年间在世。

刘明府[1]春园招饮，咏白梨花和韵（八首）

韵限“墙”“香”“妆”。

其一

〔清〕许州牧

花铃深护锦城墙，金谷园中百卉香。
虢国蛾眉惟淡扫，嫣然一笑压红妆。

许州牧（生卒年不详），博兴人。康熙二十六年（1687）举人。康熙六十年《博兴县志》卷之七《人物志·乡贤》有传：“丁卯科举人。贫乏苦志，总角游庠，屡为司衡所议拔。诱进之士皆成名。事亲孝，事长弟。排难解纷尤得鲁连家法。”

① 刘明府：明府，汉以来偶以“明府”称县令，如杜甫《北邻》诗：“明府岂辞满，藏身方告劳。”元好问《薛明府去思口号》之一：“只从明府到，人信有清官。”刘明府，指刘姓知县。康熙十二年至六十年间的刘姓博兴知县只有一人，即刘名誉，监生，辽阳人。

其二

〔清〕钱大受

骀荡春风过粉墙，冰魂无语自生香。
深深庭院溶溶月，缟带轻盈试晚妆。

其三

〔清〕刘文铉

何来宋玉偶窥墙？隔院狂飔暗送香。
瞥见奇姿惊冷艳，纷纷桃杏愧浓妆。

刘文铉（生卒年不详），字冶公，博兴城里南隅村人。刘倬子，刘之沂玄孙，王士禛外甥。康熙十四年（1675）武举，授福建泉州府陆路提标左营中军守备。因战功，总督、提督交相上奏章推荐，提升为从三品的兴化府游击。他率兵赴台湾剿敌，破十余寨，夺红毛城，追至钓鱼台，敌伏兵起，矢石如雨，刘文铉转战数里不能出，殁于阵。奉旨驰驿归葬，诰授怀远将军、福建兴化城守中军游击兼管左营事。祀博兴忠义孝弟祠。著有《家鉴》一卷。

其四

〔清〕张笃生

一团白雪压东墙，娟秀天生片片香。
彷佛仙人来姑射，珊然玉佩缀新妆。

张笃生（生卒年不详），博兴人，康熙年间岁贡。乡饮大宾。

其五

〔清〕贾昉

独呈国色露高墙，白雪更添一段香。
自是天然羞粉黛，春风谱出美人妆。

其六

〔清〕顾平楚

摇曳花幡出苑墙，含烟浥露满枝香。
燕支不染肌如雪，总为春愁谢艳妆。

其七

〔清〕王元禧

插棘编荆矮筑墙，间间十亩一园香。
不随红紫争新艳，碎剪吴绫试淡妆。

王元禧（生卒年不详），博兴人。因宅后近水，遂于莲池上结茅庐，名为倚莲亭。

其八

〔清〕李文曜

曲径通幽绿覆墙，轻风冉冉拂衣香。
佳人拾翠来花下，粉面琼枝两斗妆。

李文曜（生卒年不详），字奎章，博兴人。由岁贡生任定陶县训导。经史博通，尤精性理。里有张昆耀、张文玉者，隽才也，贫不能给，文曜给之膏火，后皆有名庠序。

行博兴城南水道

〔清〕徐天祥

沿堤三十里，处处尽渔家。
菱浦跃银鲫，莲舟绚彩霞。
柴门溪半绕，酒肆柳深遮。
驴背堪沽饮，囊钱不用赊。

徐天祥（生卒年不详），又名天民，字梅邻，号铁笔山人，山东安丘雹泉镇人。康熙、雍正年间在世。少为石工，后从诸城李澄中游，学乃大进。晚年居安丘摘药山，绝迹尘世，以诗酒自娱。著有《梅邻诗集》。安丘人孙自务曾作《铁笔山人传》述其生平：“山人姓徐氏，名天祥，少攻石。康熙中，诸城李渔村殿读汗漫游，宿安丘山寺中。夜半闻书声琅琅，启户视，一人坐庙楹下爇香照读。谛听其句读，董子《天人策对》也。询知为石工，大奇之，载与俱归。自是得与名士游，字之曰‘梅邻’。数载北还，不复事椎凿，讲求剞劂氏之学。青州东西碑版文字多成其手。士大夫家争延致之，遂自号‘铁笔山人’，改名曰‘天民’。山人虽出入缙绅间，不好为仪检，敝裘破帽，历碌自喜。尝于济南试院中临流濯足，且濯且歌太冲‘千仞万里’句。学使适立其旁，山人夷然无睹也。好游名山水，胜迹琳宫，所至题壁，遇人即出所削稿是正。稿贮行箧久，点画漫灭不可辨识。或为易一字，欣然谢曰：‘是吾师。’读书未贯穿，而颇称浩博。晚购石田万山中，以其地有壶名，著《方壶小志》，取邑中名贤故事，捕风系影，尽书之。检《晋书》得先贤徐苗，邑中人，喜曰：‘我为其后裔！’请于学使者，愿得服博士弟子服，春秋奉昌祀，学使者笑而许之。其任诞如此。卒葬摘药山之阴。”

锦秋湖①

〔清〕成永健

辛丑仲夏，过博昌，与二三友人憩饮锦秋湖亭，荷香拂拂，渔艇往来。因念斯湖之胜久虚，而李侯开浚支脉，复建斯亭，不减古人先忧后乐也，赋此以纪。

九河道久湮，济漯下流塞。
昔人浚清河，支脉通海北。
岁改地多壅，法弛人罕力。
处处汩洪流，鱼龙枕稼穑。
李侯绾符来，恻然事沟洫。
由旧若创始，毁誉不遑恤。
大府任勿疑，功成见泽国。
郭外锦秋亭，长湖光欲滴。
油油满稻畦，田田漾莲菂。
后乐本先忧，匡济拯所溺。
主人事行役，对兹怀明德。
把酒望西浦，夕雨昌蓑笠。
渔艇三两轻，欸乃杂长笛。

① 诗题为本书编者所拟。

成永健（生卒年不详），字乾夫，号毅斋，乡人称其孝贞先生。江苏射阳人。康熙三十三年（1694）进士，历官直隶赞皇、福建南安知县。后任日照县令，在任期间，“严惩棍徒，兴起学校，设立六一书院，亲课甲乙，文风丕振，科目增盛”。曾兼任益都知县，兼理胶州。与时任博兴县令李元伟皆一时干吏。其诗能反映社会现实，有《毅斋诗稿》。

锦秋湖（二绝）

〔清〕成永健

其一

簇簇秧针隐荻芦，江南烟雨博昌湖。
家乡已到无须梦，觅取轻舟问钓徒。

其二

出郭烟光面面侵，荷花夹岸稻花深。
不知六月凉如许，亭子垂虹绿树阴。

过浒山铺

〔清〕成永健

浒山一带长湖，为新、高、博、乐诸水上游，岁率泛涨为害。赖李大中丞轸念民瘼，遴委博兴李令殚心疏凿，涸为膏腴，一望黍苗无际。过此感赋。

年年率浒过山城，喜见沧桑忽已更。
万顷波涛成沃壤，千村烟雨乐春耕。
若非贾让筹三策，安得宣房曲一声!
否泰谁云由大化，挽回只手可天擎。

过浒山铺漫纪田父语

〔清〕佟茂

此地旧泽国，今来田禾稠。
借问昔时水，竟归何处流?
野老欣欣来相告，请君驻马溯其由。
忆自大小清河塞，野水弥漫不计秋。
农夫力作苦无地，家家不复蓄耕牛。
近闻博昌官长好，疏凿新开支脉沟。
下流既通上流涸，还我千顷万顷之平畴。
今夏刈麦盈万石，秋来眼见又丰收。
更闻此官多美政，贵客亦曾识面否?
小民食利无所报，愿祝此官位至卿相尚黑头!

佟茂（生卒年不详），奉天人，活跃于康熙年间。

词　赋

词为诗余，赋为分体。柔声靡曼，更觉多妍。错采辉煌，益惊宏富。杨、班振藻于前，秦、苏擅场于后，斯皆才人之极笔而艺苑之菁华也。

寡妇赋

〔西晋〕潘岳

寡妇者，任子咸之妻也。子咸死，安仁序其寡孤之意，故有赋焉。

乐安任子咸，有韬世之量，与余少而欢焉，虽兄弟之爱，无以加也。不幸弱冠而终。良友既没，何痛如之！其妻又吾姨也，少丧父母，适人而所天又陨，孤女藐焉始孩，斯亦生民之至艰而荼毒之极哀也。昔阮瑀既殁，魏文悼之，并命知旧作《寡妇》之赋。余遂拟之，以叙其孤寡之心焉。其辞曰：

嗟予生之不造兮，哀天难之匪忱；少伶俜而偏孤兮，痛忉怛以摧心。览寒泉之遗叹兮，咏《蓼莪》之余音；情长感以永慕兮，思弥远而逾深。

伊女子之有行兮，爰奉嫔于高族；承庆云之光覆兮，荷君子之惠渥。顾葛藟之蔓延兮，托微茎于樛木；惧身轻而施重兮，若履冰而临谷。遵义方之明训兮，宪女史之典戒；奉蒸尝以效顺兮，供洒扫以弥载。

彼诗人之攸叹兮，徒愿言而心痗。何遭命之奇薄兮，遘天祸之未悔。荣华晔其始茂兮，良人忽以捐背；静阖门以穷居兮，块茕独而靡依。易锦茵以苫席兮，代罗帱以素帷；命阿保而就列兮，览巾箑以舒悲。口呜咽以失声兮，泪横迸而沾衣；愁烦冤其谁告兮，提孤孩于坐侧。时暖暖而向昏兮，日杳杳而西匿。雀群飞而赴楹兮，鸡登栖而敛翼。归空馆而自怜兮，抚衾裯以叹息；思缠绵以瞀乱兮，心摧伤以怆恻。

耀灵晔而遄迈兮，四节运而推移；天凝露以降霜兮，木落叶而陨枝。仰神宇之寥寥兮，瞻灵衣之披披；退幽悲于堂隅兮，进独拜于床垂。耳倾想于畴昔兮，目仿佛乎平素；虽冥冥而罔觌兮，犹依依以凭附。痛存亡之殊制兮，将迁神而安厝？龙輴俨其星驾兮，飞旐翩以启路；轮按轨以徐进兮，马悲鸣而踽顾。潜灵邈其不反兮，殷忧结而靡诉；晞形影于几筵兮，驰精爽于丘墓。

自仲秋而在疚兮，逾履霜以践冰；雪霏霏而骤落兮，风浏浏而夙兴。溜泠泠以夜下兮，水溓溓以微凝；意惚怳以迁越兮，神一夕而九升。庶浸远而哀降兮，情恻恻而弥甚；愿假梦以通灵兮，目炯炯而不寝。夜漫漫以悠悠兮，寒凄凄以凛凛；气愤薄而乘胸兮，涕交横而流枕。亡魂逝而永远兮，时岁忽其遒尽；容貌儡以顿悴兮，左右凄其相慜。感三良之殉秦兮，甘捐生而自引；鞠稚子于怀抱兮，嗟低徊而不忍。独指景而心誓兮，虽形存而志陨。

重曰：仰皇穹兮叹息，私自怜兮何极！省微身兮孤弱，顾稚子识兮未识。如涉川兮无梁，若凌虚兮失翼。上瞻兮遗象，下临兮泉壤。窈冥兮潜翳，心存兮目想；奉虚坐兮肃清，愬空宇兮旷朗。廓孤立兮顾影，块独言兮听响；顾影兮伤摧，听响兮增哀。遥逝兮逾远，缅邈兮长乖。

四节流兮忽代序，岁云暮兮日西颓。霜被庭兮风入室，夜既分兮星汉回。梦良人兮来游，若阊阖兮洞开；怛惊悟兮无闻，超惝怳兮恸怀。恸怀兮奈何，言陟兮山阿；墓门兮肃肃，修垄兮峨峨。孤鸟嘤兮悲鸣，长松萋兮振柯；哀郁结兮交集，泪横流兮滂沱。蹈共姜兮明誓，咏《柏舟》兮清歌。终归骨兮山足，存凭托兮余华；要吾君兮同穴，之死矢兮靡他。

曙观秋河赋[①]

〔清〕钱大受

金气初清，天章且炯；焕苍宇之奇观，发斯人之深省。尔乃凉飔荐爽、白帝司晨。忽西流乎大火，湛零露而浸淫。齐万物而作肃，仰斗柄而回申。纷遥望乎牛女，乃斜转于天津。若夫绵亘长空，银涛欲泻。昭回析木之间，出没东井之野。俨冰壶之散彩，随玉衡而上下；繄畴问乎支机，叹乘槎之或寡。至于星稀月落，晓气如澄；九户乍启，孤灯犹明。敛诸象于淡漠，阒万籁其无声。羌顾兔之在腹兮，夜魄将匿；惜漏水之渐满兮，晨鸡再鸣。于斯时也，横参络角，浥斗扬箕。挂匹练于疏树，助焜耀于晨曦。匪白虹之间气，故常贞而不息；笑卿云之烂漫，亦质是而文非。五星聚兮，如珠玑之落玉盘；绛霞明兮，如黼黻之耀冰机。蝃蝀朝跻兮，驾海之鼍梁远压；白雁高翔兮，横汾之鹢艘连飞。南极遇秋而逞瑞兮，尔不愆乎常度；将伯助月以为明兮，尔独耿乎朝晖。故有征人戒路、羁旅辞家。望明河之如洗，辄翘首而咨嗟。惊旸谷之促驭，交叆叇乎朝霞。亦有深闺怨妇，顾影彷徨。机声轧轧，泪湿流黄。拟天孙之工妙，克成锦于七襄；胡鹊桥之莫渡，郁终古其相望。更有囊萤凿壁，陶经铸史，莲筹未散，披衣乍起。景复旦之华光，独未亏乎昭质。帐前轸之方遒，愿日新乎更始。乃若烟霞逸客、林壑高贤。望羲轮之甫驾，瞻素影之蜷蜷。浮宝瓮兮珠华可漱，挹金茎兮沆瀣初湔。至如贤君问夜，荩臣待漏。莅左介而垂衣，陪郊宫而奉酬。莫不仰云汉之为章，思作人而恐后。兹则天惟定礼，人事屡迁。物以人而异态，情随景以相牵。缅清虚之成象，谁蠡测夫

① 原注：应试作，仿唐人应制体。

星躔？悟变幻于浮云，惟乘运于自然。斯达者之观化，盖莫得而尚焉。

锦秋湖同人泛舟赋 有序

〔明末清初〕李焕章

古今有胜地必有韵人，有韵人必有嘉会，所以上巳有修禊之举，午日有斗舸之约，乞巧穿针，登高采菊，莫不定为令节、著为篇什也。余友东莱钱伯衡先生，忠烈名胄，骚雅宗盟，广文蒲姑。其地有孝廉许君镇南，文学马君子唯、王君介士、贾君炅寅，雄文伟望，振动时流。于孟秋之日，暑气已退，凉飔频来，招余锦秋湖上。爰集同人，拈韵征诗，放舟摇橹，踏歌渔唱，遂令贝丘之区追羡李、郭之仙舟，蒲姑之邦继踪邹、枚之雪苑。竟日忘归，劳而不倦。诸君子促余赋之。其辞曰：

王屋之麓，太行之阳，东流为济，浩浩洋洋。潜伏腾现，既远既长。突起柏湾，泺水之堂。历嶕华之趾，绕阳丘之旁。逾管城，过柳塘，东北而汇为锦秋湖焉。纵横三舍，逶迤百里。南自桓台，北抵苑墙。左挹辕里，右接博昌。漱纹渚影，水色天光。杨柳爽于岸口，芙蓉植于中央。浪虽高而不喧，涛恒拥而若翔。纳泷、祁之流而荡漾，合湆、漯之波而淼茫。吹霜风于万顷，收绿锦于一方，题隽句、锡嘉名于子瞻学士，载志乘、列舆图于思容侍郎[①]。

爰有伊人，家于海块。绮情幽致，玉质金相。皋比座侧，苜蓿斋旁。庭有翠竹，户有青缃。戴箬叶之冠，服薜荔之裳。逢时序而逍遥，极登临而徜徉。居则元晏之倚架，游则亚之之浮湘。更有元度逸少，追随门墙。擅千秋之高

① 原注：元人于钦，字思容，有《齐乘》。

致，占百代之胜场。于是招招李子，广固之墟、愚谷之疆。望济墕而命驾，自天渊而束装。至则布茵席，设尊罍，结嘉宾，邀胜侣于泛酒之艇、载酒之航。理桂棹，荡兰桨，吸茎露，酌金浆。倾座上之杯，浮水中之觞。尔乃络绎属玉，载飞载扬。瞩鸬鹚，睇鸳鸯，鱼鸟争波，蘋藻成行。莲蕊之勃勃而尽吐，蒹葭之青青而未苍。一天露拂，十里荷香。尔乃北望锦秋之亭，西吊诸葛之庄。抵金刚堰之旧踪而宴赏，过青凉寺之遗址而黯伤。历居士村而徘徊，游鹅鸭城而徬徨。经颜斶之故居而溯洄，拜鲁连之古墓而激昂。于是文心竞发，豪兴弥张。赋鹨鹕而半酣，敲珊瑚而欲狂。字捭玉案，句投奚囊。仿两晋，摹三唐。追芳躅于岑、孟，继懿美于米、黄。更至奏琴瑟，鼓笙簧。叶宫吟徵，刻羽引商。叹天道之代谢，嗟人事之靡常。当及时而行乐，每遇景而寻芳。既而夕阳颓影，衣袂苍凉。日既入而忘归，月已上而方将。扣舷扬帆，击楫倚樯。期流风之再续，慕德音之靡忘。殷勤笑语，流连缱绻于芦荻之次、水云之乡。

李焕章（1615—1690），字象先，号织斋，山东乐安（今广饶）人，明诸生。入清后，不复应举。与寿光安致远、诸城李澄中、安丘张贞合称“青州四大家”。与人同修《山东通志》《乐安县志》，主纂《临淄县志》《青州府志》，是山东清代修志名家。与博兴友朋交好，《博兴县志》所载李焕章嘉文有《锦秋八友记》《锦秋湖同人泛舟赋》等。与著名文人顾炎武相友善。顾炎武称赞其文章说：“李先生作书，精古文辞，其传记、书序、志表、碑铭出入河东（柳宗元）、庐陵（欧阳修），小品大有眉山（苏轼）意。”今存《织斋文集》八卷及《织斋遗诗》一卷。

满江红·李将军庙

〔清〕魏锡晋

再拜将军，英雄泪眼几凝血。羡千年庙食，爽灵犹烈。片策不售全赵覆，一筹见用三齐拔。似淮阴、才调尚心倾，真豪杰。

既不与，萧曹列。亦不与，韩彭灭。正无荣无辱，见几明哲。世上如君应有人，可怜尘土谁分别？恨鲰生、碌碌苦奔驰，心徒热。

魏锡晋（生卒年不详），字康孙，浙江山阴（今绍兴）人。康熙年间在世，生平事迹不详。

锦缠道·朱衣阁

〔清〕魏锡晋

杰阁峥嵘，掩映数行垂柳。绕堤边、藕花如绣。香风过处波痕皱。六月凭轩，犹觉微凉透。

尽促坐开襟，行歌携手。俨如贺监、湖边载酒。目前风景无殊，觉山川顿异，乡思难回首。

婆罗门引·董永墓

〔清〕魏锡鼎

薄姑城废，前朝宫殿已成尘。只余垄注河滨，矗立丰碑高冢，是孝子孤坟。较王侯故迹，尚未沉沦。

断魂断魂，漫吊白草青磷。争是浩然正气，凛凛长存。何须夸说、降仙姬输织感天神。止教取、千古彝伦。

魏锡鼎（生卒年不详），字禹孙，浙江山阴（今绍兴）人，康熙年间在世，生平事迹不详。

少年游·第二体·临湖

〔清〕魏锡鼎

荷钱泛水，新蒲漾绿，正夏日初长。客途揽胜，临湖凝眺，觉胸膈倘佯。

参差烟树，远村历历，看云水苍茫。醺醺沉醉一鞭归，疏柳挂斜阳。

临江仙·第六体·河上

〔清〕魏锡鼎

一带疏杨垂绿荫，小桥流水潺湲。紫门开处对南山，翠痕千叠，掩映天际峰岚。

忘却风尘车马倦，闲看鱼棹来还。恍然身置水云间，稻鱼成市，风景绝类江南。

注：于钦的《博兴风景》，“志乘选录”单元“〔元〕于钦《齐乘》卷之四《古迹·一》选”已载录，此节略而不录。

“志乘选录”单元已载录的康熙十二年《博兴县志》中之诗歌，此节略而不录，包括：陈文伟的《博邑八景》、袁学孔的《杨公去思篇》、熊佑的《挽邑主赵慎轩先生》、陈嘉征的《锦秋亭步东坡韵》《别博兴父老》、翁兆云的《锦秋亭怀古》、连元的《踏灾》、顾龙山的《酌迎秀楼》。

〔清〕乾隆二十八年《蒲台县志》卷四《艺文》选

（选自严文典修、任相纂《蒲台县志》，乾隆二十八年刻本）

蒲台八景（选二首）

〔清〕严文典

济水拖蓝

源从王屋济流长，迢递平铺匹练光。
好是蒙蒙春雨后，一堤烟柳片帆张。

乾隆《蒲台县志》卷一《形胜·附八景》："济水拖蓝：济水来自西南，达于东北，清涟澄澈，风静波平，如碧练环绕，翠带长拖，钩深钓奇，此其选矣。"古济水即大清河（咸丰五年为黄河所夺），由西南而来，绕蒲台城东北而去，今为黄河河道。今博兴乔庄镇濒临黄河，属原蒲台地。

唐寺晓钟

曾说鲸音起宝幢，晓烟牧笛渡云杠。
莲台已烬花钟杳，夜夜残碑风雨撞。

乾隆《蒲台县志》卷一《形胜·附八景》："唐寺晓钟：旧志（普静）寺在通滨镇，唐时建，附近村墟每听此寺钟声以兴劳作。……康熙年间倾圮，乾隆初年改建关帝庙。"通滨镇时属蒲台县，今在博兴县庞家镇境内。镇中原有唐时所建普静寺，寺内钟声宏亮悠扬，远达数里。现其寺院早毁，遗迹无存。

严文典，字葆林，浙江归安（今湖州）人。乾隆十九年（1754）甲戌科二甲第六十四名进士（此榜进士，二甲第四名为纪昀，第四十名为钱大昕），乾隆十九年十二月任蒲台知县，编修刊刻《蒲台县志》。乾隆二十八年（1763）十一月调任曲阜知县，后升任曹州府同知。

蒲台八景（选二首）

〔清〕任相

济水拖蓝

洑流何处来，涓涓自王屋。
几回隐隈潜，兹地纹如縠。
沦涟静堪爱，不忍唾净渌。
夕光涵星河，晓气滋水族。
鼓枻咏层城，宛似斜川曲。
四渎纪两戒，念此存禹躅。
不见炎汉时，浊浪相蹷躄。

唐寺晓钟

不匮岂晏安，生人会有役。
昧爽竞索衣，夜随群动息。
曷以寝不甘，遥钟声历历。
往哲齐人情，肃唱五音饬。
奏文乱以武，麟凤亦来格。
高张此一悬，包蒙尚有系。
悠扬渡远汀，晓月挂萑荻。

任相（生卒年不详），字兴伯，江南山阳（今江苏淮安）人，寄籍山东历城（今济南）。乾隆九年（1744）甲子科举人，由乙丑（1745）科会试明通（雍正五年起，在会试落卷内选文理明通的举人于正榜外续出一榜，名为明通榜，以教职用）。乾隆十一年（1746）十二月任蒲台教谕，编修《蒲台县志》。

〔清〕咸丰九年《武定府志》卷三十七《艺文》选

（选自李熙龄修、邹恒纂《武定府志》，咸丰九年刻本）

蒲台八景（选二首）

〔清〕严文典

济水拖蓝

济水西来势渐衰，萦蒲斜抱去迟迟。
萧疏一带长堤柳，青翠齐拖入海时。

唐寺晓钟

兴废无端感去踪，苍凉古寺暮云封。
可堪一枕华胥梦，惊破河堤午夜钟。

蒲台八景（选二首）[1]

〔清〕严文典

济水拖蓝

源从王屋济流长，曲折平铺匹练光。
敢诩冰壶清似水，一瓯满贮到琴堂。

唐寺晓钟

何年绀宇郁崇嶐，断续蒲牢透远空。
听得数声惊晓梦，家家勤动有唐风。

① 咸丰九年《武定府志》卷三十七《艺文·诗》中收录两组《蒲台八景》，皆署严文典作。

〔明〕天启四年《新城县志》卷十四《艺文志》选

（选自王象晋纂修《新城县志》，天启四年刻本）

北湖（三首）

〔明〕王之都

同冯漂庵

泛泛冶湖上，盈盈镜里身。
波光逐月急，树杪引风频。
对景时敲句，遐思欲就邻。
君方持斧出，不是共舟人。

赠耿铨部（二首）

送送俱南归，行行怅落晖。
一年行色尽，千里寄声稀。
吾道弦为直，君心鉴自辉。
锦秋湖畔好，暂尔着荷衣。

寻盟连袂竟探幽，移棹青溪过野舟。
老衲殷勤频访问，小楼鸡黍足淹留。
千年太史松云卧，万里湖光雪练浮。
眺望几时余感慨，顿忘梅月映沧州。

王之都（生卒年不详），字尔章，号曙峰，山东新城（今桓台）人。王耿光子。万历二十三年（1595）进士，任河南沔池知县，后擢开封知府。为官清明，有政声。著有《殚心录》十九卷。

游北湖（八首选五）

〔明〕王象艮

其四

月挂船头迷野烟，苍黄堤柳雁来天。
谁家砧韵飘湖上，一派渔歌到枕前。
秋思乍惊风飒飒，夜深偏怕水溅溅。
明朝欲了临流兴，数问阴晴未得眠。

其五

水光已洗西山雨，树色才新返照晨。
今古烟霞成独笑，江湖风雨任闲人。
鱼吞细荇津翻白，鸟过澄波影愈真。
身世浮云堪寄傲，徜徉此际兴无垠。

其六

此湖昔日游坡老，绿锦霜秋写此图。
烟水那能分北地，弦歌何处不西湖。
朝昏极目人千里，风雨扁舟水一区。
波镜晚来迎白发，相过百遍岂为迂。

其七

邻封为壑锦为秋，湖里欢愉湖外愁。
画舫游人歌欲续，蓼花空屋水深流。
白鱼入网堪为饭，青冢停舟好对鸥。
沃壤何时生黍稌，箸篓满载变鱼钩。

其八

清波曲折抱幽居，四望苍花尽沮洳。
岁月那能销傲骨，烟云无际只荒庐。
东湖浪接西湖浪，下水鱼争上水鱼。
小艇孤蓑轻似叶，鱼竿清唱晚箫竦。

北湖烟水

〔明〕王象艮

百里芙蓉似锦，一湾绿水残霞。
时雨时晴天气，半耕半钓生涯。

再游锦秋湖

〔明〕王象益

避尘何处好，小艇泛晴湖。
波色遥金镜，烟光漾玉壶。
天低云带湿，酒尽鸟频呼。
对尔联新句，依然别墅图。

王象益（1577—1642），字冲孺，号鸿渚，山东新城（今桓

台）人。万历五年（1577）岁贡生，官博兴训导。崇祯十五年（1642）博兴城破，王象益夫妇被执不屈，同死官舍。著有《景先楼集》。

春日泛湖

〔明〕王象益

萧萧春雨洗春芜，柳色鹅黄岸岸纡。
船小波平堪共客，人间日永好当垆。
桃花几树红堆地，鸥鸟成群白点湖。
茅屋数椽新燕子，空明百里泛轻凫。

游北湖（八首）

〔明〕王象明

其一

水平舟稳趁时开，怯雨多将龙具来。
岸上远山为客主，风前过雁与秋媒。
厌携莲菂留双蒂，乍馔鲈鱼验四腮。
云意常遮多胜处，长年也解不相催。

其二

湖光遮莫江南秋，时雨时晴得俱收。
刻露山云晴照面，萧疏烟树雨梳头。
浮沉野鹜争新水，深浅沙汀任泊舟。
蛙鼓鸟笙声聒聒，水晶静夜宴阳侯。

其三

四五片霞生瓮云，不胜酒力咀黄芹。
露花荡荡蒹葭冷，枫叶习习鹅鹜群。
雨过红紫添逸态，风临古水起波纹。
好随渔父渔竿把，领取秋芬定几分。

其四

湖光荡荡水潺潺，湖色嫣嫣处处妍。
荷叶田田何绰绰，蓼风洒洒复便便。
萧萧蒲草萩萩岸，远远沙鸥稳稳眠。
但得朝朝更暮暮，何妨雨雨又烟烟。

其五

湖里天光接岫光，每来秋日着秋裳。
渔人多似游人醉，酒政翻同诗政狂。
菰米做瓜兼做粉，莲花疑睡又疑妆。
纵观一日如千日，不在云乡在水乡。

其六

小清潢水汇如雯，洏水南流更不分。
昨日莲房犹宿雨，今来菰米已沉云。
风吹芦穗蟹初老，天与秋霜雁欲群。
西望青山时隐见，夕阳返照似江溃。

其七

华沟水绕草萋萋，家北家南玉作畦。
人到鸥群狎似友，舟行莲莩溅如泥。
今存青冢清凉寺，昔是浣花浣锦溪。
一片空明蒲苇地，千年野鸟古今啼。

其八

一船佳趣泊湖囊，风到涟漪向晚凉。
杯泛碧荷沾露气，诗成新向带莲香。
洗三云更蛾眉月，轻雨夜烹蟹眼汤。
定住芦花荇叶里，日收晴态夜收霜。

王象明（1579—1649），初名象履，字用晦，号雨箩，山东新城（今桓台）人。岁贡生，官大宁知县。著有《雨萝集》《山居集》等。

北湖（二首）

〔明〕王象随

其一

伸手采菱角，回身避菱花。
怕是秦台镜，照出心中瑕。

其二

浮花悦芳蓁，照影怯文禽。
若泛白玉弦，能谐绛树音。

王象随（？—1642），字季良，山东新城（今桓台）人。天启元年（1621）举人，崇祯九年（1636）特旨保举贤良方正，例封文林郎。崇祯十五年（1642），清兵攻陷新城，殉难。著有《王氏礼经解》。

湖 上

〔明〕李云程

一望苍茫迴不休，波涛争似去年秋。
遥看茅屋来舟底，近入人家伴鸟浮。
共效于垣生未稳，惟怜叠岁苦中愁。
停篙莫话萧条事，回首西风欲涕流。

李云程（生卒年不详），山东新城（今桓台）人，廪生。

〔清〕康熙三十二年《新城县续志》卷下选

（选自孙元衡著、王启涑编《新城县续志》，康熙三十二年刻本）

邀同孔瑶石①广文、王清远②昆仲泛锦秋湖（二首）

〔清〕孙元衡

湖开绿景荡秋风，不藉亭台点缀工。
水远菰蒲容傲吏，荷深鸥鹭狎渔翁。
村家乐事莼鲈美，井税输时菱芡丰。
挈得济南名士侣，扁舟几日一樽同。

闻道诸侯鲁会盟，青齐相望古坛平。
朝宗河水三支析③，贯目波光百道明。
窟隐鱼龙春作浪，城荒鹅鸭夜闻声。
鲁连高蹈犹堪羡，独为湖山表令名。

① 孔瑶石：生平不详，康熙间曾任新城县教谕。

② 王清远：即王启涑，字清远，王士禛长子，生平简历第87页《泛锦秋湖》作者小传。与孙元衡同修康熙三十二年《新城县续志》。

③ 原注：小清、孝妇、乌河皆汇于此。

孙元衡（生卒年不详），字湘南，江南桐城（今安徽桐城）人，约康熙五十年（1711）前后在世。贡生。曾为四川汉州同知，康熙四十二年（1703）署台湾府同知，后历官至东昌府知府。曾任山东新城（今桓台）知县，并于康熙三十二年（1693）主修《新城县续志》。其人工诗，多纪海外土风物产，颇逞才气。著有《赤嵌集》。

〔清〕康熙三十三年《新城县志》卷十四《艺文志》选

（选自崔懋修、严濂曾纂《新城县志》，康熙三十三年刻本）

锦秋湖夜泛

〔明〕刘宁

波光潋滟碧天同，短棹轻航五两风。
日暮涟漪千顷阔，月明欸乃一声通。
蒹葭水外堪招隐，鸥鹭滩边足寄穷。
剩有扁舟横野渡，凭谁收取济川功？

刘宁（生卒年不详），博兴人。成化四年（1468）举人，授广平府通判，多惠政。迁阶州、亳州知州。在亳州时，以勘徽王田庄忤逆王世子，遭械击。未几获释，复任保安知州。入广平名宦祠。著有《松轩集》。

锦秋湖（二首）

〔明〕王象艮

急雨过湖上，青山列翠螺。
水添舟渡隐，人语鸟惊过。
白鹭依依下，红蕖灼灼多。
会城时隐见，沿岸有归蓑。

郭北看无际，秋湖水自漫。
鹭来窥细芷，鱼戏上平滩。
香稻黄云老，江芦白雪寒。
扁舟乘兴往，斜雨一横竿。

同又损、季木、用晦诸弟泛湖

〔明〕王象艮

鸣锣打鼓湖堤外，曲曲垂扬两岸纡。
宿雨乍添新水溜，远山微露一峰孤。
临风举网鲈鱼美，即景怀人午梦苏。
更喜轻舟乘夕至，月明相映弄菰蒲。

锦秋亭[①]

〔明〕王象艮

城东荡漾野水，苏子图画锦秋。
四顾偏宜烟雨，双栖惟见沙鸥。

鹅鸭城

〔明〕王象艮

城名鹅鸭何代，岸上蒹葭自生。
闻说慕容畜养，每逢阴雨交鸣。

湖上食鲈莼作

〔明〕王象艮

纵酒毗名把钓竿，宦情世态等闲看。
西风乍返江东棹，只此莼鲈合弃官。

湖　雨

〔明〕王象春

两湖十里隔西东，莲曲菱歌声不同。
苏老只怜晴潋滟，那知一样色空蒙。

---

① 该诗又见于天启四年《新城县志》，文字略有参差，作“城东一派野水，苏子图画锦秋。四顾苍茫烟雨，知心惟有白鸥。”

王象春（1578—1632），原名象巽，字季木，号文水，又号虞求，山东新城（今桓台）人。万历三十八年（1610）进士。诗宗前、后“七子”，诗文结集为《齐音》《问山亭集》。

泛锦秋湖（二首）

〔清〕唐梦赉

十载云湖系客思，秋风短棹尚嫌迟。
东山小草终何济，西塞桃花定几时？
种树拟遮红蓼岸，买歌新制竹枝词。
名香清罄无余事，高枕兰桡信所之。

垂老林泉计始成，谁能尘世了余生？
将营山水为三窟，须护丹砂当五城。
庐岳争如长白远，潇湘何似锦秋清？
卜居应号黄冠子，拼与乾坤一叶轻。

唐梦赉（1627—1698），字济武，别字豹岩（一说号豹岩，又号岚亭），山东淄川（今属淄博）人。顺治五年（1648）中举人，翌年（1649）成进士，授翰林院庶吉士。顺治八年（1651）授翰林院检讨。因纠劾某位给事中而忤怒朝廷要员，被罢官。詹事李呈祥等人虽上疏为唐梦赉申辩，然其去意已决，遂拂袖而归。时年仅26岁。曾为《聊斋志异》写序，主编《济南府志》、主修《淄川县志》。著有《志壑堂集》。

锦秋湖（二首）

〔清〕唐梦赉

落尽红衣唱采莲，菰蒲漠漠碧连天。
邻舟借问无鱼卖，知是南村放鸭船。

渔家结屋列芳洲，水尽南云散菜畴。
他日诛茅三亩地，柳阴须起望湖楼。

锦秋湖竹枝（三首）

〔清〕王士禛

鹅鸭城边望不稀，汀洲水长荻芽肥。
慕容事远伤春目，斜日金鹅接翅飞。

锦湖水色胜湘湖，雉尾莼羹玉不如。
持谢江南陆内史，酪浆还得似渠无。

不论烟棹与霜篷，帆力真禁八面风。
北豸南鲈谁辨得？凭君博物注鱼虫。

泛锦秋湖

〔清〕王启涑

极目沧波远，天光淡欲浮。
千峰对尊酒，一叶下寒流。
人醉芦花梦，香闻杜若洲。
茫茫何限意，惆怅五湖秋。

王启涑（1653—1727），字清远，一字春谷，别号石琴山人，山东新城（今桓台）人。王士禛长子。贡生，官茌平教谕，候补知县。著有《西城别墅诗》《茌平诗存》《闻诗堂小稿》《读书堂近草》《王阮亭行述》等，并纂有《新城县志》《新城县续志》等。

〔清〕乾隆二十三年《高苑县志》卷之八《艺文志》选

（选自张耀璧纂修《高苑县志》，乾隆二十三年刻本）

清河道中暮归

〔金〕朱自牧

缓辔溪边喜乍晴，夕阳流水漫孤城。
川平佛塔层层见，浪稳商舟尾尾行。
十里烟霞随野步，两岸禾黍撼秋声。
雨旸虽有丰年意，久客都无地可耕。

朱自牧（生卒年不详），字好谦，棣州厌次（今山东惠民）人。金熙宗皇统年间（1141—1148）进士，大定二年（1162）官同知晋宁军事。卒于官。博学能文，尤工诗赋。

题济水明霞

〔明〕张希稷

导沇源来一派长，偏宜曙晚幻奇妆。
天孙散绮浸层浪，宓女流脂映七襄。
红蓼丹枫纷献彩，天光水色总成章。
好将裁补明王衮，笑倚东风兴欲狂。

张希稷（生卒年不详），山东高苑（今高青）人。嘉靖二十八年（1549）举人、三十八年（1559）进士，先后任浙江钱塘、河南鄢陵县知县，大理寺评事。隆庆时任江西按察司佥事，万历时任山西布政使司右参议，冀北兵备道。

小清河见鱼者

〔明〕杨浩

细雨斜风泛小清，桃花流水钓舟横。
得鱼换酒邀同伴，团坐苔矶醉月明。

杨浩（生卒年不详），山东高苑（今高青）人。生平事迹不详。

书小清河碑阴

〔清〕江鼎金

蒿目民艰日，万井扬洪波。
朅来冯迟虐，邻邑倒天河。
吁嗟邻黎总赤子，仁心为质胡尔尔！
高踞媪壤势建瓴，下瞰吾圉犹釜底。
保障蜿蜒走长虹，黄昏剸断欻蛟宫。
徒冀淳蓄一泊竭，莫恤三邑帑赋空。
遂人棘卮泪阡陌，鸥凫下上逐塴渚。
黄云未刈饱真虾，操舟坐将枣栗摘。
可怜筑场其获秋，曾无京坻出陇头。
潳泽既蕴编户疫，坍塌尤廑社隍忧。
壄邻弥望草无青，设闸开渠议不经。
上赖神明犀鉴炯，遥临旌节烛情形。
悔心无敢窥蚁穴，煌煌厉禁重申说。
匪直榜檄案如上，允垂丰碣昭回列。
谟讦猷远感多方，仁言利漙法綦良。
岳隆生申周室辅，循行召伯记甘棠。
惠我无私兆民庆，世歌明德倚扶桑。

江鼎金（生卒年不详），字紫九，湖北荆门人。康熙二十四年（1685）进士，初授高苑知县，后擢刑部主事，又督学陕西，补口北道，皆有惠政。著有《问心堂诗》一卷，《补遗》一卷。

披沙沥金

董永变文[1]

〔晚唐五代〕佚名

人生在世审思量，暂时吵闹有何妨；
大众志心须净听，先须孝顺阿耶娘。
好事恶事皆抄录，善恶童子每抄将。
孝感先贤说董永，年登十五二亲亡。
自叹福薄无兄弟，眼中流泪数千行；
为缘多生无姊妹，亦无知识及亲房。
家里贫穷无钱物，所卖当身殡耶娘。
便有牙人来勾引，所发善愿便商量。
长者还钱八十贯，董永只要百千强。
领得钱物将归舍，拣择好日殡耶娘。
父母骨肉在堂内，又领攀发出于堂，
见此骨肉音哽咽，号咷大哭是寻常。
六亲今日来相送，随东直至墓边傍。
一切掩埋总已毕，董永哭泣阿耶娘。
直至三日复墓了，拜辞父母几田常[2]；
父母见儿拜辞次，愿儿身健早归乡。
又辞东邻及西舍，便进前程数里强。
路逢女人来委问："此个郎君住何方？
何姓何名依实说？从头表白说一场！"

---

① 1899年，在敦煌千佛洞石室里发现一批唐、五代时期的珍藏书卷，其中说唱文学故事的底本称为"变文"。变文在中国文学史上是很值得重视的，对后代的诸宫调、宝卷、鼓词、弹词等讲唱文学，以及杂剧、南戏等戏曲文学也有积极的影响，为后代戏曲文学提供了丰富的素材。

② 田常：文中凡三见，王庆菽、周一良疑当作"填偿"，谓填偿董永的卖身债。向达认为，田常亦是仙人名，见《搜神记》。

“娘子既言再三问，一一具说莫分张：
家缘本住朗山下，知姓称名董永郎。
忽然慈母身得患，不经数日早身亡。
慈耶得患先身故，后乃便至阿娘亡。
殡葬之日无钱物，所卖当身殡耶娘。”
“世上庄田何不卖？擎身却入贱人行。
所有庄田不将货，弃货今辰事阿郎。”
“娘子狗贿是好事，董永为报阿耶娘。”
“郎君如今行孝仪，见君行孝感天堂。
数内一人归下界，暂到浊恶至他乡。
帝释宫中亲处分，便遣汝等共田常，
不弃人微同千载，便与相逐事阿郎。”
董永向前便跪拜：“少失父母大恓惶！”
“所卖一身商量了，是何女人立门傍？”
董永对言依实说：“女人住在阴山乡。”
“女人身上解何艺？”“明机妙解织文章！”
便与将丝分付了，都来只要两间房。
阿郎把数都计算，计算钱物千匹强。
经丝一切总尉了，明机妙解织文章。
从前且织一束锦，梭齐动地乐花香，
日日都来总不织，夜夜调机告吉祥。
锦上金仪对对有，两两鸳鸯对凤凰。
织得锦成便截下，揲将来，便入箱。
阿郎见此箱中物，念此女人织文章。
女人不见凡间有，生长多应住天堂。
但织绮罗数已毕，却放二人归本乡。
二人辞了须好去，不用将心怨阿郎。
二人辞了便进路，更行十里到永庄。
却到来时相逢处，“辞君却至本天堂”！
娘子便即乘云去，临别分付小儿郎。

但言“好看小孩子”，董永相别泪千行。
董仲长年到七岁，街头游戏道边旁，
小儿行留被毁骂，尽道董仲没阿娘。
遂走家中报慈父：“汝等因何没阿娘？”
“当时卖身葬父母，感得天女共田常。”
如今便即思忆母，眼中流泪数千行。
董永放儿觅母去，往行直至孙膑傍：
“夫子将身来筮卦，此人多应觅阿娘。”
“阿耨池边澡浴来，先于树下隐潜藏。
三个女人同作伴，奔波直至水边傍。
脱却天衣便入水，中心抱取紫衣裳；
此者便是董仲母，此时羞见小儿郎。”
“我儿幼小争知处，孙膑必有好阴阳。
阿娘拟收孩儿养，我儿不宜住此方，
将取金瓶归下界，捻取金瓶孙膑傍。”
天火忽然前头现，先生失却走忙忙，
将为当时总烧却，检寻却得六十张。
因此不知天上事，总为董仲觅阿娘。

（选自王重民等编《敦煌变文集》卷一，第109～113页，人民文学出版社1957年版）

送刘法曹①东归

〔北宋〕魏野

上官多是叹穷途，得替行装尽有余。
惟有甘棠刘法掾，来时骑马去骑驴。

（选自魏野撰《东观集》卷二，康熙二十五年翁栻抄本）

魏野（960—1019），字仲先，号草堂居士。原为蜀地人，后迁居陕州（今河南陕县）。自筑草堂于陕州东郊，乐耕勤种，亲手植竹栽树，凿土引泉，常在泉林间弹琴赋诗其诗，多吟咏陕州风土人情、田园山水。大中祥符初（1008），辽派使臣求取《魏野诗集》的下半部，宋真宗遂请其出庄为官，乃以“麋鹿之性，顿缨则狂，岂可瞻对殿墀”为由拒绝。景德三年（1006），寇准谪陕州任知州，他赠诗劝寇准：“好去天上辞将相，归来平地做神仙。”天禧三年（1019）十二月卒，次年正月，真宗下昭旌表，称他“陕州处士”，追赠为秘书省著作郎。其诗效法姚合、贾岛，苦力求工。《宋史·艺文志》著录其《草堂集》二卷，《钜鹿东观集》十卷。

① 刘法曹：即曾任陕州司法参军的刘偁。刘偁罢官后，没有钱回去，便把骑的马卖了置办行装，骑着驴回去。宋真宗看到魏野赠送刘偁的诗，任命刘偁知青州博兴县。刘偁后升任主客郎中、三司户部判官。

董　永

〔北宋〕叶清臣

董生少失母，老父鳏且贫。
无田事耕稼，客作奉晨昏。
朝推鹿车去，大树为庭藩。
农家乏甘旨，糠籺苟自存。
父死不得葬，鬻身奉九原。
人道孝为本，畎亩知所尊。
伤嗟世教薄，至行岂足论。
廪禄厚妻子，樠柎遗其亲。
靳吝一抔土，因循三尺坟。
空令丘壑间，凛凛惭英魂。

（选自吕祖谦编《宋文鉴》卷十五，见《钦定四库全书·集部八·总集类》）

叶清臣（1000—1049），字道卿，江南长洲（今江苏苏州）人，一作乌程（今浙江吴兴）人。宋天圣二年（1024）榜眼，历任光禄寺丞、集贤校理，迁太常丞，进直史馆。论范仲淹、余靖以言事被黜事，为仁宗所采纳，范仲淹等得近徙。后同修起居注，权三司使。知永兴军时，修复三白渠，溉田六千顷，实绩显著，为后人所称颂。著作今存《述煮茶小品》等。《宋史》《东都事略》有传。

〔中吕〕朝天曲（二十二首其十）

〔元〕薛昂夫

董永，卖身，孝感天心顺。谁知织女是天孙，同受为奴困。自有牛郎，佳期将近，书生休认真。本因，孝亲，不是夫妻分。

（选自隋树森编《全元散曲》第790页，中华书局2018年版）

薛昂夫（1267—1359），原名薛超吾，汉姓马，亦称马昂夫，字九皋。回鹘人，先世内迁孟路（今河南沁阳），祖、父皆封覃国公。据赵孟頫《〈薛昂夫诗集〉序》，薛昂夫曾执弟子礼于刘辰翁门下。曾官三衢路达鲁花赤。善篆书，有诗名。王德渊《〈薛昂夫诗集〉序》中称其诗词新丽飘逸，“如龙驹奋迅，有并驱八骏一日千里之想”。诗集已佚。其诗作存于《皇元风雅后集》《元诗选》等集中。

〔商调〕集贤宾①

〔元〕佚名

想双亲眼中血泪滴，撇这生分子受孤恓。又无个连枝亲眷，那里有同气相识？你来时节带得忧来，回时节带得愁回。我做了个没投奔不着坟墓鬼，这凄凉何限何期？感的这行人皆痛哭，更和这客旅也伤悲。

【逍遥乐】母亲也你闲的我来不存不济与人家做婢为

① 董永传说最早编成杂剧在元代，今全剧不存，唯明代《雍熙乐府》存此一组套曲。

奴，怎能勾追斋累七？我这里似醉如痴，更腮边泪似扒推。母亲也则你这歹孩儿几时得见你，谁似我知他你是谁。走将来厮认义，平白地说道是夫妻。不争在路途中有人察的，我如今在丧服之际，这一个罪名儿教我怎支持？

【醋葫芦】我如今家业无，缺饮食。为无钱葬母卖了身躯，跟我去恐防连累了你。与人家为奴作婢，你正是得便宜翻做了落便宜。

【梧叶儿】你时下还家去，我常常的打听着你，等的咱服孝满立个良媒，那其间成佳配。似这般有甚迟？你将言语索依随，化生女才却端的，谁信你三从四德？

【后庭花】我这里待推来怎地推，越教人难摘离。他那里一星星言端的，一桩桩都是实，好教我痛伤悲。甚么夫荣妇贵？他又不是官府逼，又不是父母催，又不是图饮食，又不恋我富贵。

【双雁儿】怎生来平白地和我受颠危，使咱家心转疑，必是和咱家有干系。是前生少欠的，今世来聚会。

【醋葫芦】听的我耕锄便是忧，我教他织绢帛他便喜。我见他相谦相让不疑惑，比及你三百匹绢帛完备的。他道是非同容易，这一场辛苦不轻微。

【浪来里煞】你道是愿为奴愿作佣，你道是要赎咱卖身契。想当初卓氏不稀奇，妇人中古今谁似你。若是我有朝一日荣贵，那时节答报你个大贤妻。

（选自郭勋辑《雍熙乐府》卷十四《商调》，嘉靖四十五年刻本）

送赵文声①知博兴县

〔明〕程敏政

碧云凉吹满林皋，奉檄东行属俊髦。
百里为民常择尹，一官旌异得均劳。
河桥秋别犹攀柳，县郭春来莫种桃。
齐鲁弦歌原接境，看君今日试牛刀。

（选自程敏政撰《篁墩文集》卷七十六，见《钦定四库全书·集部六·别集类五》）

程敏政（1445—1499），字克勤，徽州府休宁人，南京兵部尚书程信子。十岁侍父官四川，十余岁以神童召对，诏读书翰林院，官给廪馔。成化二年（1466）进士，授翰林院编修。为名臣之子，才高负文学，常俯视侪偶，颇为人所疾。弘治元年（1488）冬，御史王嵩等以雨灾劾程敏政，因勒致仕。五年（1492）起官，寻改太常卿兼侍读学士，掌院事。进礼部右侍郎，专典内阁诰敕。见唐寅乡试卷，激赏之。弘治十二年（1499）主持会试，以试题外泄，被劾通关节于唐寅等，下狱，寻勒致仕。出狱后愤恚发痈卒。后赠礼部尚书。学问淹通，独以博学雄才、高视阔步，其考证精当者亦多有可取。有《新安文献志》《皇明文衡》《篁墩文集》等。

① 赵文声：据博兴旧志，程敏政所处的明成化、弘治间赵姓县令唯浙江黄岩赵珂一人，即前所见康熙十二年《博兴县志》所谓“赵慎轩”。康熙六十年《博兴县志》卷之六《官师志》：“赵珂，黄岩人，举人，成化十年任，居官九载，去后见思。”详见第17页黄孔昭《慕赵慎轩乞归》诗注释。

送西渭①

〔明〕顾铎

当年百里同风尘，出入西曹共酉辰。
交游四海几兄弟，萍梗一旦忽燕秦。
燕门夹道多烟柳，秦关君过休回首。
登堂既拜白头亲，扬帆应指清淮口。
淮耶秦耶重我思，相寻梦里将何之？
明年为报东风道，早放梅花北向枝。②

（选自赵愚轩编纂《青州明诗钞》，第 57 页，青岛出版社 2010 年版）

入夏风雨作，寒有感，因成

〔明〕顾铎

前夜雷，今日风，四月维夏还冬隆。
雨飘霰集空蒙蒙，气候倏忽何不同。
天涯游子心冲冲，有亲远在海之东。
而胡犹恋秦塞雄，倚门西望天戎戎。
兴言及之泪盈把，侍养返劳弟与姐。
乌鸟雏母不相舍，悠悠我竟何为者？
我年五十将衰丑，一子夭殁真折手。

① 西渭：即畅华，字子实，号西渭。与顾铎同为正德十二年（1517）进士，并共事于刑部。

② 《青州明诗钞》载："梁桐云：'南田公自山阴令六迁，官为陕西行太仆卿。政尚果毅，为时所重。其为诗不缚格调，沨沨乎古之遗言遗意也。'马岳《南田集》序：'南田先生之诗，旨趣悠深，风味雅适，气格昌大，音调清婉。'"

惨雾愁云共烟柳，黄金何用印如斗。
此风此雨此寒或到吾亲边，
念儿思儿朝朝暮暮不离口。

（选自赵愚轩编纂《青州明诗钞》，第58页，青岛出版社2010年版）

夏坐听蝉

〔明〕顾铎

桐树栽庭前，梧树栽庭后。
蝉集断续鸣，两部笙歌奏。
凉风入我怀，兀然坐清昼。
止酒真止矣，看书忘句读。
何须上蓬莱，何须求勾漏。
百万聚雄兵，蜗角从渠斗。
乘化以归尽，元亮真参透。

（选自赵愚轩编纂《青州明诗钞》，第58页，青岛出版社2010年版）

辞　朝

〔明〕顾铎

诏称皇考谏戍学，杖死被囚众群僚。
廷阙肯容严嵩在，老臣辞殿泪涌朝。

（选自顾志强本《顾氏族谱》）

退老笔架山

〔明〕顾铎

其一

退休城湖在博昌，奎山乡老叙衷肠。
我今不作宦游客，总想当年旧同窗。

其二

陶公寄迹一叶舟，我已退居小湖楼。
三峰虽非洛阳比，平明可作洞庭秋。

其三

晨起童呼晓日丽，不闻宫禁乱莺啼。
平湖细浪云叠影，幽秀小山峰三歧。

（选自顾志强本《顾氏族谱》）

辞　朝

〔明〕顾铎

早朝哭黄昏，杖死众群臣。
月亏丹墀暗，鹃啼皇宫深。
欧嵩多学士，恨自天下人。
辞殿倾袍泪，疯狂直面君。

（选自顾志强本《顾氏族谱》）

春秋度[①]

〔明〕顾铎

春

我老城湖新，峰朝天际云。
风吹千层锦，峙纵三峰春。

夏

鸥惯芦丛忙，荷喷满湖香。
老翁不胜簪，柳岸亦乘凉。

秋

雁突云峰外，霜寒篱菊幽。
湖帆风送远，秋色凝敌楼。

冬

童扫万卷橱，晓窗著我书。
笔挥青云外，墨余白雪涂。

又秋

鹤鸣竹径曲，雁凑琴韵舒。
枫菊东篱透，山林入画图。

（选自顾志强本《顾氏族谱》）

---

① 原注：笔架山。

退老

〔明〕顾铎

泪疏左顺门，帝怒罪朝臣。
退老城阙下，常叙故乡人。

（选自顾志强本《顾氏族谱》）

龙泉寺[①]怀顾南田使君，顾以公事不至，复惠酒助看山之兴

〔明〕唐顺之

琳宫窈窕碧峰隈，历尽巉岩更上台。
不见踏花骢马至，虚看送酒白衣来。
山中泉石谁相赏，天末烟云望屡回。
闻道使君能爱客，习池还拟接仙杯。

（选自唐顺之撰《荆川集》卷二，见《钦定四库全书·集部六·别集类五》）

唐顺之（1507—1560），字应德，一字义修，号荆川，武进（今江苏常州）人。嘉靖八年（1529）会试第一，授兵部主事，改吏部稽勋。后率师抗倭，以功升右佥都御史，巡抚淮扬，卒于舟中。工古文，风格平易，流畅生动，有《荆川先生文集》。

① 龙泉寺：在今河南信阳浉河区李家寨镇龙泉寺村，始建于隋末唐初，今圮。嘉靖九年（1530）春，唐顺之上疏称病告归。夏，其父唐宝授河南汝宁府信阳州知州，其随父至任上，时顾铎任汝宁知府直至嘉靖十年。此诗当作于此时。

开封民谣为顾铎颂①

〔明〕佚名

既庶且富，赖有两顾。
政尚清宁，民皆安作。

（选自曹金纂《开封府志》卷二十八《宦迹》，明万历十三年刻本）

赠博兴张丞迁庆藩工正

〔明〕冯惟敏

晨出郭北门，高驾不可留。
丈夫自有志，何必万里游。
妖氛薄中华，胡马乘边州。
狼烟接天起，羽檄如流星。
将军惜一战，郡县罹百忧。
催征纷无纪，鞭棰不敢休。
民命安可恤，军令恐见收。
筹边乏上策，归计非忠猷。
恭承圣主恩，移官迩林丘。
王门曳长裾，岩廊何清幽。

---

① 嘉靖十年（1531）一月，顾铎转任开封府知府。十二年春，刻印了对治理黄河有重要影响的《治河通考》十卷，现藏上海图书馆。十月，兰阳县治北的黄河水位暴涨，形势十分危急。顾铎昼赴夜行数百里，查勘地形，最终从黄河南岸地势最高的赵皮寨（今河南兰考县北）处成功开道泄洪。水灾得避，开封遂宁。万历《开封府志》记其“性刚毅，精核吏事，吏毋得干没为奸。先是上元顾公（即顾璘，寓居上元，正德四年任开封府知府）为郡良二千石，百姓为之歌曰：‘既庶且富，赖有两顾。政尚清宁，民皆安作。’”

借此成禄隐，平生足优游。
岂不怀故人，怅望东海头。
幸因金风发，尺素慰绸缪。

（选自冯惟敏著、谢伯阳编纂《冯惟敏全集》第11页，齐鲁书社2007年版）

冯惟敏（1511—1578），字汝行，号海浮，又号石门，山东临朐人。嘉靖十六年（1537）举人，授河北涞水知县，改镇江教授，迁保定府通判。著有诗文集《冯海浮集》《石门集》，散曲集《海浮山堂词稿》四卷，以及杂剧《梁状元不伏老》《僧尼共犯》等。

送元美[①]（其二）

〔明〕李攀龙

夙昔二三子，慷慨扬奇声。
文章凌先秦，词赋无西京。
零落如流星，各怀饥渴情。
念尔策高足，北海日以清。
顾盼当中原，冠盖徒纵横。
明发咏蓼莪，依依恋所生。
悲风蓟门来，涕泣沾我缨。
解带谢时人，驱车薄姑城。
千里见大河，踯躅浮云征。
罢酒不能别，萧萧驷马鸣。

① 元美：即王世贞，生平详见第108页《博兴止宿即景》作者小传。

骨肉非一身，意气乃合并。
景光老自爱，率已识荣名。

（选自李攀龙撰《沧溟集》卷四，见《钦定四库全书·集部六·别集类五》）

李攀龙（1514—1570），字于鳞，号沧溟，山东历城（今济南）人。少孤家贫，嗜诗歌。嘉靖二十三年（1544）进士，授刑部广东司主事。后擢陕西提学副使，累迁河南按察使。母丧，心痛病卒。官郎署时，即与谢榛、吴维岳、梁有誉、王世贞并称嘉隆“前五子”，又益以吴国伦、徐中行称嘉隆“后七子”，而与王世贞同为魁首，操海内文章之柄垂二十年。著有《古今诗删》《沧溟集》《白雪楼诗集》《唐诗选》。

博兴止宿即景

〔明〕王世贞

下博城空生晚烟，黄茅白苇秋茫然。
鱼鹰猎水贪不定，雁奴践更穷可怜。
岂无西郊乾走马，亦有东陂宽放船。
醉人眼鼻捩轩冕，耐可杖头挑百钱。

（选自王世贞撰《弇州四部稿》卷三十五，见《钦定四库全书·集部六·别集类五》）

王世贞（1526—1590），字元美，号凤洲，又号弇州山人，江苏太仓人。嘉靖二十六年（1547）进士，官刑部主事，累官刑部尚书。移疾归，卒赠太子少保。好为古诗文，在李攀龙死后，独主文坛二十余年，为明嘉隆“后七子”领袖之一。著有《弇山堂别集》《嘉靖以来首辅传》《弇州四部稿》《弇州续稿》等。

送景修之博兴（二首）

〔明〕林熙春

其一

凫飞莅古青，大小有双清。
宁一师曹相，威名羡李膺。
韦弦宜并佩，霜露可相并。
珍重过庭训，家声待尔宏。

其二

东海此为邻，慈航问晓津。
妖氛犹炽烈，馈饷倍艰辛。
应宿星车速，行春露冕新。
圣明今综核，慎勿厌清贫。

（选自林熙春著《林忠宣公全集·赐还草》，清康熙八年刻、乾隆五十七年补刻本）

林熙春（1552—1631），字志和，号仰晋，广东海阳龙溪（今潮安庵埠）人。明万历十一年（1583）进士，授四川巴陵县令，清理浮粮，豁免差役。不久因母丧归。丁艰之后，起用为福建将乐县令。后升任户科给事中，又历任礼科、兵科以至工科都给事中。万历二十四年（1596），因率同僚带头抗疏，伸救言官，被降调为湖南茶陵州判官。从此称病家居直至万历皇帝去世。光宗即位，改元泰昌，是年（1620），年近七十的林熙春被重新起用。以南京仪制郎中升任光禄少卿。此后历任太仆少卿、右通政、太仆寺卿、太常寺卿、大理寺卿。虽已年届古稀，依然敢于直言，胆识不减当年。天启四年（1624），魏忠贤阉党之祸日见暴露，林熙春自知无力回天，加上年事已高，故连上六疏乞休，最终获得批准，告归前获晋户部左侍郎。返乡后，关切地方民生，致力于公益事业。崇祯四年（1631）卒，朝廷特赐“三代尚书”，谥忠宣。著有《赐闲草》《赐还草》《赐传草》《城南书庄草》等。

小清河

〔明〕孙承宗

济水之小支也。济之源为泺，合七十二泉而东入大清，分一支经章丘，会淯、漯、沙三河，经邹平、长山、新城，入邑西南程鬼头岔河，是为小清。会孝妇河，东经博兴，又东北至乐安马车入海。岁久河维淤，而邻或为壑。志曰“济水明霞”，特以寰游致云耳。

顾清门外水潺潺，分得齐南玉一湾。
过客风帆天远近，亲人鱼鸟月关山。
烟鬟朴雨孤城晓，石发衡波老树闲。
且任蹙舟横野渡，谁调人瘼紫宸班。

（选自孙承宗著，李红权辑录、点校《孙承宗集》第132页，学苑出版社2014年版）

孙承宗（1563—1638），字稚绳，号恺阳，保定高阳人。万历三十二年（1604）进士，历任编修、讲官、兵部尚书，特进光禄大夫、左柱国、少师、东阁大学士。后引疾归，家居七年。崇祯十一年（1638），清兵攻高阳，率家人拒守，城破自缢而死，其子孙多人皆战死。南明弘光时谥文忠。有《高阳集》。其长子孙铨曾任山东高苑县（今高青）知县，在任期间廉能有声，擒大盗，捍孤城，兴利除害，赢得民众一致称颂。孙承宗殉节，孙铨奔丧故里，凡遇难亲属40余人，均赖其办理。

锦秋浦

〔明〕孙承宗

此麻大泊也，邑与新、博共之，一名官湖，亦曰鱼龙湾，周可五六十里。志曰：浦饶鱼藕，土人竟操舟取之，每蘋白荷绿雨歇烟消，欸乃之声响穷水际。苏子瞻云：“霜风收绿锦，万顷水云秋。”特以名“浦”，而题曰“南浦鱼歌”。

学制天涯未豁襟，偶从锦浦伴行吟。
布帆风满云千里，静练春寒月一林。
醉听黄鹂呼柳絮，坐看白鹭点秧针。
扬舲莫压星河影，怕有光明俯碧浔。

（选自孙承宗著，李红权辑录、点校《孙承宗集》第134页，学苑出版社2014年版）

湖　上

〔明〕王象艮

风雪潇潇两岸幽，短蓑孤笠钓翁舟。
归篷不计鱼多少，亲友门前置一头。

（选自王象艮撰《迂园诗·更集》，明万历刻本）

锦秋湖十二咏　有引（选十一首）

〔明〕王象艮

境有因时即景而始称佳者，非其时不足述也。若锦秋，则四序六时之变态无不宜矣，因各纪一绝。

晴湖

宿霭初晴水不波，南山苍翠满岩阿。
幽怀好对流云细，自击空明理棹过。

霜湖

水气含霜映浅沙，凄风淅淅早鸿斜。
浓涂浅抹前汀白，不辨毵毵野荻花。

风湖

风激平湖浪接天，狎波惟有钓鱼船。
请君莫避风波恶，世上风波更可怜。

月湖

耳洗清流月洗湖，笛声一弄晚山孤。
前溪更说花光好，试问渔郎到也无？

雪湖

雪色偏宜踏水滨，千林积霰望如银。
携朋便与寻诗去，闻道梅花隔远津。

露湖

湖晴露晓镜新磨，濯过红蕖掩绿荷。
多少游人须自照，须眉还似旧时么？

星湖

万点寒光上下浮，难分碧汉与清流。
锦湖不比银河杳，夜夜佳期会女牛。

烟湖

轻笼都不辨波光，树树朝烟锁岸长。
舫入中流看莫见，但闻清韵递鸣榔。

虹湖

百里湖光翠若何，长虹斜挂雨横拖。
阮声拨罢波声急，又听前滩白纻歌。

电湖

电绕须臾水似焚，锦亭明灭望那分。
冲波似有潜龙跃，瞥见鳞鳞万缕金。

雷湖

一声遥震地维惊，如镜波光黯不明。
顷刻四山昏黑里，行人飞鸟尽无声。

（选自王象艮撰《迂园诗·更集》，明万历刻本）

湖 上

〔明〕王象艮

谁家游女柳如腰？自织蒲葵小扇摇。
湖水到门河水合，湾头西去第三桥。

（选自王象艮撰《迂园诗·更集》，明万历刻本）

闻李纯宇泛湖三日，因讯之

〔明〕王象艮

湖上轻桡三日游，眠云枕水到青丘。
一天烟景凭君写，囊满珠玑酒满舟。

（选自王象艮撰《迂园诗·更集》，明万历刻本）

湖上（二首）

〔明〕王象艮

其一

烟水茫茫浪接天，浮空遥望玉壶悬。
孤舟自拨湖心棹，尽日禽声当管弦。

其二

日爱湖光泛小舟，茶烹新水对沙鸥。
诗成莫讶毫端速，人在诗中景易收。

（选自王象艮撰《迂园诗·更集》，明万历刻本）

洛南中秋忆锦秋湖

〔明〕王象艮

去年病里过中秋，今日中秋在陇头。
一片锦秋湖上月，清光千里共悠悠。

（选自王象艮撰《迂园诗·更集》，明万历刻本）

暮秋同王补之、十六弟、十八弟泛舟锦秋湖（二首）

〔明〕王象艮

其一

一湖千顷碧，堤柳拂丝长。
菇采旋堪煮，鱼烹正可尝。
石梁高下路，霜雁两三行。
况有伊人在，蒹葭望渺茫。

其二

堤柳随波绿，湖名忆锦秋。
黄云丰岁兆，红藕暗香浮。
水折溪东注，鱼争雨上游。
白蘋红蓼遍，诗料几人收。

（选自王象艮撰《迂园诗·红集》，明万历刻本）

秋雨湖上（四首）

〔明〕王象艮

其一

急雨过湖上，青山列翠螺。
水添舟渡稳，人语鸟惊过。
白鹭依依下，红蘘灼灼多。
会城时隐见，沿岸有归蓑。

其二

郭北看无际，秋湖水自漫。
鹭来窥细芷，鱼戏上平滩。
香稻黄云老，江芦白雪寒。
扁舟乘兴往，斜雨一横竿。

其三

水国无来往，交游半钓蓑。
事疏闲岁月，秋老忆江河。
风肃凋胡瘦，霜澄野芡多。
人生行乐尔，定否在鸣珂。

其四

秋暮居湖上，霜清雨细时。
水流人语乱，风急鸟飞迟。
凉燠闲中换，云山望里疑。
衡门栖泊处，一匀可忘机。

（选自王象艮撰《迂园诗·红集》，明万历刻本）

同鸿渚、季木、用晦诸弟泛舟锦秋湖，时宿雨新晴，河水骤溢，顺流入湖（八首）

〔明〕王象艮

其一

空明一片东湖里，况是新晴爽气多。
十里芰荷来会泊，百川烟水灌乌河。
暂抛谢氏登山屐，且共裴生倚棹歌。
箫鼓楼船湖上约，但看暇日与清波。

其二

鸣锣打鼓湖堤外，曲曲垂杨两岸纡。
宿雨乍添新水溜，远山微露一峰孤。
临风举网鲈鱼美，即景怀人午梦苏。
更喜轻舟乘夕至，月明相映弄菰蒲。

其三

鹅鸭城东湖色新，船湾细柳听鸣蟓。
群儿争果平欺浪，野鸟衔鱼不避人。
鲈到北方呼作豸，雁栖远渚只疑鹑。
几回晒网渔家妇，笑倚桥梁说水痕。

其四

徜徉终日好清讴，醉把渔竿付雨沤。
湖水无波河水急，早莲生艳晚莲羞。
青山遥望浑移渚，画舸轻摇自狎流。
小筑何时葭蓼畔，南陂收尽一汀秋。

其五

千山万壑自南来，日夜飞奔势若雷。
绿锦云开花作帐，青烟露湿叶为杯。
从来会泊通三控，诧见鲈鱼验四腮。
海道堙淤禾黍尽，朝风暮雨亦堪哀。

其六

此湖昔日游坡老，绿锦云秋绘此图。
烟水那能分北地，弦歌何处不西河？
朝昏极目人千里，风雨扁舟水一区。
波镜晚来迎白发，相过百遍岂为迂？

其七

邻封为壑锦为秋，湖里欢愉湖外愁。
檀板按歌声欲续，蓼花沿岸赏宜周。
白鱼入网堪为饭，青冢停舟且对鸥。
沃壤何时生穄黍，篝娄满载足清游。

其八

日日轻舟不缆收，搀风抹雨放中洲。
自知野水同鸥鹭，遥望荒芦暗马牛。
清福最难消岁月，安流端可问之罘。
镜湖岂用多钱买，结草华沟已一丘。

（选自王象艮撰《迂园诗·宿集》，明万历刻本）

宿湾头秋水亭同季木弟、李子泛舟（四首）

〔明〕王象艮

高柳孤亭水数围，横烟秋色满柴扉。
博姑城外双河汇，闸口湖边远钓归。
菰米落时蒲叶老，荻花开尽蟹螯肥。
昨宵一枕霜砧急，愁杀闲云不欲飞。

昨日孤蓬问水滨，湖南湖北转相亲。
会看野渚明妆妇，一任轻舟载酒人。
天地有情怜落莫，烟波无主共风尘。
秋深瑟瑟莲房冷，霜满渔矶老去津。

湖北归来老渐颓，西风满载月中杯。
晚经渡口马遥待，河到湾头鱼即回。
秋水平堤谁可遇，求仙航海事堪猜。
澄湖一白真如练，自揽孤舟傍钓台。

风送轻帆月洗船，柳残南陌雁来天。
谁家砧韵催湖上，何处渔歌到枕前？
景寂乍惊芦飒飒，愁深偏听水溅溅。
明朝欲了临流兴，数问阴晴未拟眠。

（选自王象艮撰《迂园集·宿集》，明万历刻本）

秋日同李起吾泛舟锦秋湖（四首）

〔明〕王象艮

其一

满湖烟景似浮家，百里芙蕖映晚槎。
半吐半吞山带雨，乍明乍暗水萦沙。
身闲但恐猜鸥鸟，境寂偏宜对藕花。
野老几人无客主，扁舟指点话桑麻。

其二

欲效知章乞鉴湖，空明极目绣平铺。
舟行树影疑天外，身点波心是画图。
滴滴秋峦添翠幕，澄澄新水当醍醐。
西湖晴雨闲相较，绿锦云秋定有无。

其三

卜湖不用买山钱，狼藉嫣枝载满船。
细浪每看萍忽散，短桡常喜荇遥牵。
郎姿试拟津津肖，妃步初移啧啧怜。
最是骚人多逸趣，芳词频写浣花笺。

其四

湖上游船细雨蒙，平林漠漠淡烟中。
满身絮舞芦花雪，隔水香飘藕带风。
歌岸有时窥缩鹭，远天无际过哀鸿。
清游日日兄兼弟，不看朝霞即晚虹。

（选自王象艮撰《迂园诗·柳集》，明万历刻本）

绝命诗

〔明〕顾颐

辽疆失守，臣子何颜。
无力报国，甘心九泉。

（选自周壬福修、李同纂《博兴县志》卷十一《人物志》，道光二十年刻本）

顾颐（1566—1618），字以正，别号寰清，山东博兴人，顾连璧次子。万历二十六年（1598）进士，位列二甲十名，为博兴县历史上考中科举的最高名次。曾任河南彰德府磁州知州、南京兵部车驾司员外郎、南京兵部武选司郎中、江西广信府知府、陕西按察司副使、山西按察司副使，后升山西布政使右参政（从三品），分守河东道，随即紧急赶赴辽东，作为援辽官员分守辽海东宁道，改任辽阳道。万历四十六年（1618），努尔哈赤以“七大恨”起兵反明，袭辽东最东端的抚顺城，抚顺城南的东州和马根单两堡同时失陷。顾颐率官兵紧急赶赴辽阳东北要塞虎皮驿防守，身陷既无兵也无饷的绝境。他尽散俸钱暨妻簪珥于残军，厉气殉城。临死，衣冠望京拜毕，朱笔书《绝命诗》（诗题为本书编者所拟）于壁间，书毕遂自经，时在万历四十六年（1618）五月初三日子时。

顾颐壮烈殉国后，明廷赠其为太仆寺少卿，赐祭，荫一子为世袭青州卫副千户（从五品）。所袭者其孙顾思源，亦于崇祯十五年（1642）清兵攻陷博兴城时被害。

北湖游诗（八首）

〔明〕王象春

其一

天雨新晴得放舟，水痕一夜没沙洲。
摇摇苇岸深鸣犬，曲曲杨湾稳聚鸥。
市客初尝菰作饭，湖名不负锦为秋。
爽鸠城在悲齐景，幻似浮沤小似瓯。

其二

远山印水浑如合，积涨无风亦小波。
钓艇每随游艇乱，晚莲不及早莲多。
几家屋室邻鱼鳖，何代荒城叫鸭鹅。
明月照人生恻恻，别汀伊哑又闻歌。

其三

湖纳百川海纳湖，桑扶日日浴灵乌。
向洋已可开愁臆，漱洁兼思醒病肤。
月夜惜抛鲛室泪，雨朝拟铸水心炉。
秦台寂寞东游马，闲杀寒潭不结蒲。

其四

幸无诏赐成私水，更少郎官点俗名。
鱼鸟有天迷旧谱，阴晴多态太憎生。
飘浮远羡鸱夷子，顾盼今怜不齿伧。
泽国波臣原享用，芰荷衣带虾蟆更。

其五

人见龙车络水来，青丘书动六丁雷[①]。
岸边谁操公无渡，笛里依稀阿滥堆。
沙月迥悲鸿雁过，槎风亲挂斗牛回。
武侯遗庙埋荒草，水底疑存八八魁。

其六

十年凿石营山室，咫尺烟波负水隈。
即附此乡差可老，况当吾土莫生衰。
峰峦崒嵂风随换，楼阁虚无天与开。
怪得志和驯白鹭，绿蓑青笠不归来。

其七

天吴不荡冯夷喜，五月无炎六月秋。
波似葡萄醅乍酦，云成文罽幕行舟。
纬萧有意探龙颔，画壁还须借虎头。
八九平吞鲁蒂芥，苍茫一粟是青丘。

其八

谁从海若网珊瑚，更向翔山貌垒荼。
东渡嗟同五技鼠，北方诧有四腮鲈。
主人田氏仍姜氏，遗俗徐吾兼李吾。
安得周官问泽薮，且教重定九洲图。

（选自王象春撰《问山亭诗拾遗》，见《山东文献集成》，第二辑第28册第783页，山东大学出版社2007年版）

---

① 原注：同青丘元老事。

再游北湖

〔明〕王象春

春游未可敌秋游，更爱深秋胜浅秋。
空阔无风时送响，澄光虽老不生愁。
荷枯水静鱼纹见，露洗天明雁影留。
好景一年收局处，新诗何样足相酬。

（选自王象春撰《问山亭诗拾遗》，见《山东文献集成》，第二辑第28册第779页，山东大学出版社2007年版）

锦秋湖

〔明末清初〕徐夜

一泓秋水挂城隅，香送莼鲈入市沽。
东海浮沉宜问鲁，南州图画想来苏。
全吞云梦胸何有，几点岚烟见得无？
欲驾扁舟学范蠡，并将名姓隐陶朱。

（选自徐夜撰《徐诗》卷二，见《清代诗文集汇编》，第37册第158页，上海古籍出版社2010年版）

锦秋亭有怀

〔明末清初〕徐夜

博昌耆旧日凋零，怀古来登天畔亭。
鸿迹偶然留剩雪，鸥盟惟可问漂萍。
秋光到水全收绿，山色浮空欲坠青。
好醉韩公垆畔酒，东风吹梦不曾醒。①

（选自张光兴等编《徐夜诗选注》第 151 页，天津古籍出版社 1993 年版）

博城旅寓

〔明末清初〕徐夜

三春欲尽博昌城，旅舍栖迟酒易倾。
泽国地潮多卤泻，海天风起动寒生。
经过池草闻蛙部，坐停汀洲与鹭盟。
惟有杨花同客荡，漫空无赖自游行。

（选自张光兴等编《徐夜诗选注》第 152 页，天津古籍出版社 1993 年版）

① 原注：亭下有韩公酒垆。

湖　上

〔明末清初〕高珩

无缘歌扇共清宵，肠断花前百尺桥。
秋意欲来先报雨，满湖烟树自吹箫。

（选自高珩撰《栖云阁诗》卷十二，见《清代诗文集汇编》，第 40 册第 613 页，上海古籍出版社 2010 年版）

高珩（1612—1697），字葱佩，号念东，晚号紫霞道人，山东淄川人。明崇祯十六年（1643）进士，选翰林院庶吉士。清顺治朝授秘书院检讨，升国子监祭酒，后晋吏部左侍郎、刑部左侍郎。工诗，体近元、白，生平所著，不下万首。有《劝善》诸书及《栖云阁文集》。有《栖云阁诗》十六卷，为赵执信所辑；《拾遗》三卷，为宋弼所辑，《四库总目》并传于世。

湖　上

〔明末清初〕高珩

藕花衔日淡烟流，断柳平将远翠收。
十里闻歌香近远，四天涵碧影沉浮。
何人命笑仍携燕，有客相呼却道鸥。
弹罢银筝终阕后，随他花畔看停舟。

（选自高珩撰《栖云阁诗》卷十六，见《清代诗文集汇编》，第 40 册第 643 页，上海古籍出版社 2010 年版）

游锦秋湖

〔明末清初〕高珩

不负湖山美，诸贤集锦秋。
衣冠君子国，烟水化人游。
夹岸阗阗鼓，浮波点点鸥。
闻声同好至，盛事冠营丘。

（选自高珩撰《栖云阁诗·拾遗》卷一，见《清代诗文集汇编》，第40册第653页，上海古籍出版社2010年版）

傅家湾

〔明末清初〕高珩

远树长桥图画开，沉沉斜日尚徘徊。
大如轻薄丹阳尹，一个渔舟日日来。

（选自高珩撰《栖云阁诗》卷十二，见《清代诗文集汇编》，第40册第612页，上海古籍出版社2010年版）

锦秋湖

〔明末清初〕高珩

垂柳垂杨酒幔悬，画船短笛藕花天。
麻衣犹有同人否，细雨平湖似往年。

（选自高珩撰《栖云阁诗·拾遗》卷三，见《清代诗文集汇编》，第40册第667页，上海古籍出版社2010年版）

满江红·招隐也

〔明末清初〕宋琬

归去来兮，东皋下，锦秋湖涨[①]。有不腆，敝庐海曲，年来多恙。避地人辞金马后，游仙伴我方壶上。羡冰桃，火枣大如瓜，麻姑饷。

微雨过，清溪漾。行乐耳，提壶唱。喜儿童学灌，山妻能酿。处士三间容膝屋，仙人九节齐眉杖。恨衰年，脚疾耳将聋，新来状。

（选自孙默编《十五家词》卷七，见《钦定四库全书·集部十·词曲类二》）

宋琬（1614—1674），字玉叔，号荔裳，山东莱阳人。顺治四年（1647）进士，授户部主事，后累迁至浙江按察使。顺治中、康熙初两遭诬告，被囚数年。晚年复起为四川按察使。工诗，多愁苦之音。与施闰章齐名，称“南施北宋”。有《安雅堂诗》《安雅堂文集》及未刻稿《入蜀集》。

二月一日晓发博兴，戏为俳句

〔明末清初〕李呈祥

齐南石径水常满，齐北沙田雪故稀。
菊绽轻衫随雁去，尘堆暖帽逆风归。
一春自转春光异，二月虽交月气微。
即有晴云开日霁，宁无细柳逗花菲。

① 原注：锦秋，湖名。

（选自李呈祥撰《东村集》卷四，见《清代诗文集汇编》，第60册第80页，上海古籍出版社2010年版）

李呈祥（1617—1688），字其旋，又字吉津，号木斋，山东沾化人。明崇祯十六年（1643）进士，改庶吉士。入清朝，授编修。顺治初官詹事府少詹事兼侍讲学士，并充《清实录》副总裁。因条陈部院衙门应裁去满官专用汉人而流徙盛京。居八年，释还。有《东村集》。

寄钱伯衡先生[①]于博兴学舍

〔明末清初〕李呈祥

平津对策晚封侯，壮志寒毡片席酬。
白首横经同辈在，青衫束带少年游。
诸生献馔河鱼美，稚子行田稻虾秋。
欲续联床风雨约，青樽好为故人留。

（选自李呈祥撰《东村集》卷五，见《清代诗文集汇编》，第60册第107页，上海古籍出版社2010年版）

博兴除夕（二首）

〔明末清初〕尤侗

私自怜今夕，羁栖在薄姑。
起弹双剑铗，坐对一浮屠。
海峤冰霜重，江关鸿雁无。

① 钱伯衡：即钱大受，生平详见第42页《春归》作者小传。

官府频饷酒，谁与泛屠苏[①]？

仆夫皆叹息，禁我不凄然。
水击三千里，云游九十天。
客衣寒独夜，佛火了残年。
暗想横波泪，空床画烛前。

（选自尤侗撰《看云草堂集》卷一，见《清代诗文集汇编》，第65册第385页，上海古籍出版社2010年版）

尤侗（1618—1704），字同人，更字展成，号悔庵，晚号艮斋，又号西堂老人，江南长洲（今江苏苏州）人。明末诸生，清顺治五年（1648）拔贡，授直隶永平府推官。康熙十七年（1678）举博学鸿词科，后历官至翰林院检讨、侍讲，充《明史》纂修官。著有《鹤栖堂集》《西堂全集》等。

渔歌子·锦湖四时渔歌（四首）

〔明末清初〕王士禄

雪霁冰澌水漫流，鲁波春涨绕矶头。
携短棹，纵扁舟，逐鹭征凫下远洲。

系缆青丘万柳东，荷花面面午时风。
悬箬笠，枕笼篆，卧待宵凉理钓筒。

细雨溲溦湿绿蓑，白蘋香里断鸿过。

① 原注：前浮屠塔也，此浮屠僧也。

持蟹饮，扣舷歌，向夕渔灯炙紫螺。

认簖敲冰下短叉，北风猎猎背篷遮。
炊荻叶，蔽芦花，拥妇呼雏醉晚舣。

（选自《全清词·顺康卷》第8册，第4717页，中华书局2002年版）

将吊王西樵，即泛舟上，小憩阳春馆中，听刘峄巃家梨园吹笛[①]（二首）

〔清〕唐梦赉

其一

渔舟歌发蓼花时，策策西风掠鬓丝。
跨鹤不闻高士驾，炙鸡动与故人辞。
门开白岳如悬画，案拍红牙且罢诗。
对此莞然还一喟，诸公谁复起题词？

其二

湖上红衣摇落时，扁舟偶尔忆莼丝。
等闲绿镜窥人老，多少朱颜与世辞！
南国销香聊命酒，西山泼翠正催诗。
歌儿莫漫吹长笛，入慢分明是楚词。

（选自唐梦赉著《志壑堂诗集》卷二，清康熙刻本）

---

① 原注：时峄巃亦殁。

傅家湾上将为菟裘，使吾老焉

〔清〕唐梦赉

感叹吾生本有涯，谁能筑坞便为家。
享堂阔不容千马，酹酒寒难醉九霞。
上冢哀猿三峡泪，守园棠棣五侯花。
何人葬我林泉好，莫信青乌龙虎砂。

（选自唐梦赉撰《志壑堂诗集》卷三，清康熙刻本）

重阳后韩燕翼邀游回路峪（五首其三）

〔清〕唐梦赉

锦秋长白两奇观，对此襟怀每怅然。
锦水有舟皆舴艋，白山无地着吟鞭。
已知别墅藏丘壑，定有幽人制画船。
明岁结茅来副岳，棹歌齐去采红莲。

（选自唐梦赉撰《志壑堂诗集》卷三，清康熙刻本）

博　兴

〔清〕徐乾学

我行适青齐，秣马博兴城。
城门昼常闭，亭午无人行。
土室筑道周，云是锦秋亭。
昔时游赏地，零落存两楹。
潴泽荒蒲稗，严冬结层冰。

狐狸窜荆棘，鸱鸦群悲鸣。
入城问父老，叹息谓苦兵。
博兴数十户，庐舍悉已倾。
今兹二三载，大守多横征。
府帖昨夜下，搜括诸穷氓。
瞋目一吼怒，如闻虓虎声。
苛政不一端，有土不得耕。
县令贤且惠，暂乃安其生。
不然为盗贼，死重名正轻。
听此策马去，恻怆难为情。

（选自徐乾学撰《憺园文集》卷三，见《清代诗文集汇编》，第124册第293页，上海古籍出版社2010年版；亦见于徐世昌编选《清诗汇》〔原名《晚晴簃诗汇》〕卷三十六）

徐乾学（1631—1694），字原一，号健庵，江苏昆山人。顾炎武之甥。康熙九年（1670）一甲三名进士，授编修，历官至刑部尚书。与弟徐秉义、徐元文均为贵官。曾总裁《明史》《大清一统志》《大清会典》等书。编有《读礼通考》《传是楼书目》，另有《憺园文集》等。

送家兄礼吉[①]归济南（二首其二）

〔清〕王士禛

锦秋湖边稻花凉，锦秋亭下鲈鱼香。

① 礼吉：即王士禧，字礼吉，王士禄弟，王士祜、王士禛兄，亦有才名。著有《抱山集选》《抱山诗集》。

垂虹秋色一千里，秋到吴淞思故乡。

（选自王士禛著、袁世硕主编《王士禛全集·诗文集之二：渔洋诗集》卷十四，第367页，齐鲁书社2007年版）

笔架山作[①]

〔清〕王士禛

笔架山前水正清，博姑城下几舟横。
白云无尽秋天远，水国凉思一夜生。

（选自王士禛著、袁世硕主编《王士禛全集·诗文集之一：落笺堂集》卷四，第80页，齐鲁书社2007年版）

鹅鸭城

〔清〕王士禛

传是慕容城，残荷没碑影。
复道阿超年，金鹅记元鼎。

（选自王士禛著、袁世硕主编《王士禛全集·诗文集之二：渔洋诗集》卷五，第219页，齐鲁书社2007年版）

① 编者按：此诗载于顺治十三年（1656）成书的《落笺堂集》中，为王士禛在博兴游湖时所写。“笔架山”皆误作“架笔山”，改。

锦秋湖二绝句①

〔清〕王士禛

鹅鸭城边水映空，渔舟来往暮烟中。
唱歌未断神鸦起，荇叶菱花四面风。

会城隐约接青丘，沙鸟浮沈水急流。
一望寒芦秋色里，诸侯曾此会平州。

（选自王士禛著、袁世硕主编《王士禛全集·诗文集之四：渔洋续诗集》卷十五，第1007页，齐鲁书社2007年版）

渔父词（二首）

〔清〕王士禛

沙棠为舟木兰枻，斜风细雨不辞开。
花时淡墨鳞三斗，换取鸱夷满载来。

绿芡红菱载满船，梅虾过后鳜鱼鲜。
儿童编竹门前水，也学南人架葑田。

（选自王士禛著、袁世硕主编《王士禛全集·诗文集之六：蚕尾续诗集》卷十，第1429页，齐鲁书社2007年版）

① 原注：追录顺治戊子年十五岁作。

和张历友[①]锦秋湖二绝句

〔清〕王士禛

稻未分秧芦叶齐，官塘夹岸绿芜低。
渔家竞下千丝网，谢豹虾时谢豹啼。

红蓼花时紫蟹肥，白蘋香处绿鱼飞[②]。
鱼龙湾上荷蓑去，鹅鸭城边叉系归。

（选自王士禛著、袁世硕主编《王士禛全集·诗文集之六：蚕尾续诗集》卷八，第1380页，齐鲁书社2007年版）

泛锦秋湖（二首）

〔清〕王士禛

逸兴爱秋水，孤帆凌暮寒。
江湖多素侣，飘泊任渔竿。
易尽郫筒酒，难忘楚泽兰。
花山青十里，落日放篷看。

白鹭可怜色，翩翩过稻陂。
荻花经雨落，枫响入秋悲。
信美真吾土，新凉况水湄。
西勾桥上月，应系故人思。[③]

---

① 张历友：即张笃庆，生平详见第141页《锦秋湖竹枝词（四首）》作者小传。

② 原注：“绿鱼群飞水面”，见《隋书》。

③ 原注：向在京师，拟游海淀不果。

（选自王士禛著、袁世硕主编《王士禛全集·诗文集之二：渔洋诗集》卷四，第 206～207 页，齐鲁书社 2007 年版。）

湾　头

〔清〕王士禛

湾头见杨柳，系马坐呼船。
一水桥边市，千家荻外烟。
鸟飞春棹上，人浣素波前。
却望苍茫里，姑尤落照边。

（选自王士禛著、袁世硕主编《王士禛全集·诗文集之一：落笺堂集》卷二，第 47 页，齐鲁书社 2007 年版）

湾　头

〔清〕王士禛

一条杨柳岸，十里白莲花。
历历渔樵舍，飞鸥上钓查。

（选自王士禛著、袁世硕主编《王士禛全集·诗文集之六：蚕尾续集》卷九，第 1396 页，齐鲁书社 2007 年版）

湾　头

〔清〕王士禛

内湖外湖黄芦洲，芦洲尽处是湾头。

鸣禽吠蛤喧风柳，细雨归来水牯牛[1]。

（选自王士禛著、袁世硕主编《王士禛全集·诗文集之六：蚕尾续诗集》卷九，第1413页，齐鲁书社2007年版）

同刘大田[2]、家兄子侧[3]泛湖分韵（三首）

〔清〕王士禛

白云何历历，渌水正悠悠。
欲奏江南曲，菱花秋可怜。
柳阴攒蟹网，舷尾出茶烟。
一向空明去，沿洄望渚田。

夕阳明野水，荇叶绕孤城。
碧树天边尽，兰舟云外行。
棹移清吹发，歌寂晚凉生。
极目汀洲远，何人采杜蘅？

秋水萧萧晚，仙舟冉冉移。
明霞如绮薄，凉月映船垂。
太息怜秋色，潺湲动远思。
湘灵何处是？惆怅不能持。

---

① 原注：水牯牛，南泉禅师语。

② 刘大田：即刘倬，字大田，博兴城里南隅村人，刘正道子，进士刘之沂孙，庠生，以例贡入国子监太学生。刘倬妻王氏，是王士禛大妹。刘倬以子刘文铉殉难，诰封武德将军、福建陆路提标左营中军守备。

③ 子侧：即王士祜，字子侧，一字叔子，号东亭，又号古钵山人，王士禄之弟，王士禛之兄。

（选自王士禛著、袁世硕主编《王士禛全集·诗文集之一：落笺堂集》卷二，第 43 页，齐鲁书社 2007 年版）

立秋日送大田东归（二首）

〔清〕王士禛

千里同为客，新秋独送行。
风尘思骨肉，离别感平生。
百草芦沟道，青山稷下城。
登堂君计日，应慰倚闾情。

自我成摇落，朱颜异昔年。
泥途悲枉路，雕鹗喜高天。
旅梦春塘草，归心下濑船。
故园兄弟好，为讯北窗眠。

（选自王士禛著、袁世硕主编《王士禛全集·诗文集之三：渔洋集外诗》卷二，第 585 页，齐鲁书社 2007 年版）

送大田归后雨中感怀

〔清〕王士禛

袅袅西风起，萧萧暮雨繁。
新愁逢落木，远客慎加餐。
故国川原邈，人间道路难。
高堂念游子，早晚报平安。

（选自王士禛著、袁世硕主编《王士禛全集·诗文集之三：渔

洋集外诗》卷二，第586页，齐鲁书社2007年版）

同木斋、梁河、方振饮季霖寓斋，赋赠

〔清〕田雯

锦秋之湖有李子，款段忽来燕市里。
不守环堵入承明，舍人一官将老矣。
手掷三百青铜钱，肠撑太仓五升米。
辛苦日暮官奴帖，十指如椎髀肉死。
鼷鼠饮河才满腹，辄嗤凤德衰可耻。
岂识支离淡荡人，不随黄鹂矜瓜嘴。
放眼曾登华不注，无数烟岚生脚底。
逆旅担夫色憔悴，清冷怀抱新诗美。
此地屠沽旧有徒，传说君来颜色喜。
醵金置酒曼歌发，各以百杯浇块垒。
还期拄笏西山巅，与汝濯缨裂帛水，
我辈清狂乃如此。

（选自田雯撰《古欢堂集》卷五，见《钦定四库全书·集部七·别集类六》）

田雯（1635—1704），字纶霞，又字子纶、紫纶。号漪亭，又号山姜子，晚号蒙斋，山东德州人。康熙三年（1664）二甲第四名进士，授中书舍人。后累迁工部郎中，督江南学政，历江南、贵州巡抚，官至户部侍郎。著有《古欢堂集》《黔书》等。

锦秋湖竹枝词（四首）

〔清〕张笃庆

新张芦席作船篷，镜里朱颜映水红。
湖上渔家三妇艳，藕花衫子藕花中。

百里明霞映水天，蘸波荷叶自田田。
人来半醉行归晚，红藕青菱载一船。

鹈鹕飞尽鹭鸶飞，近水人家罢钓归。
湖上雨来知不远，蒙头荷叶薜萝衣。

蔚蓝天色照波青，舟入凉云更杳冥。
七尺芦花三尺水，鸡鹊一一立寒汀。

（选自卢见曾纂《国朝山左诗钞》卷四十四，见《山东文献集成》，第一辑第41册第587页，山东大学出版社2006年版）

张笃庆（1642—1715），字历友，号厚斋，别号昆仑山人，山东淄川人。与王士禛、蒲松龄、唐梦赉等文人交厚。《渔洋诗话》言其“文章淹博华赡，千言可立就，诗尤以歌行擅场”。《钦定四库全书总目》：“笃庆才藻富有，洋洋洒洒，动辄千言。风发泉涌，不可节制。”著有《八代诗选》《昆仑山房集》等。

锦秋湖绝句（四首）

〔清〕张笃庆

马踏湖中烟雨冥，岸头水鹤自梳翎。
秋来一望蘋花白，菱角青时水亦青。

居士清风自昔贤，鹿门洲渚富云烟。
庞家湖在湖西岸，应有里阳缩项鳊①。

湖光只在碧云东，载酒偏宜秋色中。
水国渐看风物改，荷花红尽蓼花红。

蕢花落尽落芙蓉，湖上秋云定几重。
新得豸鱼胜白小，四腮人说似吴淞。

（选自张笃庆撰《昆仑山房诗集》，清抄本）

锦秋亭

〔清〕成聿炌

水色烟光世代留，名亭荒废更谁修？
霜风欲动还收绿，寂寞芙蓉万倾秋②。

---

① 原注：庞居士湖在锦秋湖之西。

② 原注：苏长公守登州时，尝游湖上，有诗云："霜风收绿锦，万顷水云秋。海气朝成市，山光对晚楼。舟车通北阕，图画入南州。且食鲈鱼美，吾盟在白鸥。"（此于少司马钦句也，后传为苏诗。东痴、渔洋两先生力为辨正。）长公遂署"锦秋湖"三字于博兴城南门楼上，湖之名自此始。元中统间，邑人建亭湖上，因水为名，亦韵事也。乃今久废。编者按："元中统间，邑人建亭湖上，因水为名"，此说误！元中统间，邑人建亭于城墙上东南处，以亭名而为湖名。

（选自成聿炌著《桓台胜览》，桓台县民政局 1986 年影印版）

成聿炌（1645—？），字景炎，号东冶，山东新城（今桓台）人。雍正元年（1723）恩贡生。以义侠著称。好诗赋，善音律。晚岁精研易学，著有《筮易疏解》《桓台胜览》《金碧游草》《西城唱和》等。

鹅鸭城

〔清〕成聿炌

扁舟棹月傍湖阴，鹅鸭城边鸟不吟。
应自鱼竿人去后，水明沙净到而今①。

（选自成聿炌著《桓台胜览》，桓台县民政局 1986 年影印版）

---

① 原注：慕容燕帝济南时，尝畜鹅鸭于此。因于水边为城，夜则阑入。人言今夜静时，犹闻其中鸣聒。盖水鸟啵夜，疑假成真。人情好异，传闻过甚耳。不然，何物么麿（音么），神奇至是？啵，音“夜”，凡鸟朝鸣曰嘲，夜鸣曰啵。么，音“邀”，麿，音“摩”，一作“麼”，么、麿，细小之谓也。编者按：“慕容燕帝济南时，尝畜鹅鸭于此”，此说误！南燕（398—410）为慕容德所建，统治范围包括今山东及江苏的一部分，国号为燕，先后定都滑台（今河南滑县）、广固（今山东青州）。409 年，东晋刘裕率师北伐，410 年二月广固失陷，南燕亡。慕容燕未曾帝都济南。博兴麻大湖中有鹅鸭城，博兴旧志载：“旧传为南燕慕容超养鹅鸭处，至今阴雨或闻鸣聒。”湖边曾有元代立村的鸭窝庄，因村名不雅，改为“雅和庄”，1961 年 9 月划归桓台县。

金刚堰

〔清〕成聿炌

十里沙湖一鉴清，石头堰落水朝平。
轻摇彩波心渡浪，闸没铮铮试有声①。

（选自成聿炌著《桓台胜览》，桓台县民政局 1986 年影印版）

过锦秋湖，望博兴

〔清〕王启座

荷花开遍锦秋湖，疏雨斜风入画图。
十里长堤行未了，柳条烟重是蒲姑。

（选自徐世昌编选《清诗汇》卷六十四；亦见于张鹏展编《国朝山左诗续钞》卷三，《山东文献集成》第一辑第 42 册第 86 页，山东大学出版社 2006 年版）

王启座（生卒年不详），字玉斧，号钝斋，山东新城（今桓台）人。诸生。王士禛从侄，王士禛称其“群从风雅将在此人”。与蒲松龄交厚。有《莲香亭诗草》。

① 原注：鱼龙湾南水底有石闸一座，不知何时作。渔舟往来经此，水篙触之，铿然有声，故俗名云然。闸，音“插”。编者按：金刚堰，博兴与桓台在麻大湖（锦秋湖）中的分界，南归桓台，北属博兴。堰南北之麻大湖（锦秋湖）亦分别曰南湖、北湖。

寄博兴杜广文[1]

〔清〕赵执信

山窗枕前水，北落锦秋湖。
湖上故人远，山中清兴孤。
何时欹短棹，载月入菰蒲。
极目相思处，遥天秋雁呼。

（选自赵蔚芝、刘聿鑫校点《赵执信全集》第 75 页，齐鲁书社 1993 年版；亦见于赵蔚芝、刘聿鑫选注《赵执信诗选》第 77 ～ 78 页，齐鲁书社 1983 年版）

赵执信（1662—1744），字伸符，号秋谷，晚号饴山，山东益都颜神镇（今淄博市博山区）人。康熙十八年（1679）进士，改庶吉士，授编修，后主持山西乡试，官至右春坊右赞善。康熙二十八年（1689），因在佟皇后丧期观演《长生殿传奇》而被罢官。与阎若璩为忘年交。所作文章，于经学亦颇具识见。著有《声调谱》《谈龙录》，另有《礼俗权衡》《饴山堂文集》《饴山堂诗余》等。

① 杜广文：即杜能忠，字献彤，号坦斋，山东乐陵人。广文是教谕的雅称，杜能忠在康熙三十三年（1694）前后任博兴县教谕。杜氏明永乐年间由曲阜迁居乐陵，后成为望族。康熙十七年（1678），翁叔元（后曾任工部尚书）典山东乡试，所取多名隽，其中包括杜能忠。杜能忠与赵执信同年。自此，二人结下深厚的友谊，联系密切（赵执信曾为杜能忠父亲写墓志）。康熙三十二年春，赵执信曾在青州与杜能忠相聚，其《醉歌赠同年张、薛、杜三广文》诗云："杜生与我齐飞扬，酒气犹能护青鬓。廿年往事犹沉浮，欲指云门比离恨。"一年后，赵执信思念在博兴的友人，又写了《寄博兴杜广文》一诗。赵执信于康熙十八年（1679）中进士，杜能忠在康熙三十九年（1700）获赐同进士出身，与后来成为名臣的张廷玉、年羹尧同年。康熙后期任山西万泉县知县。著有《芸馥山房稿》。

青社先贤咏（选一首）

〔清〕安箕

刘　经①

田畴取荒顿，奴婢取老弱。
古人为佳谈，今人岂敢薄？
刘公一介士，让财甘困约。
环堵课子孙，不厌箪瓢乐。
仁寿天所私，厚德侔高爵。

（选自卢见曾纂《国朝山左诗钞》卷四五，见《山东文献集成》，第一辑第 41 册第 602 ～ 604 页，山东大学出版社 2006 年版）

安箕（生卒年不详），字青士，山东寿光人。岁贡生，与其父安致远被并誉为“二才子”，康熙十一年（1672）奉纂修《通志》之命，征籍于郡邑，共同完成《寿光县志》。著有《青社先贤咏》，咏青州先贤，共一百二十五首。另有《五亩园集》《绮树阁诗稿》《南阳咏稿》等。

① 原注：博兴人。编者按：刘经，博兴城里南隅村人。刘氏“世为薄姑人”，家族可考者，自刘经始。刘家自明万历至清康熙 100 多年间，科甲蝉联不绝，有万历二十六年（1598）进士、湖广武昌道参政刘之沂；而王士禛的外甥刘文铉是康熙十四年（1675）武举，曾任兴化府游击，率兵赴台湾剿敌，殁于阵。奉旨驰驿归葬，诰授怀远将军、福建兴化城守中军游击兼管左营事。刘经后辈孝友性淳，代有其人，见诸邑乘。

博兴道上避雨同高秀才夜话题壁

〔清〕傅仲辰

丰隆隐隐迎轻轺，槎枒老树风云交。
骤雨刁骚急悬溜，行人纷避如奔逃。
清癯高子揖我入，皮几石榻无烦嚣。
自言性癖耻章句，每逢佳景歌而谣。
先生毋乃能诗客，为我细论酬清醪。
是时雨过月初皎，扶疏树影通堂坳。
欣逢吾党气遒壮，飞扬跋扈谈滔滔。
忆昔耽吟亦偶耳，苦无师友相推敲。
即今憔悴老将至，时无杳冥穷搜雕。
言唐言宋都无是，矧引汉魏《风》兼《骚》。
譬犹虫鸟秉时令，发扬苦豫鸣其遭。
何意谦衷虚若谷，下问乃不遗刍荛。
侧闻尘俗古所鄙，要当淘汰清新标。
春蚕作茧肌理细，神雄万弩江回潮。
剽掠唾余宁好手，千声同调喧螗蜩。
此事微茫知者鲜，个中消息灵台操。
吾子读书破万卷，更培浩气干云霄。
陶冶百家酿精粹，千载定钦诗中豪。
须臾月落尊酒竭，呢喃双燕方离巢。
呼童擎砚污雪壁，书罢乘凉披征袍。

（选自傅仲辰撰《心孺诗选》卷十七，见《清代诗文集汇编》，第235册第613页，上海古籍出版社2010年版）

傅仲辰（1674—1726），字苍野，又字心孺，号晓塘，浙江山阴（今绍兴）人。诸生。官山东主簿。著有《心孺诗选》二十四卷。

至博兴柳桥渡乌河，闲话渔庄[①]

〔清〕傅仲辰

征衢抗策黄尘敷，缁衣黧面无妍都。
虞坂负轭骥何殊，却羡神龟尾曳涂。
放眼忽逢千顷湖，连天绿净肯唾污。
兰桨分击中流菰，惊飏拳鹭低飞凫。
错落渔庄如画图，群山倒影非模糊。
寒握冰清玉作壶，波光腾耀双锟铻。
须臾缆系柳根枯，儿童围看欢相扶。
简朴淳风虞诈无，比邻款洽招招呼。
檐头妇女辑网罛，蓬鬓奚暇膏沐濡。
客来起汲红沸炉，一瓯致敬滋渴肤。
问鱼何不充庖厨，虾亦腊米盈瓶瓿。
答言频年旱涝俱，沮洳赖此售青蚨。
可怜鬻尽嫁时襦，终朝犬吠吏催租。

（选自傅仲辰撰《心孺诗选》卷十六，见《清代诗文集汇编》，第235册第606～607页，上海古籍出版社2010年版）

博兴河畔谒兴国寺丈八佛，相传有石出自井中，即成佛像

〔清〕傅仲辰

银草金云古殿悬，无须追琢便天然。
西方大意来东土，河畔真形出井泉。
不二如何非丈六，无边顿觉满三千。

---

① 原注：乌河一名彨，一名乾时。

我来瞻拜烦襟涤，窈窕澄波一鉴鲜。

（选自傅仲辰撰《心孺诗选》卷十六，见《清代诗文集汇编》，第235册第607页，上海古籍出版社2010年版）

博兴勘新田

〔清〕张文瑞

锦秋湖上麦秋天，荷叶田田贴水田。
十里绿阴遮住马，多情又上柳桥船。

（选自张文瑞撰《六湖先生遗集》卷十，见《清代诗文集汇编》，第258册第303页，上海古籍出版社2010年版）

张文瑞（1685—?），字云表，号六湖，浙江萧山人。屡试不第，谒选，授青州府同知。著有《六湖遗集》十二卷。

博、乐二邑道中

〔清〕张文瑞

蒲姑城外水溅溅，坐咏瓜皮小渡船。
最是可怜人意处，草桥残雪柳桥烟。

（选自张文瑞撰《六湖先生遗集》卷十，见《清代诗文集汇编》，第258册第302～303页，上海古籍出版社2010年版）

博兴柳桥作

〔清〕张文瑞

河上逍遥泽畔吟，何人知我岁寒心？
行厨仅有防风粥，宦橐元无暮夜金。
照水自怜孤影瘦，饮冰不觉十年深。
春风欲动南船兴，汐社鸥盟取次寻。

（选自张文瑞撰《六湖先生遗集》卷十二，见《清代诗文集汇编》，第 258 册第 313 页，上海古籍出版社 2010 年版）

柳桥问渡

〔清〕张文瑞

平明驻马夹河边，又上桥头问渡船。
十里芙蕖生锦浪，一村杨柳拂秋烟。
穷檐近水多渔户，硗确依山有石田。
安得无灾亦无害，小民长此享丰年。

（选自张文瑞撰《六湖先生遗集》卷十二，见《清代诗文集汇编》，第 258 册第 314 页，上海古籍出版社 2010 年版）

博兴城外

〔清〕周大枢

巷柳园桃拨不开，看成烟雨绕楼台。
悠悠行客元无事，莫为春光特地来。

（选自周大枢撰《存吾春轩集》卷三，见《清代诗文集汇编》，第289册第515页，上海古籍出版社2010年版）

周大枢（1699—1770），字元木，一字元牧，又字园牧，浙江山阴（今绍兴）人。乾隆十七年（1752）举人，官平湖教谕。有《存吾春轩集》等。

锦秋湖

〔清〕毕梦举

积潦添秋涨，湖平失钓矶。
鱼争新水上，鹭背夕阳飞。
暑气消水簟，凉风入葛衣。
似闻雷又动，山外雨霏微。

（选自张鹏展编《国朝山左诗续钞》卷十七，见《山东文献集成》，第一辑第42册第362页，山东大学出版社2006年版）

毕梦举（生卒年不详），字野亭，山东新城（今桓台）人。清乾隆年间诸生。著有《金舆山人诗稿》。

湖中晚兴

〔清〕毕梦举

矮屋如鳞次，溪边不掩扉。
家家鹅鸭熟，各自晚来归。

不见芦中人，但闻烟际舻。
薄暮起东风，片云带凉雨。

（选自张鹏展编《国朝山左诗续钞》卷十七，见《山东文献集成》，第一辑第42册第362页，山东大学出版社2006年版）

泛锦秋湖（四首）

〔清〕沈廷芳

从生萑苇不须栽，更有荷花到处开。
千顷湖光晴滟滟，使君闲棹酒船来。

微茫台现小清凉，湾号鱼龙在夕阳[①]。
绝胜桃源避秦处，世情不到水云乡。

何处北朝鹅鸭城？慕容遗迹等楸枰。
吟残蚕尾竹枝句，倚棹独深怀古情。

泊中秋泛记前年，雨后芦花欲化烟。
今日重过复销暑，水云凉逼鹭鸶肩。

（选自沈廷芳撰《隐拙斋集》卷十八，见《清代诗文集汇编》，第298册第351页，上海古籍出版社2010年版）

沈廷芳（1702—1772），本姓徐，字椒园，一字畹叔，浙江仁和（今杭州）人。乾隆初，由监生召试博学鸿儒，授庶吉士，散

① 原注：清凉台久沉波底，晴时依稀可见。鱼龙湾四面皆水，自成村落。

馆，授编修。后迁山东道监察御史，官至河南、山东按察使。少从方苞学古文，从查慎行学诗，亦究心经学。著有《十三经注疏正字》《隐拙斋集》等。

小清河（四首）

〔清〕沈廷芳

博兴县境如井底，丈八佛西三水流[①]。
绁马刺船洗尘垢，爱乘凉露作清游。

东西莲叶叠青钱，夹岸秧针插水田。
羡煞老农生计稳，饭粳雪藕乐年年。

一弯新月斗云娇，荡桨空明度柳桥。
水鸟迎人鸣复起，菰蒲深处恋深宵。

风欹乌帽柳毵毵，下印澄波共蔚蓝。
行尽长堤三十里，恍疑清梦历江南。

（选自沈廷芳撰《隐拙斋集》卷十八，见《清代诗文集汇编》，第298册第350～351页，上海古籍出版社2010年版）

① 原注：谓小清、支脉、预备河也。

泛锦秋湖

〔清〕孙元衡

炎威敛仲秋，鼓楫锦秋水。
天色静苍苍，水光摇弥弥。
支流合三川，一镜莹十里。
荻芦夹门巷，荇藻森罗绮。
萧疏鹅鸭群，出入藕花里。
问农得村酤，逢渔将尺鲤。
对此永今日，高眠洗心耳。
慨念昔游人，鲁连呼不起。

（选自孙元衡撰《片石园诗》卷二，见《清代诗文集汇编》，第201册第260页，上海古籍出版社2010年版）

降旨山东被旱各州县借给口粮并缓征新旧钱粮，诗以志事

（乾隆五十一年）

〔清〕爱新觉罗·弘历

山东被旱九州县，缓征秋粮早降旨。[①]

---

① 原注：前据明兴奏，济南、东昌、临清属内历城等九州县得雨未能沾足，已降旨将本年应征新旧钱粮缓至秋成后征收，以纾民力。详见志事诗。

因循毗连复望泽，其数盖不止九已。[①]
虽间被雨麦歉定[②]，禾黍种待秋远矣。
况均去岁被灾后，大异前年稔可恃。[③]
民艰大吏详悉陈，嗟哉恫瘝怀切已。
借粮有等缓征均[④]，丁宁体恤勤经理。
满期今岁民少苏，谁料依然仍有此?
调幕无能益自惭，忍弗尽心救赤子。

（选自乾隆《御制诗》五集卷二十四）

爱新觉罗·弘历（1711—1799），清朝第六位皇帝，入关之后的第四位皇帝。年号“乾隆”，寓意“天道昌隆”。25岁登基，在位60年，禅位后又任三年零四个月太上皇。弘历在位期间五次普免天下钱粮，三免八省漕粮。庙号高宗，谥号法天隆运至诚先觉体元立极敷文奋武钦明孝慈神圣纯皇帝。

---

① 原注：兹据明兴奏，济南、东昌、临清所属及毗连地方，春夏来雨水短少，麦收不无歉薄。其被旱稍重者，历城、德州、齐河、禹城、平原、陵县、长清、聊城、莘县、堂邑、东平、东阿、平阴、阳谷、寿张、观城、范县、朝城、临清等十九州县；被旱稍轻者，章丘、邹平、长山、新城、淄川、齐东、冠县、恩县、馆陶、博平、茌平、清平、乐安、博兴、寿光、莱芜、肥城、蒲台、沾化、汶上、邱县、濮州等二十二州县。

② 原注：东省虽于四月望前得雨，又于端阳日近省、州、县得雨三四寸，然二麦已属歉收，民力不无拮据。

③ 原注：去岁东省虽被灾，然赖前年秋收，可以支持至今春，被旱则是荐臻饥馑，益鲜盖藏矣。

④ 原注：历城等十九州县及坐落卫地被旱稍重者，降旨借给两月口粮；章丘等二十二州县及卫地被旱稍轻者，借给一月口粮。其应征新旧钱粮，除历城等州县业经缓征外，其余德州、齐河等二十六州县及卫地，俱缓至秋成后征收，俾贫民既资口食，并免催征令。该抚等率属实心经理，毋致一夫失所。

命缓征直隶、山东各州县新旧各项银粮，诗以志事

（乾隆五十九年）

〔清〕爱新觉罗·弘历

燕南及齐北，春雨均称艰。
与其救临时，莫如预筹先。
况当春起征，小民纳赋难。
昨命直督臣，应思接济端。
奏谓当缓征，即速丝纶颁。
一百七州县，新旧征胥宽。①
因忆齐北郡，驰询何未言。
五十一州县，缓征恩乞单。
其例视畿南②，庶免闾阎叹。

---

① 原注：直隶去冬今春雨雪稀少，节经降旨，令该督查明，如有应行接济之处，预为筹办。兹据梁肯堂覆奏，保定等府各属虽得雨数次，究未沾足，除滨临河淀等处麦收尚属可望，其高阜处所难望有收等语，因即敕部传谕将保定府属之清苑等十七州县、顺天府属之涿州等十七州县、河间府属之河间等十一州县、正定府属之正定等十四州县、顺德府属之邢台等九县、广平府属之永年等十州县、大名府属之元城等七州县，易州并所属之涞水、广昌，定州并所属之曲阳、深泽，深州并所属之武强、饶阳、安平，赵州并所属之柏乡等五县，冀州并所属之南宫等五县，共一百七州县，应征本年及节年新旧仓谷钱粮，加恩缓至本年秋成后再行征收，俾民力宽舒，以副朕轸念闾阎至意。

② 原注：今岁山东与直隶南府接壤之处，雨泽稀少，情形相同。兹直隶已降旨缓征，山东北府事同一例，亦应及时接济。所有济南府属之历城等十六州县，武定府属之惠民等十州县，东昌府属之聊城等十州县，临清州并所属之夏津、武城、丘县，兖州府属之寿张、阳谷，曹州府属之范县、观城、朝城，青州府属之博兴等四县，泰安府属之东阿、平阴，共五十一州县并坐落卫所，应征新旧各项银粮，俱加恩缓至本年秋收后启征，仍著动支仓谷减价平粜，以资接济，并谕实力妥办，务俾小民均沾实惠。

甘膏及时霈，或弗误大田。①
辗转心弗宁，虔悚吁昊天。

（选自乾隆《御制诗》五集卷八十九）

锦秋亭即景应试（二首）

〔清〕李文藻

荷叶娟娟静，荷花面面稠。
迎风西子笑，著雨六郎羞。
波涨翻群鹭，沙明立一鸥。
亭边闻欸乃，何处采莲舟。

卷却天机锦，写来匹练秋。
秋风莼菜熟，秋雨稻孙抽。
落木连山动，寒烟与水浮。
横湖绝句在，底用溯名流。

（选自丁昌武、隋同文校勘《李文藻诗文集·诗集一·青未了集》，见《青州文史资料》第三十辑，第22页，青州市政协文史委2013年版）

李文藻（1730—1778），字素伯，一字茝畹，晚又号南涧（一作南磵），山东益都（今青州）人。天资聪慧，少年乡试时以第二名中试，受到主考官钱大昕的赞赏。乾隆二十六年（1761）进士，

① 原注：日内心殷盼泽，益加焦急。如直隶、山东阙雨之处，屡经降旨垂询，将来二麦收成即不免歉薄，惟冀速霈甘膏，大田可望稔收。是即昊天鸿贶，瞻仰靡宁，竟至无可言喻矣。

曾任广东恩平、新安、潮阳县知县，历官至广西桂林府同知，未及一年而殁。著有《岭南诗集》《南涧文集》《南北史考略》《国朝献征录》等。

种棉花歌

〔清〕尹廷兰

贝丘城外多飞沙，人家种棉称种花。
日用饮食皆借此，培厥根本无浮华。
春风原上离离草，黑坟不如白壤好。
黑坟长叶叶空茂，白壤结桃桃易老。
清明才过谷雨来，荷蓧牵牛时节催。
浴种先烧蟹眼水，粪田多积茅根灰①。
老人种花有先见，沙重风轻花价贱。
入土宜浅不宜深②，占天防涝不防旱③。
炎夏挥锄莫怨咨，转盼处暑收花时。
问我诸姑及伯姊，薄言掇之还捋之。
西风会向陇头摘，秋阳暴出枝间白。
五夜纺绩胜丝麻，三冬功用同布帛。
霜浓雪重冱寒天，妻孥挟纩意欣然。
织出南州吉贝布，温于西域兜罗棉。
人生耕织为上计，种棉兼得农桑意。
我愿民风还太初，长歌补作岁时记。

① 原注：沃以沸汤，拌以草灰，乃种。
② 原注：深则不出。
③ 原注：花性耐旱。

（选自余正西辑《国朝山左诗汇钞后集》卷三，见《山东文献集成》，第一辑第42册第763页，山东大学出版社2006年版）

尹廷兰（卒年不详），字畹阶，山东历城（今济南）人。乾隆三十九年（1774）举人，大挑二等，授即墨县训导。后历官清平县教谕、乐安县丞、嘉祥县训导、高唐州学正。归家后，日与翟凝、周奕黉寻林泉胜处，饮酒赋诗，三人合称“历下三诗人”。其诗“品在华泉（边贡，明代文学“前七子”之一）、白雪（李攀龙，明代文学“后七子”的领袖人物）间”，自称“远喜高岑，近喜边李”。著有《华不注山房诗草》《华不注山房文》各二卷。

锦秋湖杂咏（十首）

〔清〕张德基

其一

鹅鸭城北乐如何，流水潺湲杂晚歌。
莫羡明湖风景好，移来雨处属谁多？

其二

河边迤逦是湾头，翠羽双飞绕画楼。
闷倚阑干三弄笛，沙汀惊起数群鸥。

其三

萋萋芳草翠何如，隐约前村水竹居。
好是暮天新雨后，绿杨影里杏花初。

其四

长堤弱柳夹桃红，蓑笠烟霞白发翁。
携杖盘桓无底事，三三两两语春风。

其五

芙蓉带露叶田田，披拂香风映画船。
绿鬓红葩看不厌，使人疑是十洲仙。

其六

谁向湖心结草亭，疏帘风透月穿棂。
轻狂极目无涯际，一片萤光万点星。

其七

渔舟漠漠水云乡，会脱蓑衣贳玉浆。
醉后疏狂偕笑乐，卧看皓月满鱼梁。

其八

小娃偷戏上浮槎，手拨菱菰浣碧纱。
米粒飘来添个个，天台今又泛胡麻。

其九

青蒲列剑舞池塘，乱落芦花拂听霜。
乍听琵琶弹古调，乐天仿佛在浔阳。

其十

万顷湖光照眼明，蒲姑遗址石头城。
老苏词赋今犹在，不减江南是定评。[①]

（选自张德基撰《孝友堂铁峰诗稿》，见张调、张讷辑《合刻

① 原注：苏东坡称锦秋湖为小江南。

诗文稿》卷六，同治五年刻本）

张德基（生卒年不详），山东高苑（今高青）人。贡生，曾充四库馆眷录，任云南文山白马关同知。同治五年（1866），其子张调、张讷合刻三人诗文集，其中收有张德基的《孝友堂铁峰诗稿》《孝友堂铁峰文稿》。

锦秋湖竹枝词（四首）

〔清〕王允榛

傍水人家不种田，日将轻棹入芦烟。
饭炊菱米羹莼菜，卖得鱼钱作酒钱。

会城陂是古平州，蔓草茫茫接渡头。
莫问当年坛坫事，无边烟水几渔舟。

芡渚菱塘四望平，慕容遗迹水纵横。
儿童能说前朝事，笑指当年鹅鸭城。

青冢前头草似烟，三贤祠畔水连天。
游人吊古归来晚，趁得临村放鸭船。

（选自张鹏展编《国朝山左诗续钞》卷二十八，见《山东文献集成》，第一辑第42册第592页，山东大学出版社2006年版）

王允榛（生卒年不详），字麓亭，号澹村，山东新城（今桓台）人。嘉庆二年（1797）岁贡生。

北湖泛舟（二首）

〔清〕王允榛

千条垂柳数声鸥，一片玻璃一叶舟。
闲看鱼儿游镜里，不知人在镜中游。

一声欸乃破芦烟，直到湖心放钓船。
水面风来香不断，才知撑到藕花边。

（选自张鹏展编《国朝山左诗续钞》卷二十八，见《山东文献集成》，第一辑第42册第592页，山东大学出版社2006年版）

利建桥[①]道中

〔清〕蔺裔青

千顷云罗一抹烟，渔家簇簇稻场边。
晚来收网入前渚，拂落芦荻花满船。

（选自张鹏展编《国朝山左诗续钞》卷二十七，见《山东文献集成》，第一辑第42册第574页，山东大学出版社2006年版）

蔺裔青（生卒年不详），字宪苍，号理轩，博兴人。乾隆五十四年（1789）举人。有《秦台文录》《惇五堂诗集》。

① 利建桥：在今博兴湖滨镇柳舒村。

赠博兴曹梦赉先生

〔清〕毕海珖

问奇一叩竹篱门，坐我春风笑语温。
衣钵近传佳弟子[1]，功名早付好儿孙。
蓄成湖海难为量，销尽崚嶒不可扪。
自顾形骸还自秽，时将风雨共黄昏。

（选自毕海珖著《涧堂诗草》，见《山东文献集成》，第二辑第32册第133页，山东大学出版社2007年版）

毕海珖（生卒年不详），字昆朗，号涧堂，山东淄川人。毕世持之子。庠生。著有《涧堂诗草》，诗作被选入《国朝山左诗钞》。

宿锦秋湖南岸

〔清〕毕海珖

柳巷沿堤入，解鞍小寺旁。
古松留秃叶，残雨带微阳。
沽酒招邻叟，看山趁野航。
荷花开欲尽，处处卖莲房。

（选自毕海珖著《涧堂诗草》，见《山东文献集成》，第二辑第32册第28页，山东大学出版社2007年版）

① 原注：时在翟比部家教授生徒。

初至湖上

〔清〕张象津

主人室是澹云居，萧瑟芦花十里余。
满眼钓筒新晒网，当筵准拟见鲈鱼。

（选自张象津撰《白云山房诗集》下卷，哈佛大学图书馆藏道光十六年刻本）

张象津（1738—1824），字汉渡，号莪石，别号雪岚，山东新城（今桓台）人。乾隆年间举人。铨选知县，改授济宁直隶州学政。贻赠儒林郎。乡谥文博，门人谥文贞。著有《白云山房诗集》三卷、《白云山房文集》六卷、《论著》三编，合订为《白云山房集》一函五册传世。张与博兴兴福李氏交好，李氏子弟多有其得意弟子，学有所成，儿女婚姻又多是其姻戚。曾为兴福李氏撰《贻封修职郎李公合葬墓志铭》，铭诗曰："我初识公，在古临淄，以文见许，款曲移时。岂知功德，不在文词，不言躬行，政由家施。闺阁肃睦，《樛木》《螽斯》，女士锡祚，庭茁兰芝。天道不远，毫无参差，三槐五桂，行当报之。如其不信，质此铭诗。"

湾　头

〔清〕张象津

马惊泥淖客惊尘，何日能抽物外身？
行过河塘兼柳陌，始知身未是闲人。

（选自张象津撰《白云山房诗集》下卷，哈佛大学图书馆藏道光十六年刻本）

董孝子永祠

〔清〕李友骥

古村落日影迷离，歧路岿然孝子祠。
底事于今凭信史，奇缘终古说神祇。
万钱佣作消贫债，一月仙机毕织丝。
每忆建安风雅笔，分明五字写《灵芝》①。

（选自李友骥撰《梓荫山房诗草》，见《山东文献集成》，第二辑第42册第73页，山东大学出版社2007年版）

李友骥（生卒年不详），字余吾，山东惠民人，李衍孙（字蕃升，号味初，乾隆年间举人，泗县知县）之弟。乾隆四十二年（1777）拔贡，充四库全书馆誊录，曾任山东乐安县（今广饶县）教谕、兖州府教授，候补国子监博士。著有《皆庐吟稿》《记里集》《秋声集》《梓荫山房诗》等，编有《武定李氏家集》。

为云樵道人②清照题诗（三首）

〔清〕宋若绂

平生踪迹近倪迂，不向金丸落处趋。

① 原注：曹植有《灵芝篇》咏董永。

② 云樵道人：指赵文栋，博兴人。民国《博兴县志·人物》记载："赵文栋，字幹亭。少负奇才，读书多心解。年逾二十，精岐黄术。出游至正定府，寓乡人某官署，有金川将军鄂澜王过境，患痿症，邀入京为其诊治。病愈，给金顶黄衣。时有国医姜晟欲与同入太医院，坚以归养辞。及母殁，丧事毕，于宅左辟一园，有台有池，花径迂曲，芒鞋竹杖，逍遥其中，一若别有天地。卒后，遗有画像一轴，手著《伤寒针灸》两卷。"

壶里逍遥天地外，秋霜染得几根须。

昨朝跨鹤会群仙，紫府楼中醉欲眠。
喜得玉皇恩乍普，黄衣新赐九重天。

青囊几卷掩柴关，流水高山物外闲。
千载松风冷鹤骨，长留道貌照人间。

嘉庆岁次庚申荷月，桓台宋若绂敬题

（选自传世赵文栋小像题跋；又见于政协博兴县委员会编《博兴故事》第212页，黄海数字出版社2022年版）

宋若绂（生卒年不详），字印章，又字白燕，山东桓台县新城镇昝家村人。增生。光绪二十年《宋氏世谱》中关于宋若绂的记载："（公）为人豪宕不羁，他无所好，唯喜吟诗，不论起居坐卧、山城酒馆，吟兴一发，则声彻云衢，旁若无人。一日牵驴过村，驴脱缰去，酣咏尚不觉悟。凡诸名胜有异人遗迹者，无不寻访。晚则结社湖上，唯与秋水、琴宜诸名宿相酬唱。藏稿甚富，遂散轶，兹但存刘明府所诠数首。"有诗入《山东通志》，与乾隆年间两任新城知县的刘大绅过从甚密。

登锦秋湖小平台同宏远

〔清〕王祖昌

同游锦秋湖，北上大堤路。
一道时水明，两行垂杨绿。
言登小平台，乃到绝佳处。

莲花接天开，香气随时度。
长啸清风生，团坐冰簟布。
西望鲁连坡，东眺颜斶墓。
高节谁能攀，芳踪犹可溯。
我来怀古人，苍凉水云暮。

（选自王祖昌撰《秋水亭诗续集》卷一，见《清代诗文集汇编》，第424册第225页，上海古籍出版社2010年版）

王祖昌（1748—1798），字子文，号西溪，别号秋水渔人，山东新城（今桓台）人，诸生，王士禛从曾孙，才华出众，善书诗文。有《秋水亭集》若干卷，《文略》四卷，并自撰《年谱》一卷。

锦秋湖

〔清〕李廓

名湖三百顷，游鱼日沉浮。
居人钓何巧，芳饵频频投。
或一举网得，泼刺各满舟。
我网才一目，我钓乃直钩。
从此袖手坐，岁月闲悠悠。
买得尺半鲤，放之水中流。
故人在东海，去作传书邮。

（选自张鹏展编《国朝山左诗续钞》，见《山东文献集成》，第一辑第49册第596页，山东大学出版社2006年版）

李廓（1752—1799），字容生，号晓岩，山东益都（今青州）

人。乾隆五十九年（1794）举人，从学于韩梦周，为之刻《理堂制义续集》行世。

湖　上

〔清〕王佳宾

湖波潋滟锦横空，蟹舍螺村望不穷。
雁影低回秋色里，渔舟三五藕花中。
夕阳山好青如黛，野浦堤回路似弓。
欲问鲁连向何处，茫茫烟景至今同。

（选自王佳宾著《苍雪斋稿》，见《山东文献集成》，第二辑第35册第369页，山东大学出版社2007年版）

王佳宾（生卒年不详），字岩客，号丽农，山东淄川人，诸生。王久理子。曾与张廷采同修乾隆四十一年（1776）《重续淄川县志》。著有《苍雪斋稿》一卷。

锦秋湖春望

〔清〕张廷叙

烟锁长桥水拍堤，春阴三月足丰泥。
如何罨画湖中境，一例风沙望欲迷？

（选自张廷叙撰《香雪园重订诗》，见《山东文献集成》，第二辑第35册第91页，山东大学出版社2007年版）

张廷叙（生卒年不详），字淳夫，号讷斋，山东淄川人。著有《香雪园重订诗》十一卷。

陈家桥游锦秋湖（十首）

〔清〕张廷叙

其一

柳覆暗渔庄，桥临秋色多。
遥怜故乡水，远入此湖波。
嫩藻肥鱼鳖，豊泥长芰荷。
居人芟藕去，日暮未来过。

其二

不厌湖中境，真宜水上居。
菱多莲子贱，稻长藕花疏。
少妇拊能渡，小儿兼行渔。
问渠耕菑者，此意复何如？

其三

妇子船为屋，人家鱼当田。
湖中花拂岸，门外水平川。
虾蟹杂充膳，荻蒲时易钱。
流连忘归去，前路起秋烟。

其四

地僻迟官税，经时绝吏呼。

烟涵沧海气，水涨锦秋湖。
晚雁泊沙渚，轻舟入画图。
渔翁知客意，遥说酒家垆。

其五

徙倚景幽便，满湖霜后莲。
凭将一片藕，换取十文钱。
黠女香闺少，渔妆画髻偏。
应怜事漂泊，秋冷未装绵。

其六

小舟随处坐，风暗荻芦秋。
气肃花初落，湖平水不流。
霜泥冲岸阔，萍径过桥幽。
直欲东行去，因看海市楼。

其七

咿轧凭虚渡，疑从象外来。
水云应不散，天镜若为开。
编柳或成罩，看花多筑台。
忽闻吹短笛，知是采菱回。

其八

天地浮沤耳，怅然安所之？
曷来一怀古，不见鲁连陂。
箭策空当日，风烟复此时。
湖中为涕泗，寂寞伴题诗。

其九

前辈流风远，经行湖水光。

今存翰墨迹，旧染芰荷香。
莫问兰桡女，还歌大道王。
苍茫起秋思，霜色下寒塘。

其十

桓台多胜迹，素惬此湖名。
一水浮群县，孤村遮近城。
荷丝宫发乱，水縠越罗轻。
晚景犹明媚，春波信可行。

（选自张廷叙著《香雪园重订诗》，见《山东文献集成》，第二辑第35册第96页，山东大学出版社2007年版）

拟锦秋湖采莲（六首）

〔清〕张廷叙

其一

去年莲叶见还稀，今年莲子肉偏肥。
轻舟不绾随溪转，时有鸡鹊水上飞。

其二

爱是邻家小女儿，娇痴独自理荷丝。
并头莲子房应满，掷向人前知不知？

其三

绿云似幕薄于烟，日午乘凉正好眠。
不管回塘与方渚，一时齐住采莲船。

其四

懊恼经年饲鸭鹅，养雏厌见曲湖波。
只今莲子亲尝遍，那及奴心苦处多。

其五

不着罗衣不系裙，短衫绣裤倚红云。
谁家少妇闲情致，自折花枝划水纹？

其六

荷花烂漫昔曾游，冉冉香风水上头。
我唱采莲人不见，橹声飞入白蘋洲。

（选自张廷叙著《香雪园重订诗》，见《山东文献集成》，第二辑第35册第99页，山东大学出版社2007年版）

锦秋亭

〔清〕乐丰野人

《府志》：“博兴东南城上，元中统间邑人所建，取东坡诗命名也。盖博兴众水所潴，宛在水中，舟楫交通，鱼稻成市。东坡昔尝过之，爱其风景绝类江南，赋诗亭上云：‘霜风收绿锦，万顷水云秋。海气朝成市，山光对晚楼。舟车通北阙，图画入南州。且食鲈鱼美，吾盟在白鸥。’①”

《横湖绝句》云：“贪看翠盖拥红妆，不觉湖边一夜霜。卷却天机云锦缎，纵教匹练写秋光。”

本朝知县李元伟以亭在城上，登眺不适，改建于湖中。书院开于南，郑公祠建于北，鼎峙若三岛然。

---

① 此诗系元代于钦所作，见第9页。

万顷波光里，孤亭水面浮。
柳阴摇酒旆，花外出渔舟。
风雨湖边客，烟波城上楼。
苏仙高咏处，谁复继风流？

（选自乐丰野人七十三集、霁亭先生注、毕义星校注《清抄本（青州府）十一县古迹诗》第 87 页，山东齐鲁音像出版有限公司 2022 年版）

乐丰野人（生卒年不详），别号，字希农，姓名不详，青州府人，或安丘人。所谓“七十三集”，应是该书辑成时其人年岁。霁亭先生考证为刘芳曙，霁亭是其号。刘芳曙（1752—1830），号霁亭，安丘人。嘉庆十二年（1807）岁贡，著有《半山园诗草》，收录了其自乾隆三十九年（1774）至道光九年（1829）所作之诗，凡千余首。辑有安丘史上第二部诗歌总集《渠风续集》。

锦秋书院

〔清〕乐丰野人

在锦秋湖南岸，博兴县知县李元伟建。见碑志。

锦秋湖上绿波轻，镜里书斋四望明。
水月精神成画谱，溪山风韵入琴声。
晚窗开帙荷香细，晓日研朱竹露清。
美煞坡公游赏处，新诗题遍鲁诸生。

（选自乐丰野人七十三集、霁亭先生注、毕义星校注《清抄本

（青州府）十一县古迹诗》第87～88页，山东齐鲁音像出版有限公司2022年版）

酒垆

〔清〕乐丰野人

《齐乘》："吕仙翁祠：博兴城内，祠即韩氏酒垆。仙翁尝饮于此，书屋壁上云'吕嵓独酌。洞滨宣和壬寅六月书'，凡十三字。后盗焚民居殆尽，惟韩氏室完，土人因名为'辟火符'。靖康间，邑人乃于社稷坛碑阴勒仙书，立于祠前。社稷坛碑亦宣和间物，图志考订，极为精妙，可为后法。愚按，仙翁游人间，多称回道人，如沈东老诗类是也，惟此显书姓名，宾字复加水，岂以辟火而然邪？"

一云：垆在县西南锦秋湖上。

已作仙人剧，宁忧回禄灾。水原能御火，酒岂不盈杯？垆倚城根结，窗临湖面开。韩公风趣好，买醉到秋来。

你向人间写洞滨，韩公垆畔酒三巡。
岂真以水能销火，原是无仙不度人。
数笔烟云犹在壁，几家堂构已成尘。
丰碑仍勒宣和字，唤醒黄粱梦里身。

（选自乐丰野人七十三集、霁亭先生注、毕义星校注《清抄本（青州府）十一县古迹诗》第88页，山东齐鲁音像出版有限公司2022年版）

贝 丘

〔清〕乐丰野人

《齐乘》："博兴南五里。"

《左传》："齐侯田于贝丘，见彘，射之。豕人立而泣，乃公子彭生也。"即此地，亦曰"贝中聚"。

十里荒堤映绿渠，贝中有聚剩遗墟。
一时惊见负涂豕，四面争喧载鬼车。
此日村氓勤稼穑，当年甲士乐畋渔。
酸风楚雨薄姑路，疑是彭生怨未舒。

（选自乐丰野人七十三集、霁亭先生注、毕义星校注《清抄本（青州府）十一县古迹诗》第89页，山东齐鲁音像出版有限公司2022年版）

题王观察赓言[①]《忆旧游图》八幅（共二）

〔清〕孙星衍

款段寻诗垫角巾，槐花如雨逐征尘。
锦秋湖水长山色，并入文章秀绝伦。

---

① 王观察赓言：观察为明清时道臣（清称道员）之雅称，此指王赓言，字赞虞，一字篑山，山东诸城铁沟村人。乾隆年间进士，历官吏部考功司主事、文选司员外郎，掌稽勋司监督、户部宝泉局等。嘉庆中授江西广信府知府，后迁江西督粮道，署江西按察使，又调江苏常镇通海道，署江苏布政使等职。其在任期间，审慎刑狱，清理积案，稽查巨恶，惩严安良，士民服其威，誉其为"冰心铁石"。著有《篑山堂诗集》《车中吟》《四书释文》等，辑有《东武诗存》。

（选自孙星衍撰《芳茂山人诗录·冶城遗集》，嘉庆八年刻本）

孙星衍（1753—1818），字伯渊，又字渊如，江苏阳湖（今常州）人。乾隆五十二年（1787）一甲第二名进士，授编修，不留馆，改刑部主事，后历官山东督粮道、署布政使。曾辑刊《平津馆丛书》《岱南阁丛书》，另有《尚书今古文注疏》《芳茂山人诗录》等。

嘉荫簃成

〔清〕刘镮之

小筑何妨陋作铭，诵芬还忆锦秋亭。
家山久别劳尘梦，画本重开俨旧型。
自爱翎修冲汉鹤，莫教囊负读书萤。
空庭老树尤难得，起舞频看历历星。

（选自徐世昌编选《清诗汇》卷一〇六）

刘镮之（1762—1821），字信芳（一说字佩循），山东诸城逄戈庄（今属高密）人。刘统勋之孙，刘墉之侄。乾隆五十四年（1789）进士。自检讨累迁至户部尚书，兼领顺天府府尹。复累迁吏部尚书，加太子少保。道光元年（1821）卒，谥文恭。

古风杂诗（十首）

〔清〕盖方泌

素位行吾愿，富贵宁可期。
世有要路津，比肩走奔随。
一旦致披猖，群小更诋訾。
势在则交合，时去则情离。
速登者易颠，徐进者少危。
岂惟关人事，天道恒如兹。
思之已烂熟，热官未可为。

士须志经纶，学乃有所托。
读古圣贤书，非以资丑博。
利器资世用，遇事解盘错。
处士盗虚声，垂绅縻好爵。
勿为旁人嗤，若辈束高阁。

树木忧其蠹，保民除其贼。
贼足为民害，蠹生木不植。
治道有主术，厥惟司牧职。
恫瘝切中怀，不以文貌饰。
如苗之有莠，锄必翦其慝。

鷦鷯巢一枝，翩翩意自如。
翳荟蒙茏间，游集亦有徒。
毛弗施器用，肉不登庖厨。
行不避矰缴，止不罹罿罦。
翰羽卑且飞，觜距形不殊。
饮啄随俯仰，与世更无须。
人生温饱外，汲汲求赢余。

树黍不获稷，树怨无报德。
福先不可为，祸始岂有极。
山生金自攻，树生虫自食。
甘泉必先竭，直木必先贼。
碌碌者如玉，落落者如石。
高名易招尤，众口滋毁积。

万物如蜩翼，恣睢恒多尤。
茅茨安华屋，缊袍丽衮裘。
寒泉旨醽醁，藜藿逾珍羞。
维彼象有齿，乃致焚身忧。
维彼雉有尾，乃中牺牲求。
金谷尚奢侈，终为奴辈谋。

轮人斫轮说，得心与应手。
甘苦疾徐间，不能宣诸口。
运斤忽成风，妙术得未有。
悟超规矩外，法非绳墨守。
斯言可喻大，微旨契庄叟。

秋水集行潦，奔流积石间。
望之无崖涘，河伯顾欣然。
东行遇海若，乃始望洋叹。
江汉共朝宗，翕受纳百川。
挹注无盈科，虚涵大地宽。
区区拘墟见，蠡测知其难。

山溜可穿石，井绠可断干。
渐靡使之然，由来非一旦。

悟兹损益理，道揆有同贯。
积德日以明，积慝日以暗。
寸阴当是惜，勿生玩愒叹。

蚁穴觇泉脉，老马知迷途。
陋兹凡物质，灵异著其殊。
世人诩自用，胶固如守株。
千虑而一得，乃或在愚夫。
其道惟先民，下询荛与刍。
圣人取众智，善谋审几初。

（选自徐世昌编选《清诗汇》卷一〇七）

盖方泌（1768—1838），字季源，山东蒲台县盖家村人（今属博兴县乔庄镇）。乾隆五十四年（1789）贡生。初以拔贡就职州判，发陕西，署汉阴厅通判、石泉知县，嘉庆三年（1798）署商州同知，嘉庆八年（1803）任盩厔知县。后任宁陕厅同知、四川顺庆府知府、福建延平府知府。嘉庆二十三年（1818）起两任台湾知府并两次署理台湾道。道光三年（1823）因病告老还乡，道光十八年（1838）在家中去世，享年71岁。著有《春舫诗钞》。

从军词（十首选六）

〔清〕盖方泌

少壮备行列，由来意气豪。
羽檄忽星驰，归来笑看刀。
鼓角传军令，马首瞻前旄。
师兴何急迫，歌诗赋同袍。

临行辞亲戚，饯送相慰劳。
小丑不足灭，难望功助高。

行行出门去，出门意如何。
剑戈排林木，旌旗拂山阿。
高跻秦岭巅，远涉汉水波。
汉水流活活，击楫发长歌。
长歌慨以慷，涕泣泗滂沱。
丈夫许驰驱，不遑恤其他。

三月楚天碧，望气恶氛张。
寇近军戒严，垒对扫欃枪。
火鸣动击炮，贼人已奔亡。
轻骑追穷虏，岩谷搜逋藏。
灭此么么净，不得还故乡。
有诏赐将军，乘胜下襄阳。

行到襄阳日，会集天下师。
山东来劲旅，幽并好健儿。
曲跃争超距，蝥弧试大旗。
倏见阵云黑，寇骑突纷驰。
彼方以众来，我师力却之。
半载多苦战，胜负各相持。

日暮寒风急，风寒天飞雪。
虎帐夜谈久，破贼计已决。
三军失颜色，战兢不敢说。
踏冰苦向前，疾呼冻云裂。
指堕刃在手，杀人凝碧血。
一战期成功，孰知遗余孽。

意气既决绝，努力事长征。
男儿贵立志，为将不为兵。
在营异苦乐，赴敌分死生。
不惮马革裹，难留豹皮名。
欲将百战躯，捷足万里程。
吾身甚微贱，无路一请缨。

（选自《滨城古代诗歌选注》，第 248 ～ 253 页，山东友谊出版社 2014 年版）

杂诗（选三首）

〔清〕盖方泌

释褐向关西，简书畏孔棘。
捧檄商山日，郊锋直鸣镝。
投笔慕班超，闻鸡忆祖逖。
虽非介胄身，转恐鄙肉食。
仗戈先赴敌，士气增感激。
谁信是书生，马上曾杀贼。

岁寒知松柏，疾风识劲草。
朱华敷翠条，颜色当春好。
西陆振肃威，落叶秋风扫。
苟非坚贞质，荣瘁莫能保。
凌寒气愈厉，孤节经霜老。

轮人斫轮说，得心与应手。
甘苦疾徐间，不能宣诸口。

运斤忽成风，妙术得未有。
悟超规矩外，法非绳墨守。
斯言可喻大，微旨契庄叟。

（选自《滨城古代诗歌选注》，第 253 ～ 257 页，山东友谊出版社 2014 年版）

立冬前一日，盖碧轩方泌太守招同音健斋登额总戎①集鸿指园②看菊，因以酥和菊叶，煎食之

〔清〕胡承珙

何必骚人嗅落英，攀条撷叶试新烹。
鸿园拂石秋还暖，燕寝凝香晚更清。
插帽不妨开笑口，持螯端足了浮生。
为君醉草天随赋，合占沧洲吏隐名。

（选自胡承珙撰《求是堂诗集》卷十七，见《清代诗文集汇编》，第 518 册第 152 页，上海古籍出版社 2010 年版）

胡承珙（1776—1832），字景孟，安徽泾县人。嘉庆十年（1805）进士，入翰林院为庶吉士，散馆，授编修。嘉庆十五年（1810）任广东乡试副考官。不久，迁任御史，转给事中。嘉庆二十四年（1819）授福建延建邵巡道。道光元年（1821）调补台

① 音健斋总戎：总戎为总兵之雅称，此指音登额，又作印登额，字健斋，满洲正黄旗人。嘉庆二十五年（1820）担任台湾镇总兵。道光六年（1826）在叶尔羌办事大臣任上遭遇张格尔之乱，殉国，入昭忠祠。

② 鸿指园：乾隆间台湾知府蒋允君于台南府署右侧所营造的园林。

湾兵备道。《清史列传》谓其“力行清庄弭盗之法，在台三年，民番安肃”。道光四年（1824）十月十二日离台。他究心经学，尤专意于毛氏诗传，为清代《诗经》三大家之一。工诗，一生所作古今体诗一千五百多首，依编年方式编为《求是堂诗集》二十二卷，于道光十三年（1833）刊行于世。其中第十七卷《东瀛集》为其在台期间所作。

得告后闲居候代，小窗展卷，终日萧然，率成一律

〔清〕胡承珙

药炉茶灶小徘徊，依旧埋头故纸堆。
门不谁何无客到，笔非画诺已神来。
真看海上生明月，莫向风前奏落梅。
为问宏农坐啸客，不妨尊俎定常开。①

（选自胡承珙撰《求是堂诗集》卷十七，见《清代诗文集汇编》，第518册第158页，上海古籍出版社2010年版）

与碧轩太守夜话有感赋赠

〔清〕胡承珙

四座且勿语，为君停举杯。
问君从军有何乐，君言痛定犹余哀。
忆昔黄巾遍秦陇，昼磨盾鼻宵衔枚。

① 原注：时碧轩太守亦以入觐候代。

连营傍山塞谷口，忽然飞雹如李梅。
马牛毙野大木拔，暴流怒发声喧豗。
是时危坐待没顶，讵料雨歇涛头回。
军行偶尔得空舍，解鞍暂憩无疑猜。
门前遗火竟谁厝，焰焰[1]已及硝磺堆。
仓皇欲出不得出，顷刻将化昆明灰。
以裘蒙首急伏地，大声一裂如轰雷。
焦椽烂瓦不知处，面目无恙粘青苔。
平生绝险此二事，廿年首白难重回。
听君语罢起长叹，不经困厄无良材。
人生万事有司命，水火不杀商丘开。
即今无事抚髀肉，上头千骑东方来。
塞马久应识倚伏，海鸥何用生徘徊。
为君引满浮大白，有酒不饮胡为哉？

（选自胡承珙撰《求是堂诗集》卷十七，见《清代诗文集汇编》，第518册第152～153页，上海古籍出版社2010年版）

通济桥道中

〔清〕李倜

杨柳绿荫合，一竿挑酒旗。
日斜鸦舅乱，烟暖稻孙肥。
鲈脍悲张翰，文章愧陆机。
眼看春色晚，惆怅未能归。

（选自余正西辑《国朝山左诗汇钞后集》卷三十八《补遗》，

① “焰焰”，黄得时《胡承珙与东瀛集》作“熖熖”。

见《山东文献集成》，第一辑第43册第507页，山东大学出版社2006年版）

李僩（生卒年不详），字仲恂，山东历城（今济南）人，道光八年（1828）举人，曾官清平县训导。其为人怪癖，与人唱和之诗作，辙随手焚毁。曾重新发现黄石崖摩崖石刻，济南七十二泉之一腾蛟泉匾额为其题书。其诗清矫拔俗，宗老杜（杜甫）沧溟（李攀龙），是鸥社（济南诗人于嘉庆年间成立的诗社）的重要成员。著有《晚悔堂诗集》《耐寒轩诗集》《东游草》《麦丘草》等。

锦秋湖渔父词（三首）

〔清〕马国翰

锦秋湖外鹭鸶飞，锦秋湖中鲤鱼肥。
冲破寒烟孤艇出，长竿影里动斜晖。

斜阳竿影摇波绿，钓出红鳞三十六。
呼儿将去换青春，闻道邻村新釀熟。

买春独自酌烟波，吹火船窗乐若何？
烂醉芦根不归去，满身赢有月明多。

（选自马国翰《玉函山房诗钞》卷三，上海图书馆藏清道光咸丰间历城马氏刻、光绪十年绣江李氏补刻本）

马国翰（1794—1857），字词溪，一字竹吾，山东历城（今济南）人。道光十二年（1832）进士，历官至陕西陇州知州。有《玉函山房辑佚书》，凡六百余种。著有《玉函山房诗钞》《玉函山房文集》等。

锦秋湖（六首）

〔清〕范承俊

锦秋亭畔见新秋，十里湖堤任远游。
行到汀洲最深处，冲烟飞去一沙鸥。

稻花深碧藕花红，卍字桥边曲水通。
好是村前烟树里，一竿摇扬酒旗风。

两岸垂杨浅水滨，微波冲起碧粼粼。
横塘一带家多少？但见莲花不见人。

生长湖边不计年，小舟常系绿杨烟。
消闲睡起无多事，卖得鱼儿换酒钱。

麻大坡前秋水深，倚莲亭畔晚风侵。
侬家自棹扁舟去，满地芦花何处寻？

藕花亭榭蓼花汀，秋水长天一片青。
借问夷光何处住？教人错认是西泠。

（选自李佐贤辑《武定诗续钞》卷十四，见《山东文献集成》，第二辑第41册第117页，山东大学出版社2007年版）

范承俊（1796—1832），字苏山，号友泉，山东沾化人。道光元年（1821）举人，拣选知县。曾在妻弟利津李佐贤家任塾师，后主滨州讲席。道光十二年（1832），再次进京参加会试，因为旧疾复发，病逝于北京，年仅37岁。著有《苏山文稿》《苏山诗草》。

留别锦湖山人

〔清〕范承俊

花绕横塘柳绕堤，芳亭对峙锦亭西。
窗能受月何妨小，墙为看山不厌低。
老去婪杯因好客，兴来得句半无题。
十年落拓风尘里，便欲寻君入钓溪。

（选自李佐贤辑《武定诗续钞》卷十四，见《山东文献集成》，第二辑第41册第116页，山东大学出版社2007年版）

河上观雨

〔清〕范承俊

苍茫秋雨下平皋，浪卷霜花风怒号。
渺渺渔帆潮水阔，冥冥蜃市海云高。
蒹葭烟老沈孤月，鹅鹳声寒动暮涛。
箬笠芒鞋人不识，白沙堤上一诗豪。

（选自李佐贤辑《武定诗续钞》卷十四，见《山东文献集成》，第二辑第41册第116页，山东大学出版社2007年版）

泛锦秋湖

〔清〕孙锡嘏

万顷波光净，孤舟一叶随。
风高辕固里，水漾鲁连祠。
碧柳将衰候，红莲欲谢时。

桓台何处是？怅望暮云垂。

（选自孙锡嘏著《东泉诗钞》上，见《山东文献集成》，第三辑第36册第313页，山东大学出版社2009年版）

孙锡嘏（1796—1887），字尔常，号东泉，山东淄川北沈村（今属淄博市淄川区寨里镇）人。光绪二年（1876）丙子科以年登八十，钦赐贡生副榜。九十岁时尚能批改文章。著有《东泉文集》《东泉诗集》《东泉诗余》《东泉闲话》等，还曾整理《聊斋志异》手抄本，并抄录《蒲松龄文集》，手定《聊斋诗集》上、下卷，辑有《般阳诗钞》十一种十三卷。

博兴书斋夜半偶成

〔清〕丁庄书

鹤俸分来略济贫，果然饮啄有前因。
平情到处皆报契，弱景无时不念亲。
柝韵频惊寒梦醒，鸡声偏较故乡真。
披衣起舞心难已，快欲着鞭步后尘。

（选自李贻隽辑《武定诗补钞》，山东省图书馆藏稿本）

丁庄书（生卒年不详），字端甫，山东沾化人。道光十七年（1837）拔贡。曾在利津坐馆，御史王会英、举人任魁扬皆其门生。候选教谕，未任而卒。

游锦秋湖

〔清〕任魁扬

锦秋湖畔最情牵，一棹冲开万顷烟。
雅集幸同书画舫，清游欣上孝廉船。
薜萝村舍看垂钓，鸥鹭人家喜设筵。
更有荒祠堪写句，抠衣便欲谒三贤①。

（选自李佐贤辑《武定诗续钞》卷十九，见《山东文献集成》第二辑第41册第172页，山东大学出版社2007年版）

任魁扬（生卒年不详），字占一，山东利津人。同治元年（1862）壬戌恩科并补行咸丰十一年（1861）辛酉科举人。

锦秋湖（四首）

〔清〕王贤仪

道光庚戌馆博兴，每呼村间小舟，畅游锦秋湖，口占四绝以志：

八家环绕绿杨汀，凫鸟双双各刷翎。
欲过小桥还自住，水蒹花上立蜻蜓。

鸣鸠飞上野棠花，随意呼船荡水涯。
十里湖田新放溜，家家争插稻孙芽。

① 原注：湖畔有三贤祠。

满湖秋水碧无情，客与闲鸥两不惊。
独立高吟遥色暮，云山远处望新城。

织苇编蒲子妇忙，水乡今作郑公乡。
锦秋湖上移家好，不是荷香是稻香。

（选自王贤仪著《家言随记》卷三《辙环杂录》，哈佛大学图书馆藏同治九年刻本）

王贤仪（？—1855），字麓樵，浙江山阴（今绍兴）人。随先人寄居历城（今济南），遂以历城为家。少年时弃儒习幕，曾在河北保定及山东青州、历城、武城等州县做师爷理刑名，还曾在山东曲阜、日照、邹平、潍县等地设馆教授生徒。咸丰五年（1855）二月，在从招远回济南时，于邹平西关辞世。著有《家言随记》。

王贤仪书中多记载山东山水古迹及祠庙物产，所述出自目睹，所记真实可信。该书记叙锦秋湖："界新城、长山、邹平、博兴境上，可二百余里。村沿堤住，以船往来。荷菱、芦蒲、莼鲈之属，颇为民利，而稻尤为上上田。村妇编蒲为扇，细软宜人。秋凫蔽天而来，弋之甚易。北人呼鲈为豸，初不为珍。渔洋山人咏湖诗极多。"还记载了博兴县丞郑安国"招绍农八姓来博教兴水利"的事迹："锦秋湖纳诸邑之水，近湖皆受水患。博兴少尉郑公，浙绍人，招绍农八姓来博教兴水利，污涞变为膏腴。藕制粉，蒲制扇、制席、制绳、制团，四方以金易之。稻畦纵横，一切分割砻硙之治，皆依绍法。交秋万凫蔽天，与鲈同贱。郑公殁，民立祠祀之，八姓附焉。八姓之后为博民，皆足衣食。兴利惠民，固不在位高卑也。"

柳 桥[1]

〔清〕爱新觉罗·崇恩

高下田塍雪未消，平堤廿里不知遥。
烟和水软春如画，淡沱轻阴过柳桥。

（选自爱新觉罗·崇恩撰《香南居士集》，见《清代诗文集汇编》，第614册第575页，上海古籍出版社2010年版）

爱新觉罗·崇恩（1803—1878），字仰之、禹舲（又作语舲、雨舲），别号香南居士、敔翁，室名壶青阁、香南精舍、吾亦爱吾等，满清宗室。仕道光、咸丰、同治三朝，先后任山东巡抚、内阁学士等。工书，法苏轼。画山水，出入宋元诸名家，撷其精华，故能超轶凡近。喜收藏，精鉴赏，收藏历代书画、古籍、碑帖极富，是清代中晚期著名的书法家、收藏家、鉴赏家、金石学家、诗人。著有《香南居士集》《香南精舍金石契》等。

锦秋湖

〔清〕李长霞

柳陌菱塘路欲迷，荷花荷叶与人齐。
舟横野岸偎芳草，水拥寒沙上废堤。

（选自李长霞撰《锜斋诗选》，见《山东文献集成》，第四辑第32册第239页，山东大学出版社2010年版）

---

① 原注：博兴东南二十里。

李长霞（1825—1879），字德霄，原籍山东掖县（今莱州），婚后占籍胶州。为胶州诸生柯蘅妻室，近代著名历史学家柯劭忞之母。清末北方文坛颇有声望的女诗人和女学者，享有“诗古文词，冠绝一世”的美誉，著有《锜斋诗集》《锜斋日记》。

济河晚眺

〔清〕王藻英

清河北去海门长，薄暮行人渡口忙。
安得郭熙新画稿，图成一幅水云庄。

（选自李佐贤辑《武定诗续钞》卷二十，见《山东文献集成》，第二辑第41册第176页，山东大学出版社2007年版）

王藻英（1826—1866），字椒庵，号春麓、文藻，山东利津人。廪贡生。候补知县。

读《北魏书》

〔清〕张佩纶

少游[①]碎剧颇匆匆，文藻争如刻画工。
高允老公差解事，搜罗人士作师中。

① 少游：即蒋少游，乐安博昌（今山东博兴）人，北魏建筑家、书法家、画家，《北史》《魏书》有传。

（选自张佩纶撰《涧于集·诗》卷四，见《清代诗文集汇编》，第768册第129页，上海古籍出版社2010年版）

张佩纶（1848—1903），字幼樵，一字绳庵，又字篑斋，直隶丰润（今河北丰润）人。同治十年（1871）进士，擢侍讲。光绪间官侍讲学士，署都察院右副御史。以纠弹大臣名著一时。任海疆大臣时，因福建战事被革职充军，后入李鸿章幕。有《涧于集》《涧于日记》。

董永卖身葬父

〔清〕陆宝忠

鬻身曾为答春晖，孝感人天是也非。
三百匹缣谁与赎？只应忙到七襄机。

（选自台北故宫博物院藏《陆宝忠、张百熙、徐郙、吴树梅书二十四孝》册页）

陆宝忠（1850—1908），字伯葵，江苏太仓人。光绪二年（1876）进士，授庶吉士，散馆授编修。光绪十一年（1885）任湖南学政，后历任少詹事、内阁学士兼礼部侍郎、兵部右侍郎等职。二十六年（1900），出任顺天学政。疏请整顿教育，广设学堂，被朝廷采纳并付诸实施。三十一年（1905），又疏请设立文部，管理自京师大学堂、译学馆以下的各省学堂。三十二年（1906）任礼部尚书。三十三年（1907）九月，因光绪帝下令禁烟，奉旨离职戒烟，三年乃绝，复职后不久谢世。

孝子图题辞 并序（选一首）

〔清〕施山

乡里塾师杂记历代孝子事，适二十有四则，大半出于稗官，相沿既久，有据以绘为图者。课儿之隙，偶触吟兴，因就图各系一诗。

董　永

天荒荒，地漠漠。
反梦里，涕横落。
神女来，不用媒。
织缣三百匹，
再拜主人辞以出，再拜神女与之别。
还过墓门，肝肠摧绝。

（选自施山撰《通雅堂诗钞》卷十，见《清代诗文集汇编》，第 730 册第 742 页，上海古籍出版社 2010 年版）

施山（生卒年不详），初名学宜，字子山，又字寿伯，浙江会稽人。同、光间游幕鄂中，曾任湖北宣恩知县。敏悟过人，博览群书，诗文博雅。著有《通雅堂诗钞》。

渡小清新河

〔清〕鲍心增

平原极目见征帆，合共严滩姓共镌。
绶若印累成底事，休言事业赖头衔。

（选自鲍心增撰《蜕斋诗稿》卷上，见《清代诗文集汇编》，第 775 册第 513 页，上海古籍出版社 2010 年版）

鲍心增（1852—1920），字川如，号润漪，一字惺士，晚号蜕农，江苏镇江人。清光绪十二年（1886）进士。历官吏部稽勋司郎中、军机章京郎中。宣统二年（1910）外放为山东青州府知府。辛亥革命后弃官归里。他关心家乡事业，倡议分区设局，以村为单位，联合贷款，集中使用。

博兴道中

〔清〕赵德树

两水明如镜，中央引路长。
山迎人面笑，风送马蹄忙。
农事分红稻，渔家傍绿杨。
清歌何处起？疑是采菱航。

（选自李佐贤辑《武定诗续钞》卷二十，见《山东文献集成》，第二辑第 41 册第 176 页，山东大学出版社 2007 年版）

赵德树（生卒年不详），字子桢，山东利津人。附贡，同治十一年（1872）任濮州训导。

二十四孝题辞（选一首）

〔清末民初〕潘守廉

卖身葬父

古来孝德本无尽，竟使卖身去葬亲。
果否仙娥来助力，聊存佳话劝愚人。

（选自《宋刻孝经·附二十四孝图说》附《二十四孝题辞》，第 64 页，天津古籍书店 1987 年版）

潘守廉（1845—1939），字洁泉，号节园，又号雪严、对凫居士，山东济宁人。光绪十五年（1889）己丑科进士，曾任河南南阳知县、邓州知府。光绪二十五年（1899）知南阳县时主持《南阳县志》纂修。著有《作新末议》《对凫绿影》《论语铎声》《圣迹图联吟集》《木铎千声》等。

题《钓罢晚归图》

〔清末民初〕魏儒正

绿荫钓罢夕阳低，红蓼滩头濯足泥。
任是金鳌湖上聚，携酒观山杖青藜。

（选自魏鸿祺等著《魏氏祖传中医眼科》，见《博兴文史资料》第四辑，第 62 页，滨州地区新闻出版局 1987 年版）

魏儒正（1847—1929），字端溪，辛安庄（今属博兴）人。魏氏中医眼科的创始人。民国二十五年《重修博兴县志·人物》记载："魏儒正，字端溪，辛安庄人，好读书，精医术，于眼科尤独具心得，远近求诊者门常如市，一经诊治立著奇效。性慈善，喜放生，一生不茹荤，年八十余无疾而终，著有《眼科集要》。"他于诊病之暇，常作诗绘画以自娱。

辞浮名

〔清末民初〕魏儒正

少年业儒中年医，医学徒劳儒学弃。
浅见寡闻心自愧，浮名尤恐达人知。
誉来未喜毁何戚，可否经年七十时？
银海精微通粗理，羞讵车马日云集。

（选自魏鸿祺等著《魏氏祖传中医眼科》，见《博兴文史资料》第四辑，第63页，滨州地区新闻出版局1987年版）

劝勉同学

〔清末民初〕魏儒正

五轮八廓认的端，脏腑经络尽包含。
落笔不清非小可，灵光一失再明难。
医学多读眼界宽，奥理无穷自细参。
效验须将阴骘种，积功修德福绵绵。

（选自魏鸿祺等著《魏氏祖传中医眼科》，见《博兴文史资料》第四辑，第63页，滨州地区新闻出版局1987年版）

俚歌行

〔清末至民国〕曹家达

潍邑东关有沙滩，乃白狼河水涸处，春夏之交，歌唱所聚也。听者如环墙，歌毕，则饷钱百十酬其值以为常。有博兴小儿二，时携四弦，奔走城阙间，未之异也。间亦往沙滩。予适往东关见之，问其居址，以博兴东北乡陈户店对，王姓，竹淇其父也。嗟乎！有子而不教以正业，令其以歌唱糊口四方，其父之为人，亦可知矣。途次有告余者曰：彼二孺子以旧岁歉，父母携之来潍，日得钱，以奉其亲，伊父母赖以无缺。夫以士大夫所不能免乞人，子乃行所无事为独难也？予既嘉其孝，为作《俚歌行》以告南北饥驱者，且因以自惩也。辞曰：

杨柳迢迢霏路尘，俚歌嘈晰催芳辰。
白狼河水随春尽，燕子飞来傍路人。
观者环墙钱散雨，博兴小儿击节舞。
自言琅琊大道家，弟及九龄兄十五。
去年年荒家道亏，阿娘阿爷常忍饥。
五月离家未归去，愿得乐土共哺糜。
家住博兴陈户店，到此侨居大属餍。
多钱博得爷娘欢，侵早出门暮还念。
我从客岁来潍阳，骤闻此语心傍徨。
世间那有不根草，道上谁家年少郎？

（选自薛仲良等辑《江上诗钞续》卷十四，见顾季慈、薛仲良等辑《江上诗钞（四）》，第1375～1376页，广陵书社2009年版）

曹家达（1867—1937），字颖甫，一字尹孚，号鹏南，晚署拙巢老人，江苏江阴人。光绪二十一年（1895）入南菁书院研求经世之学。当时的书院山长黄以周是著名汉学大师兼精医学，曹家达就读其门下，得益甚多。光绪二十三年（1897）之后曾南走湖湘、北游齐鲁。光绪二十八年（1902）中举。后科举废，即绝意进取，征选知县不应。民国八年（1919）迁居上海，被上海中医专门学校聘为教授、教务长，并在上海慈善团体同仁辅元堂坐诊。民国二十六年（1937）八一三事变后，携家归里。后江阴沦陷，曹家达被敌杀害。著有《曹颖甫医案》《伤寒发微》《金匮发微》《经方实验录》等，以及诗词集《梅花集》《气听斋诗集》等。

咏史·孙武

〔晚清民国〕连横

孙自明兵法，吴宫教美人。
十三篇尚在，智勇信廉仁。

（选自连横撰《剑花室诗集》，见《近代中国史料丛刊续编》第十辑，第 133 页，台湾文海出版社有限公司 1966 年版）

连横（1878—1936），幼名允斌，谱名重送，表字天纵、字雅堂，号武公、剑花，别署慕陶、慕真，台湾台南人，祖籍福建省龙溪县（今漳州龙海）。著有《台湾通史》《台湾语典》《台湾诗乘》《大陆诗草》《剑花室诗集》等，是台湾著名爱国诗人和史学家，被誉为“台湾文化第一人”。

王保泰《覆瓿集》选

（选自王保泰《覆瓿集》手稿本，其孙王士鹤提供）

过城岭有感①（四首）

荒岭遗痕话英公②，千古不没大将风。
雄姿飒爽今安在，残云倒卷晚霞红。

云横残岭霞光流，军歌消歇声叱牛。
荒村漠漠炊烟起，化虫化沙几度秋。

巍峨城郭化田畴，英公战马变耕牛。
千顷良田转百主，平韩奇谋付东流。

人事变迁感苍桑，故城遗痕传李唐。
英公将略今已矣，蔓草荒烟照斜阳。

王保泰（1887—1972），字岳东，博兴城东街道相公堂村人。山东省立第四师范学校（校址青州）毕业后，在博兴、唐邑多所

① 原注：民国廿九年孟冬。

② 英公：唐代英国公李勣，相传其东征时曾屯兵于博兴，后人在屯兵地修徐公祠堂。因其后官至宰相，故称其祠堂为相公堂，后遂以堂名村，为今博兴县城东街道相公堂村。

学校任教，1934 年任博兴县立第五小学（校址利城村）校长。辛亥革命前后，积极参与、领导了博兴学生成立的宣传暴动大队。在博兴县立第五小学任校长期间，给予校内任教的共产党员如傅敦吾、张德卿、刘鸣泉、相炜、高兴（星）华、王涛清、王韬（涛）等大力支持并为其提供方便，但因掩护党的活动，被撤销校长职务。1937 年任教于广饶县。1939 年至 1957 年，曾在博兴的相公堂村、范家村、卞家村、霍家村、顾家村任教。1957 年退休。1972 年 11 月逝世。其诗文作品有《覆瓿集》《随意录》手稿本传世。

过龙华寺有感①

烟云漠漠野寺孤，当年壮丽如画图。
微风薄雾互飘渺，佛光古碑两模糊。
殿阁凋敝行将尽，院宇摧残任荒芜。
世事茫茫谁能料，白云苍狗变须臾。

晨望奎楼有感（二首）

疏星残月破晓天，起望奎楼犹真然。
创造人儿今安在，空留清白挂寒烟。

奎楼矗立城东南，起摩绛霄映烟岚。
像肖苏公早消歇，只留高阁压清潭。

① 原注：民国廿九年初冬雨后。

晚归（二首）

奄城薄暮步晚霞，遥望荒烟笼依家。
慈母不知几依闾，稚子亦应话来奢。

公忙归来望晚霞，烟树模糊翔寒鸦。
乌鹊犹知择良木，一入歧途那是家？

访友晚归（三首）

偶然访友晚来归，稚子接迎候柴扉。
活泼飞奔忙接手，天伦至乐见精微。

故人见面话偏长，日暮归来月有光。
稚子村边迎候久，早知老母依门望。

故人久未见，悠然兴我思。
偶尔一日夕，步往亲访之。
见面两顷心，话旧自投机。
言短情何长，举目见晚炊。
恐母依闾望，言归两别离。
归来望新月，稚子候村陲。
见影争迎接，忙问何归迟。

咏怀（四首）

生来迂鲁本天机，书帖癖成人笑讥。
翰墨有缘相思会，为买钟鼎典春衣。

箕风毕雨从来偏，好古性情亦前缘。
自觉无力买钟鼎，薄收书帖也陶然。

从来名印真瑰奇，我爱古文已成痴。
惹得时人多见笑，其中妙味有谁知？

千年文化何处觅，钟鼎字迹尚我遗。
日灾风摧留残影，细玩奇气见异姿。

老母眼疾有感（五首）

高堂年迈心愈慈，蔬水承奉无甘脂。
子职缺如长遗恨，犹愧乌鸦反哺时。

老母年今逾古稀，精力衰迈有谁知。
慈心常念儿孙微，补缺拾遗犹恐迟。

高堂勤劳恒过人，气力衰迈不自珍。
工作常感肝肠断，儿孙那个道苦辛。

若大年纪应自知，儿孙家业奚挂为？
明明精力很有限，日日忙东又忙西。

精力已衰不自惜，工罢气尽火然眉。
眼疾大作痛难止，只令痴儿无计施。

风雪 摩七言古

北风吼吼怒吹雪，飞入破屋人瑟缩。
稚子无衣号寒急，老人力衰叹衣薄。
举家冻迫实难忍，砍来生柴不着火。
数口嗷嗷饥待哺，晚炊无米怨妇拙。
万事好当少经历，一饥难忍不胜说。
惨苦无奈只天怨，抬头看见穿屋月。
月悬中天色暗淡，壮士阵前胆如铁。
风雪严寒冰色玄，征衣败絮何薄劣。
劲敌当前拼头颅，饥吞仇敌渴饮血。
风云紧急征万里，足踏坚冰身卧雪。
战马愁鸣战车响，愁风萧萧助炮火。
茫茫神洲几万里，战云弥漫遍地血。
怒发冲冠士悲壮，白骨撑天肝胆裂。
观念穷人与战士，不禁泣泪化碧血。
试问冤孽由何来，魔王降世造大劫。

冬雨书怀

冬雨阴沈教人愁，寄迹逆旅闷悠悠。
堂前老母恨缺省，关外小子觅封侯。
世路踏遍知险恶，主家荆拙苦营谋。
战云漫漫几万里，人民灾难何时休?

月下书怀（六首）

独坐寒灯寂无聊，愁肠百转空自焦。
皎皎明月床前照，默默无言度良霄。

皎皎月明照床头，寂然独坐频凝眸。
寒光满地情如水，孤客愁怀知也不。

久羁愁城暗自伤，夜静谁与话短长。
含情明月床头照，何不共侬叙家常。

月本清寒照满庭，床头不与谁飘零。
嫌侬卑敝不足语，恐说兴亡不忍听。

月光皎洁分外明，向我床头照幽情。
速送难胞安乐土，勿助强暴任纵横。

透窗明月照窗前，难友床空月自还。
惯洗山河黑暗处，而今黑暗遍人间。

薄　冰

赤足单衫系囚绳，人情看透胆战兢。
忽焉浓雾成霜雪，大好城池尽薄冰。

博兴历代诗汇

烽火遗韵

藏头诗赠香山小学党员学生①

张静源

香自寒来梅傲雪，山色皑皑梅更洁。
春神送暖融六出，风鸟欢唱颂梅歌。

（选自张静源手书墨迹，山东省海阳市博物馆藏）

张静源（1901—1933），原名张寿安，化名舒实夫，绰号舒大牙。山东省博兴县吕艺镇高渡村人。7岁念私塾，后考入博兴县立高等小学读书。1917年至1921年，在山东省立第一师范学校学习，其间受“五四”运动影响。毕业后返回家乡，在史口小学教书，被博兴县教育局聘为督学。1924年，到青岛崂山九水、李家庄小学任教。1927年被聘为青岛沧口区宋哥庄小学校长。1928年加入中国共产党，以教学为掩护，开展革命活动。

1928年，张静源利用回家探亲的机会在博兴县教育界及高渡村宣传马列主义，开展革命行动。到1932年2月，高渡村已有党员9人，成立了博兴县第一个农村党支部——高渡村党支部。1932年春，张静源再次回到博兴，以县教育局督学的身份在县城教育界开展革命活动，为博兴党组织的建立奠定了基础。

1932年4月，张静源到莱阳工作，在莱阳县建立了三个区委

① 香山小学位于海阳市石马滩头村西。1932年，张静源到莱阳开展莱海边区的革命工作，发展了新庄头村刘松山（于寿康）、石马疃头村王之凤等人入党。8月，受聘为香山小学国文教员，秘密发展进步学生和校外进步青年加入党组织，莱海边区的党组织迅速地建立起来。他进而奔波于胶东各地，开拓党的工作，为创建中共胶东特委奠定了基础。1933年1月，张静源根据革命的需要去牟平刘家庄，仍以教育为掩护进一步开展胶东党的工作。临行前，为香山小学的党员学生题写了这首诗。其手稿墨迹由张静源执教于香山小学时期的学生徐育航的家人在1989年时捐赠给海阳市博物馆，为国家一级文物。

和两个特支，在莱阳和莱（阳）海（阳）边沿地区发展党员100多人，瘫痪了4年之久的莱阳党组织重新活跃起来。1932年8月，为开辟新区工作，张静源到海阳县香山小学任教，在进步师生、农民中发展10多名党员，使莱海地区的党组织连成一片。

1933年1月，到牟平刘伶庄（今属山东乳山），3月，与文登、荣成、牟平等县党的负责人研究组建了以张静源为书记的胶东特委。中共莱阳中心县委成立后，张静源任书记。在中心县委的领导下，莱海地区党员迅速发展到900多人。他还到莱阳与招远交界地区开展活动，发展党员，帮助建立起莱招边区特别支部。1933年秋，莱阳中心县委建立起由部分党员和农民组成的两支武装——海（阳）莱（阳）游击队和招（远）莱（阳）游击队。

1933年10月12日，张静源被叛徒徐元义以开会为名骗至莱阳小徐格庄村东南看牛岗杀害，时年32岁。

悼张静源①

王之凤

张公音容宛如生，杜宇泣血吊英灵。
尤见小窗灯火明，似闻先生读书声。
壮志未酬身先死，留得浩气贯长虹。
莫道香山弹丸地，却燃星火耀胶东。

（选自烟台市牟平区委组织部《胶东抗战故事——张静源在香山小学》，载灯塔·烟台智慧党建·牟平党建网）

① 1933年10月12日，张静源被叛徒杀害。香山小学的刘仲益、王之凤等20多名党员和进步学生，夜间集合于张静源曾秘密开会的香山沟，沉痛地悼念恩师、战友，王之凤写下了这首诗。

王之凤（1911—1936），山东省海阳市小纪镇石马滩头村人。1929年春加入国民党，后受进步思想的影响脱离国民党。1931年秋考入莱阳乡师。1932年夏经中共莱阳县委书记张静源和海阳早期党员于寿康介绍加入中国共产党。1933年初夏，受中共莱阳中心县委的指派，在招莱边区建立起第一个党支部。1935年冬，积极配合李桂岩恢复海阳党组织，发展地下武装力量。1936年9月22日被捕，10月18日，在海阳凤城北门外就义。

王博昌烈士遗作选

王博昌

桃花带雨浓赋　以题为韵

则见浓艳共含，浓香尽吐，浓粉千枝，浓阴万户。滴浓露于清晨，飘浓香于卓午。值此春回金谷，赏花而座设桃源；伊谁春买玉壶，看雨而门开桃坞？颜姿绰约，曾看树树摇风；珠露淋漓，更见枝枝著雨。彼夫梨花烟锁，药花云封。非不清香漠漠，艳冶重重；曷若此烟霞其质，粉黛其容？花因雨而飘香，比初花而犹好；雨催花而破蕊，较未雨而更浓。未几，林煦新晴，溪溶宿雾；红雨盈堤，绿阴夹路。指霭霭之桃花，看浓浓之雨露。既乐吟赏雨之诗，更思作看花之赋。

荷喧雨到时赋　以题为韵

时则香浸沾衣，风催落帽。吟雨畅怀，尝荷寄傲。荷喧雨而横斜，雨喧荷而颠倒。忽见轻衫薄袂，相逢避暑人来；遥看绿笠青蓑，恰值钓鱼翁到。既而烟收云敛，露滴粉披。埃尘难染，冶艳倍滋。香风阵阵，蕊挺枝枝。招来书舫闲游，衣湿荷花之际；折绿碧桶小饮，诗成雨霁之时。况复密点才过，奔泉交清；雨足霏烟，荷阴蒙雾。书堪留客，何须竹外微风？尚欲烹茶，可取茶间清露。正荷净纳凉之候，饮酒赋诗；待雨霁棹之余，挥毫作赋。

松涛赋 以“松”“含”“风”“里”“声”为韵

枝高眠鹤，干老蟠龙。风吹气爽，雨过烟浓。阴添数尺，盖叠千重。涛发空林，翠梳环而滑滑；涛流曲径，绿盘髻而松松。杂竹间煮茗之声，飘来短榻。举石上调琴之韵，吹落遥峰。涌三篙之碧涨，响一院之青松。盖有雕栏一一，芳径三三。或携觞而酣饮，或挥尘而高谈。窗敞则松阳翠滴，帘开则松阴烟涵。碧浪于亭前亭后，绿波于舍北舍南。径畔坐听，枝缭绕而连碧汉；风前眺望，干葱茏而映澄潭。一林音送，万树声应。

悼白丁香花文

随杨花而沾地，美人无寿，骚客奚疑？清白无福，笔墨奚辞？春去无情，我性奚痴？春来无日，我恨奚移？已矣哉！天荒地老兮何芷君身，海枯石烂兮何绝我心？丁香丁香之无香兮，文悼之而句辛。彼苍真不怜贫士兮，忍使枯园之余尘。此意惟吁之于花兮，何日重丽而一新？

桃花源诗

源出羲皇世，桃花送眼前。
男耕无事日，女乐太平年。
阡陌青桑曲，原畴绿树鲜。
往来老与少，名利讵为缘？
境是殷周上，时殊蟹豸连。
谁知佳世界，独写古山川。

人物凭心造，风光现指旋。
有丞如迹著，身或化为仙。

题明湖泛月图

明湖一片空明镜，风露三更月千顷。
桂魂团鸾香气浓，莲花绰约明妆静。
拍浮疑作广寒游，兰桡荡破玻璃影。
诗情浩荡酒怀意，图画风光入孤艇。

寒　晓

霜晓乱鸟啼，寒城听鼓鼙。
秋风榆塞北，残月板桥西。
故国传鸿信，晴郊送马蹄。
枫林初日上，烟草望中迷。

出塞曲

从戎聊投笔，丈夫志四方。
何当跃马去，弯弓射天狼。
君恩不易报，起舞空彷徨。
朔风吹筚篥，日落烟苍苍。

奎山晚照[①]

云霞散彩，雾漫横空。整好坚甲励刀兵，收拾些残枝败叶，准备着抗秋风。

① 1931 年作于博兴师范讲习所。

为孙蓬南同志题词①

此鸟飞何处，定入李树林。
怜君门齿陷，费我四次寻。

（选自王东升辑《王博昌烈士遗作选》，见《博兴文史资料》第六辑，第 140 ～ 143 页，滨州地区新闻出版局 1993 年版）

王博昌（1905—1938），原名王汉儒，字杰三，山东博兴县博昌街道王楼村人。1925 年考入北平朝阳大学，一面读书，一面学习马克思学说，并兼《北京时报》编辑，写文章抨击反动统治势力，唤起民众。1930 年毕业，回乡加入中国国民党，任县党部委员。1931 年加入中国共产党，任博兴县师范讲习所所长，经常向学生宣传马克思主义。他组织和领导了博兴抗日爱国学潮，揭露日军侵略罪行，痛斥国民党不抵抗政策，并在师生中发展党员，为革命事业培养了一批优秀的领导干部。

1932 年“八四”暴动时任中共博兴后备县委书记。暴动失败后，他立即着手整顿党的组织，坚持在白色恐怖下开展党的工作。不久得知国民党政府对其通缉逮捕，他就同马千里等离开博兴到北京、济南等地暂避，坚持地下活动。

1934 年 11 月，王博昌在潍县不幸被捕，被押送至济南，在狱中他备受酷刑，仍毫无惧色，并组织领导了绝食斗争，表现了一个共产党员坚贞不屈、视死如归的英雄气概。七七事变后，国共合作，1937 年 10 月王博昌获释出狱。

1938 年 6 月，任中共博兴县委书记，率领博兴抗日志愿军进驻博城，攻打湾头，与日伪军展开针锋相对的斗争。同年 8 月，率军南下临淄，被编入八路军鲁东抗日游击队第八支队，任十三大队政委。11 月 8 日，在临淄六天务村与大股日军遭遇，激战中为掩护部队安全撤离，壮烈牺牲，时年 32 岁。

---

① 此为 1933 年春王博昌与马千里在北平看望孙蓬南同志时所题。

民　谣

陈树榛

民国十九年，刘成参办民团，
办了没有三天半，崔家来人报匪案。
刘成参不敢打，城里来了六匹马，
兵匪合流骗人民，激起群众把匪抓，
当场打死平顶官，剩下八名被活拿。

（选自陈树榛《崔家擒匪记》，见《博兴文史资料》第四辑，第117页，滨州地区新闻出版局1987年版）

陈树榛（1916—2000），山东博兴县纯化镇崔家村人。1944年加入中国共产党。1948年9月，博兴县委组织南下担架团，陈树榛任一营教导员，在淮海战役中承担运送伤员的任务。1949年4月22日晚，担架团随二十一军从无为县抢渡长江；此后该团随野战军转战江苏、安徽、浙江等省，同年8月在宁波整训后回博兴。1949年任博兴县兴福区区委书记，1954年任博兴县财贸部部长、中共博兴县委副书记。1961—1984年曾任惠民地区财贸办公室副主任、手工业管理局局长、轻工业局局长等。

我劝你

冯毅之

蒺藜刺破你的脚，
我劝你一声不要响，
你既然要在人间活，
这样的路还长！
虎狼要向你冲来，
我劝你立即对敌，
世上不吃人的虎狼，
是从来没有的！
鞭子抽出你的血，
我劝你忍在心头，
哎呀哎呀地哭喊，
敌人的鞭子不会停留。
黑暗挡在你面前，
我劝你迅速瞪起眼，
若恐怖把眼合了，
黑暗中又生黑暗。
生命既然交给你，
我劝你不要犹豫迟疑，
有胆量冲破魔鬼的防线，
前面就是光明园地！

（选自博兴县第一小学油印本诗集：冯毅之《寒夜行》。又见于中共博兴县委党史研究中心编《博兴红色记忆》，第95页）

冯毅之（1908—2002），原名冯仙舟，山东青州人，中共党员。1932年春到博兴县立书院街小学（博兴县第一小学）任教，

以小学教员身份进行革命工作。后历任北平“左联”组织部部长，八路军四支队新一营营长，益都、淄川、博山、临朐四县办事处主任，鲁中区文艺协会主任，青州市长，中共山东省委文艺处处长，山东省文化局局长兼党组书记，山东省文联主席兼党组书记，山东艺术学院院长。1932 年开始发表作品，1949 年加入中国作家协会，著有短篇小说集《日月星》、诗集《萤火诗集》《淄流》《冯毅之六十年作品选》等。

《蓓蕾》[①] 诗作一首

佚 题

曹得中

严冬来了，百卉都凋零，
但严冬过后就是春，
春来了，百卉又重生。
社会在不平坦中前进，永无止境！
社会是不平的，
有些人吞噬着人们的血汗，

① 《蓓蕾》是 20 世纪 30 年代初博兴县第一小学编印的校刊。20 世纪 30 年代初的博兴县第一小学是进步思想的摇篮。校长蔡秉虔，教师孙蓬南、冯毅之等都是以教育工作者身份为掩护的地下共产党员。他们走后，继之而来的窦笑生、石潇江等老师也都是共产党员。他们通过多种形式宣传革命真理，启发学生的思想觉悟。在进步思想的影响下，1934 年《蓓蕾》由教师曹得中发起创刊，教师曹得中、石潇江、张希文，学生安文山、栾象太等组成编委，曹得中任主编。刊物大多发表师生文章，宣传进步思想。因发表文章触怒国民党当局，出版几期后被勒令停刊，主编曹得中被迫离校。

饱受着高贵的享受生活。
受苦流汗的劳苦大众，
老是不得温饱！

（选自安文山、子贞《〈蓓蕾〉出刊前后》，见《博兴文史资料》第四辑，第113～114页，滨州地区新闻出版局1987年版）

曹得中（生卒年不详），笔名南飞、难非，20世纪30年代共产党员蔡秉虔任博兴县第一小学校长期间一小进步教师，1934年在校方支持下创刊《蓓蕾》并任主编，因文章触怒国民党政府被迫离校。

裴袁战斗[①]

王建新

万恶日寇侵中华，民族英雄功堪夸。
名勒金石可歌泣，血染黄沙为国家。
事业未竟身先死，党政军民叹无涯。
前仆后继烈士志，建祠立碑后世法。

（选自王建新撰《裴袁战斗烈士纪念碑碑文》）

王建新（1912—2005），原名王玉衡，山东博兴县陈户镇王集村人。1933年7月参加革命并加入中国共产党。1940年任博兴县崇阎乡乡长。1941年初调任博兴县三区任副区长兼民政助理员，

① 1941年12月30日晨，敌伪300余人袭击我驻防裴家村、袁家村的三旅一营，李丕功营长帅兵迎击，毙敌近百，我指战员20余名牺牲。1946年春，博兴党政军民为光荣殉国之烈士筑塔勒石，建裴袁烈士纪念亭。纪念亭在今袁家村北。

同年秋担任区长。抗战期间，主要在博兴、邹平地区开展抗击日伪工作。抗日战争胜利后，任博兴县政府民政科科长。1946年任清河专署工作队队长、民政督察员（相当于县民政局局长）。1950年清河专署与淄博特区合并为淄博专区后，随专区转到博山。1951年担任专区机要秘书。1953年任专区人民医院院长。1958年任淄博市图书馆馆长至1972年离休。

冯高战斗[①]

王建新

战云弥漫罩冯吴，英勇健儿杀敌速。
刺刀穿去佐藤死，机枪射中何田骨。
杨、刘首长临前线，群众欢呼歼倭奴。
试看高家战斗处，犹有日寇鲜血无？

（选自王建新撰《冯高战斗烈士纪念碑碑文》）

---

① 1942年12月22日，清河军区杨国夫司令员、刘其人副政委指挥军区直属团配合清中独立团，将王集一带的日伪军诱至冯吴、高家一带我军的伏击圈内，予敌以重创。是役击毙敌指挥官佐藤，击伤敌中队长何田，击毙日伪军80余名。我军指战员5人牺牲。1945年9月，博兴党政军民为光荣殉国之烈士筑塔勒石，冯高战斗烈士纪念碑镶嵌在陈户战斗纪念烈士塔西面塔壁上。

呈南京刘顺元[①]夫子

石天行

旧友依依入梦中，先生风范自从容。
嚼残江左三冬雪，染出淮南一代红。[②]
革命盛衰关出处，人民哀乐志穷通。
钟山又是春光好，猿鹤长亲不老松。[③]

（选自石天行《惜余诗草》增订本，第 34 页，1996 年自印本）

石天行（1917—1994），江西省乐平县北乡大田村人。1937 年 8 月投身于抗日斗争，参加上海文化界内地服务团等抗日救亡团体。1938 年加入中国共产党。1940 年至 1943 年先后在淮南抗日民主根据地的仪征、天长、天高等县为中共县委书记、副书记。

① 刘顺元：山东博兴县兴福镇城王村人。1928 年毕业于北京师范大学英文系。1931 年加入中国共产党，是中共在博兴的创始人。自 1932 年始，曾任中共中央支部检查委员会委员，中共江苏省委沪西区巡视员，中共陕南特委书记兼中共陕西省委书记，中共中央长江局组织部干部组组长（协助陶铸在湖北应城汤池组建抗日干部学校），中共中原局苏皖省委书记，新四军第二师淮南津浦路东联防司令部政治委员，新四军淮南（苏皖边）军区政治委员，中共华中局管辖两个战略区的淮南区党委副书记，中共旅大地委第二书记兼关东公署副主席，中共济南特别市市委书记（参加华东局领导班子），兼济南警备司令部政治委员。新中国成立后，历任华东军政委员会财经委员会计划局副局长，中共中央华东局宣传部副部长，中共江苏省委副书记、书记处书记、代理第一书记，中共中央上海局委员，中共中央华东局委员，江苏省第四届政协副主席，中纪委副书记，中顾委委员，第五届全国政协常委。

② 原注：内战时期，顺元同志在白区被捕，关押于南京模范监狱达三年。抗日战争时期，顺元同志是淮南抗日民主根据地的区党委书记。

③ 编者按：该诗作于 1974 年。

1943年至1944年在中共中央华中局党校参加整风学习。1944年至1945年，任中共淮南区委党报《淮南日报》社社长、总编辑、党委书记。1945年后曾任中共中央华东局秘书、华东局党报《大众日报》编委、要闻版主编。1946年至1948年先后为中共旅大地委财经委副秘书长等职。1979年至1984年先后为江西省科委副主任、科学院院长、中共江西省委党校校长。1985年至1990年为中共江西省委顾问委员会委员。

为百草园题①

李铁锋

百草治百病，祖先赖依存。
昔有李时珍，今则不乏人。
种好百草园，培医为农民。
西医有特长，中医色不逊。
中西医互学，农村中为本。
政治挂了帅，医学能创新。

（选自中共温州市委党史研究室、温州中共党史学会编《李铁锋纪念文集·李铁峰生平》，第15页，中国文史出版社2016年版）

李铁锋（1917—1984），山东博兴县锦秋街道西关村人。毕业于五县联立乡村师范。1938年7月参加革命，同年8月加入中

① 1965年，中共温州地委为解决温州地区农民缺医少药困难，创建温州药用植物百草园。这一做法随后被陆续推广，新华社及《人民日报》等媒体先后给予专门报道。戎马倥偬的岁月，李铁锋几乎没有诗词留存，本书收其两首存世诗作，一并将其战友亲人悼念他的部分诗作选录，据此可知其不朽业绩。

国共产党。曾任山东省桓台县抗日民主政府县长，临淄县抗日民主政府县长兼县大队大队长、县委书记，渤海区第四专署副专员，华东南下干部纵队第三支队第四大队大队长等职。1949 年随军南下，历任浙江省温州专员公署副专员，温州地委书记兼温州市委书记，浙江农业大学党委书记，浙江省第五届人大常委会委员、文化卫生计划生育工作委员会副主任等职。

李铁峰座右铭[①]

李铁锋

应知重理想，更为世界谋。
我要为众人，营私以为羞。

（选自淄博市委党史委《革命信念　矢志不渝——记李铁锋同志革命的一生》，转引自中共博兴县委党史研究中心编《博兴红色记忆》，第 298 页）

① 该诗作于 1984 年 1 月，诗的题目依《李铁峰纪念文集》。淄博市委党史委《革命信念　矢志不渝——记李铁锋同志革命的一生》载：李铁锋第三次南下浙南回来后，于 1984 年 1 月参加了省委在杭州饭店举办的机关领导干部整党学习班，25 日晨，人们发现李铁锋已经在自己的房间里溘然长逝。家人在收拾他的遗物时，发现了他临终前作的一首诗：“应知重理想……营私以为羞。”这首诗直抒胸臆，同时也为他的一生做了总结。

悼念李铁锋同志

韩　枫

独忆博兴聚义兵，甲子喜染白头翁。
铁锋欲轩钱江水，西湖杨柳正吐青。

（选自中共温州市委党史研究室、温州中共党史学会编《李铁锋纪念文集》，第 257 页，中国文史出版社 2016 年版）

韩枫（1920—1996），原名韩春芳，笔名柳桥，山东博兴县湖滨镇柳桥村人。1938 年 3 月入伍，参加博兴抗日志愿军（后改为八路军），曾任福州军区炮兵副政治委员。喜爱诗词、书法，曾是福建诗词学会会员、福建新四军研究会副会长。

回故乡偶感

韩　枫

秋雁南飞唱大风，回乡游子怦别情。
黄河浪奏摇篮曲，渤海渔歌共潮生。
日照棉田飞白雪，夜晚油井吐乌龙。
欣看改革浪潮涌，齐鲁英雄乘东风。

（选自博兴县人大常委会编《博兴文化大观·文学卷》，第 357 页，中国文史出版社 2015 年版）

悼　念
——为李铁锋同志而作

任日森

抗日烽火连八载[1]，血而腥风斗志坚。
弹尽粮绝陷敌阵，宁死不屈气节显。
英雄胆略经取胜，解放中华立奇功。
四害横行遭诬陷，千秋大业为党忠。

（选自中共温州市委党史研究室、温州中共党史学会编《李铁锋纪念文集》，第 267 页，中国文史出版社 2016 年版）

任日森（1916—　），山东桓台县任家村人。1938 年参加抗日队伍，1939 年加入中国共产党，历经抗日战争和解放战争。1949 年渡江南下，任南下纵队大队长。到福建后任永安专员公署专员，1954 年后转工业部门工作，相继任小屯水泥厂厂长、建材部水泥局副局长、峨眉水泥厂党委书记、中国建筑材料科学研究院院长等。

江城子·悼亲爱的战友铁锋同志

王　林

噩耗传来泣失声。忆往事，更伤情。历尽难辛，血雨又腥风。为革命忠心耿耿，挥头颅，换天明。

① 编者按：中国抗日战争从 1931 年 9 月 18 日“九·一八”事变开始，至 1945 年 9 月 2 日胜利结束，共 14 年。此处为尊重原诗面貌，不予改动处理。后文亦有“八年抗战智勇双全”之诗句，不再出注说明。

陷敌囹圄意志贞。出虎口，又出征。十年动乱，含冤入牛棚。四化未竟身先逝，继遗愿，悼英灵。

（选自中共温州市委党史研究室、温州中共党史学会编《李铁锋纪念文集》，第266页，中国文史出版社2016年版）

王林（1919—1990），曾用名王淑孔、王景明，山东广饶县城坞村人。1938年9月加入中国共产党，曾任八路军山东抗日游击第三支队十团政治处干事、广饶县委组织部部长、华东军区军政大学大专班主任、中央军委装甲兵政治部组织部长、装甲兵学院政治部主任。

鹧鸪天·为铁峰纪念文集而作

吴 军

渤海平原战火熊，指挥荡寇走西东。经风历雨苍松绿，傲雪凌霜梅朵红。

南下志，贯长虹，温州心路与民通。劫波过后还公道，重任肩挑至善终。

（选自中共温州市委党史研究室、温州中共党史学会编《李铁锋纪念文集》，第13页，中国文史出版社2016年版）

吴军（1928— ），山东莱芜人。历任中共温州地（市）委宣传部副部长，《温州日报》总编、党委书记，市文联主席、党组书记，省作家协会副主席，省诗词与楹联学会副会长，温州市诗词学会会长。出版有《墨池词笺》四集、杂文集《研墨人手记》、散文集《岁月听潮》。

小诗香烛祭灵天

林 白

救人急难意拳拳，暖我心头多少年。
大德大恩何说谢，小诗香烛祭灵天。

（选自中共温州市委党史研究室、温州中共党史学会编《李铁锋纪念文集》，第 14 页，中国文史出版社 2016 年版）

林白（1929—2023），浙江仙居人。毕业于浙江省立台州师范，1948 年参加括苍山游击支队，历任温州地委秘书、温州人民广播电台台长、《温州日报》党委书记兼总编辑等职。著有《大众新闻学》《瓯海涛声集》《漫谈作文的“诀窍”》，主编《温州模式丛书》《温州报刊史存》等书，并与妻子朱梅苏（温州师院学报主编、副教授）合著有《中国科举史话》《履痕匆匆》等。

哀悼铁锋[①]

余之清

劫后余生途坎坷，忍辱负重写春秋。
残雪未除身先卒，此恨绵绵何时休。
雪压栖霞松柏翠，紫云石佛唱悲歌。
请君安息九泉下，自有人民判伪真。

（选自中共温州市委党史研究室、温州中共党史学会编《李铁锋纪念文集》，第 255 页，中国文史出版社 2016 年版）

① 该诗作于 1984 年 2 月 9 日。

余之清（1933—2015），江苏扬州人，笔名余汛等。中共党员。1951 年考入浙江大学农学院，1955 年毕业分配在高校从事思想政治工作。1979 年任浙江农大党委宣传部部长、机关党总支书记。曾任浙江图书馆信息服务部主任、副研究馆员。

剪不断的思念

丁　炜

八年抗战智勇双全，临淄执政人称模范，
与军并肩横渡长江，步行千里来到浙南。
剿匪反霸社会有序，心系苍生嘘寒问暖，
心中有党信念坚定，为国添彩奋勇当先。
军民融洽互相支援，共筑长城守土戍边，
诚实守信交友众多，乐于助人排忧解难。
学习勤奋知识渊博，胸襟开阔心高志远，
我与铁锋相识相恋，成家立业倍感心欢。
工作顺利互相提醒，戒骄戒躁克难向前，
坎坷路上相互安慰，相依为命共苦同甘。
教育子女遵纪守法，优良家风一脉相传，
十年浩劫批斗关押，健康身体倍受摧残。
林彪反党摔死异国，形势好转申诉平反，
邓公复出拨乱反正，还我公道重任在肩。
主持农大日新月异，带病工作奋勇当先，
奉调人大参政议政，阐述见解以表寸丹。
辛劳过度微恙不断，执杖行走步履艰难，
为公奔走书稿在案，乍传噩耗驾云升天。
家如天塌梦中如面，身卧花丛隆重祭奠，

魂兮归来护佑家人，国家安兴期盼梦圆。
诉我哀肠珠泪滚滚，卅年春秋久久思念，
品德高尚人人敬仰，一生传奇永留人间。

（选自中共温州市委党史研究室、温州中共党史学会编《李铁锋纪念文集》，第 83 页，中国文史出版社 2016 年版）

丁炜（1931— ），李铁锋夫人。先后在浙江省立医院（浙江中医院）、温州专署、温州地区花边厂、温州地区二轻局、浙江二轻厅服装公司工作。

满江红·贺李铁锋纪念文集出版[①]

马新华

风云世纪，方飞渡，千壑万浪。弹指间，天翻地覆，改革开放。鹿城党史重彩绘，四海亲朋喜泪烫。铸丰碑，意志坚如钢，人仰望。

驱魔怪，除魍魉，从头越，雄关闯。为人民服务，理想至上。雁荡春雨杜鹃红，大河秋风酥梨黄。梦神州，万里展鲲鹏，天堂畅。

（选自中共温州市委党史研究室、温州中共党史学会编《李铁锋纪念文集》，第 92 页，中国文史出版社 2016 年版）

马新华（1947— ），李铁锋长子，1947 年出生于山东广饶县，被寄养于马姓农家。1952 年入博山保育小学（干部子弟学

① 原注：丙申年仲春于山东淄博。

校），1960年考入淄博五中（耀南中学），1966年高中毕业。1968年进山东新华制药厂工作，1977年进淄博市化工局工作，曾担任副县级职务。2007年退休。

抗日军民鱼水情
——博兴抗战诗组

马法贤

（一）界限分明

子弟兵，开过来，有粮有菜又有柴；
衣服破了有人补，鞋子破了换新鞋；
可爱的子弟兵，血肉相连难分开。

顽伪军，开过来，粮食、衣服地下埋；
坚壁清野反“扫荡”，村村联防搞起来；
一群吃人的野兽们，饿死冻死没人埋。

（二）赶做军冬衣

一

秋风起，天气凉，我为战士做军装。
千针万线密密缝，针针线线在心上。

寒风起，露为霜，战士急需棉衣裳。
天寒寒在俺心里，昼夜赶缝送前方。

二

太阳落平川，天暗秋风寒。
一群小姐妹，围在油灯前。

赶做棉军衣，一件又一件。
通宵不休息，不觉明了天。

（三）静悄悄

悄悄静悄悄，行军本领高。
进村人不惊，进院狗不叫。
要住哪一家，窗前轻轻敲。

悄悄静悄悄，夜深三更到。
轻轻打背包，无声捆铺草。
临走告大娘："快把门关好。"

悄悄静悄悄，队伍出发了。
脚步轻轻迈，说话声音小。
出村绕个弯，神仙难知晓。

悄悄静悄销，炮楼已看到。
埋伏在哪里？就在敌通道。
耐心悄悄等，天明飞捷报。

（四）五里遥

五里遥，五里遥，敌伪出操都听到。
就是不敢进我村，军民联防墙一道。

五里遥，五里遥，出门望见敌碉堡。
劳武结合搞生产，渡过难关劲头高。

（五）军民情

抗战进入困难期，抗日军民命相依，
偶有战士遭险情，乡亲掩护命不惜。
老汉敌前认为子，大娘冒险自称姨。
青妇忙把新郎唤，姑娘称呼亲兄弟。

（六）夜窗下

夜窗下，织布声，家家妇女忙不停。
试问为何这辛苦？赶做军衣送军中。
为了抗战齐努力，处处显露鱼水情。

（七）抗日家属的话

一

小清河水清又清，共产党是大救星。
八路杀敌英雄汉，俺那人儿在其中。

二

妇救会员做军鞋，双双做得多么帅。
俺那人儿在前线，穿上新鞋追敌快。

三

基干团和独立营，谁参加来谁光荣。
俺家三人当八路，光荣牌子耀门庭。

（八）烈属的期望

儿呀，儿呀！你快长，长大了，八路当。
杀死日寇报父仇，你父地下也心畅。

闺女，闺女你快长，长大了，也扛枪。
捉住汉奸狗队长，为姐雪耻如愿尝。

（九）嘱托——对烈士的怀念

白杨树，高又大，
小朋友，爱护它，
烈士睡在大树下。

白杨树，高又大，
小朋友，莫折它，
烈士乘凉需要它。

白杨树，高又大，
小朋友，要浇它，
烈士树下永安家。

白杨树，高又大，
小朋友，记牢啊，
烈士鲜血育红花。

（选自《博兴文史资料》第四辑，第 38 ～ 44 页，滨州地区新闻出版局 1987 年版）

马法贤（1926—　），山东寿光人。1940 年 3 月入伍加入八路军寿光独立团。先后在渤海军区司令部、渤海纵队司令部和第 33

军司令部担任作战参谋。建国后在南京军事学院学习3年，历任淞沪警备司令部警备、军训参谋，上海警备区警备团副团长，上海警备师司令部参谋长等职务。1971年12月，奉命赴赞比亚担任中国军事专家组副组长兼营团合成战术专家。1975年回国，任上海警备区守备二师副师长。1978年6月离休。离休后一直从事第33军军史编写工作和华东战争史、山东战争史、渤海战争史的研究编写工作。

寄故乡（二首）

黎汝清

其一

少年辞家意纵横，万里关山任驰骋；
报国谨遵父老志，为民勉与故人同；
火映淮海风雪夜，楫击大江浪涛声；
华发不叹夕阳暮，伏枥惟闻号角鸣。

其二

长居金陵游子梦，远望故园动乡情；
博兴城郊微雨夜，小清河上朝霞明；
艰苦创业春秋史，日新月异夺峥嵘；
莫道南国风光好，锦秋湖畔花更红！

（选自博兴县人大常委会编《博兴文化大观·人物春秋卷》，第253～254页，中国文史出版社2006年版）

黎汝清（1928—2015），山东博兴县庞家镇八甲村人。著名军旅小说家。1944 年考入清河区抗日人民政府办的耀南中学，后转入渤海军区后勤部任见习编辑干事。1946 年 2 月，加入中国共产党。曾参加昌潍战役、济南战役、淮海战役、渡江战役。1958 年，调到南京部队政治部建军 30 周年征文组，为老干部、高级首长撰写回忆录。1962 年后，在南京部队创作室从事专业创作。

他 16 岁离家，对家乡却总是怀着深深的眷恋之情。此诗为 1988 年受聘为博兴诗词学会名誉会长时所写。诗中说“博兴城郊微雨夜，小清河上朝霞明”，是指他离开渤海参加济南战役时的情景；“艰苦创业春秋史，日新月异夺峥嵘”，则是其对今天故乡面貌变化的描述。

浣溪沙·战友重逢有感

刘循一

干校相逢战火燃，骤别机处在香山，相逢各自鬓发斑。

又晓何年还相聚？溯说多半世悲欢，日斜人散倍伤酸。

（选自博兴县人大常委会编《博兴文化大观·人物春秋卷》，第 261 页，中国文史出版社 2015 年版）

刘循一（1930—2019），原名勋义，山东博兴县湖滨镇东门村人。北京师范大学教授、作家、翻译家。1947 年参加革命，同年参加地下党和新民主主义青年团并任党支部副书记。1948 年先后在博兴店子区区公所、渤海区青年干校工作和学习。1949 年开始在北京香山任中央机要处译电员。1952 年后在建筑工程部工作。1954—1958 年在北京俄语学院师范翻译系学习。1958 年后在外交部、波兰通讯社、新疆乌鲁木齐外事处、南疆外事处任翻译。1962—1979 年在天津师范大学外语系、天津人民出版社工作。1979 年后在中央财经大学、北京师范大学工作。主要译著有《列宁是怎样写作的》、《加里宁传》(合译) 等，出版专著近 150 万字。

博兴历代诗汇

邑人诗集

任昉著《任中丞集》诗录

（选自张溥《汉魏六朝百三名家集》辑本）

为王嫡子侍皇太子释奠宴

在昔归运，阻乱弘多。
夷山制宇，荡海为家。
风云改族，日月增华。
钦圣兹远，怀道兹冲。
践言动俗，果行移风。
进往一篑，启或三蒙。
冰实因水，金亦在镕。
惟神知化，在物立言。
乐正雅颂，咸被后昆。
告奠明祀，观道圣门。
日月不息，师表常尊。

赠王僧孺

王僧孺由治书侍御史出为唐令。初，僧孺与昉文学友会。及是将之县，昉赠诗。

惟子见知，惟余知子。
观行视言，要终犹始。

敬之重之，如兰如芷。
形应影随，曩行今止。
百行之首，立人斯著。
子之有之，谁毁谁誉？
修名既立，老至何遽？
谁其执鞭，吾为子御。
刘《略》班《艺》，虞《志》荀《录》。
伊昔有怀，交相欣勖。
下帷无倦，升高有属。
嘉尔晨灯，惜余夜烛。

答刘居士

君子之道，亦有其四。
高行绝俗，盛德出类。
才同文锦，学非书肆。
望之可阶，即之难至。
辍精天理，躔象少微。
人与俗异，道与人违。
庭飞熠耀，室满伊威。
行无辙迹，理绝心机。

九日侍宴乐游苑

帝德峻韶夏，王功书颂平。
共贯沿五胜，独道迈三英。
我皇抚归运，时乘信告成。
一唱华钟石，再抚被丝笙。

黄草归雒木，梯山荐玉荣。
时来浊河变，瑞起温洛清。
物色动宸眷，民豫降皇情。

奉和登景阳山

物色感神游，升高怅有阅。
南望铜驰街，北走长楸埒。
别涧宛沧溟，疏山驾瀛碣。
奔鲸吐华浪，司南动轻枻。
日下重门照，云开九华澈。
观阁隆旧恩，奉图愧前哲。

泛长溪

徇禄聚归粮，依隐谢羁勒。
绝物甘离群，长怀思去国。
长溪永东舍，震区穷水域。
道遇垂纶叟，聊访问津惑。
弭楫申九言，无为累牵纆。
长泛沧浪水，平明至曛黑。

落日泛舟东溪

黝黝桑柘繁，芃芃麻麦盛。
交柯溪易阴，反景澄余映。
吾生虽有待，乐天度知命。

不学梁甫吟，惟识沧浪咏。
田荒我有役，秩满余谢病。

济浙江

昧旦乘轻风，江湖忽来往。
或与归波送，乍逐翻流上。
近岸无暇目，远峰更兴想。
绿树悬宿根，丹崖颓久壤。

赠郭桐庐出溪口见候，余既未至，郭仍进村，维舟久之，郭生方至[1]

朝发富春渚，蓄意忍相思。
涿令行春返，冠盖溢川坻。
望久方来萃，悲欢不自持。
沧江路穷此，湍险方自兹。
叠嶂易成响，重以夜猿悲。
客心幸自弭，中道遇心期。
亲好自斯绝，孤游从此辞。

答何征君

散诞羁鞿外，拘束名教里。

① 前文“〔清〕康熙六十年《博兴县志》卷八《艺文志》选”已收录此诗，作《赠郭桐庐出溪口见候》。

得性千乘同，山林亦朝市。
勿以耕蚕贵，空笑易农士。
宿昔仰高山，超然绝尘轨。
倾壶已等乐，命管亦齐喜。
无为叹独游，若终方同止。

赠徐征君

促生悲永路，早交伤晚别。
自我隔容徽，于焉徂岁月。
情非山河阻，意似江湖悦。
东皋有儒素，杳与荣名绝。
曾是违赏心，曷用箴余缺?
眇焉追平生，尘书废不阅。
信此伊能已，怀抱岂暂辍。
何以表相思，贞松擅严节。

答刘孝绰

孝绰，绘之子，年十四。父党沈约、任昉等闻其名，命驾造焉，昉尤相赏爱。天监初，孝绰起家著作佐郎，为《归沐诗》赠昉。昉报曰：

阅水既成澜，藏舟遂移壑。
彼美洛阳子，投我怀秋作。
久敬类诚言，吹嘘似嘲谑。
兼称夏云尽，复陈秋树索。
讵慰耋嗟人，徒深老夫托。

直史兼褒贬，辖司专疾恶。
九折多美疹，匪报庶良药。
子其崇锋颖，春耕励秋获。

答到建安[①]饷杖

故人有所赠，称以冒霜筠。
定是湘妃泪，潜洒遂璘彬。
扶危复防咽，事归薄暮人。
劳君尚齿意，矜此杖乡辰。
复资后坐彦，候余方欠伸。
献君千里笑，纾我百忧嚬。
坐适虽有器，卧游苦无津。
何由乘此竹，直见平生亲。

寄到溉

到溉为建安太守，昉寄诗求二彩段。

铁钱两当一，百易代名实。
为惠当及时，无待凉秋日。

---

① 到建安：即到溉，字茂灌，彭城武原（今江苏邳州）人。南朝梁大臣、文学家，刘宋骠骑将军到彦之孙。少时孤贫，聪敏有才学，早为任昉所知。起家彭城左常侍，历任殿中郎、建安内史、中书郎、太子中庶子。辅佐湘东王萧绎，先后担任通直散骑常侍、御史中丞、太府卿、都官尚书、郢州长史、江夏太守、左民尚书等。迁金紫光禄大夫、散骑常侍、侍中、国子祭酒。因疾失明，回家养病。太清二年（548）去世，卒时年七十二。

别萧谘议

离烛有穷辉，别念无终绪。
歧言未及申，离目已先举。
揆景巫衡阿，临风长楸浦。
浮云难嗣音，徘徊怅谁与。
傥有关外驿，聊访狎鸥渚。

厉吏人讲学

暮烛迫西榆，将落诫南亩。
曰余本疏惰，颓暮积榆柳。
践境渴师臣，临政钦益友。
旰食愿横经，终朝思拥帚。
虽欣辨兰艾，何用辟蒿莠。

苦　热

旭旦烟云卷，烈景入东轩。
倾光望转蕙，斜日照西垣。
既卷蕉梧叶，复倾葵藿根。
重簟无冷气，挟石似怀温。
霡霂类珠缀，喘吓状雷奔。

同谢朏花雪

土膏候年动，积雪表晨暮。
散葩似浮玉，飞英若总素。
东序皆白珩，西雍尽翔鹭。
山经陋密荣，骚人贬琼树。

出郡传舍哭范仆射（三首）

平生礼数绝，式瞻在国桢。
一朝万化尽，犹我故人情。
待时属兴运，王佐俟民英。
结欢三十载，生死一交情。
携手遁衰孽，接景事休明。
运阻衡言革，时泰玉阶平。
浚冲得茂彦，夫子值狂生。
伊人有泾渭，非余扬浊清。
将乖不忍别，欲以遣离情。
不忍一辰意，千龄万恨生。

已矣平生事，咏歌盈篋笥。
兼复相嘲谑，常与虚舟值。
何时见范侯，还叙平生意。

与子别几辰，经涂不盈旬。
弗睹朱颜改，徒想平生人。
宁知安歌日，非君撤瑟辰。
已矣余何叹，辍舂哀国均。

严陵濑

群峰此峻极，参差百重嶂。
清浅既涟漪，激石复奔壮。
神物徒有造，终然莫能状。

咏池边桃

已谢西王苑，复揖绥山枝。
聊逢赏者爱，栖趾傍莲池。
开红春灼灼，结实夏离离。

时人与任昉酬答诗

赠任昉诗

〔梁〕陆倕

南史曰：昉为御史中丞，后进皆宗之。时有彭城刘孝绰、刘苞、刘孺，吴郡陆倕、张率，陈郡殷芸，沛国刘显及到溉、到洽，车轨日至，号曰“兰台聚”。

和风杂美气，下有真人游。
壮矣荀文若，贤哉陈太丘。
今则兰台聚，万古信为俦。
任君本达识，张子复清修。
既有绝尘到，复见黄中刘。

（选自逯钦立辑校《先秦汉魏晋南北朝诗》第1776页，中华书局1983年版）

陆倕（470—526），字佐公，吴郡吴县（今江苏苏州）人。南朝梁大臣，著名文学家，“竟陵八友”之一。年少勤学，善于属文，幼为外祖张岱所异。齐时举本州秀才。起家议曹从事，梁时官至太常卿。梁武帝使作《新漏刻铭》《石阙铭》，冠绝当时。著有文集二十卷，行于世。

赠任昉诗（八首）

〔梁〕到洽

兽生文蔚，凤亦五色。
绚彩火然，岂由画饰？
猗欤若人，不扶自直。
数仞难窥，万顷谁测？

四教必修，九德斯备。
往行前言，多识罔匮。
一见口传，暂闻心记。
生知之敏，昔餐今至。

艺不兼游，择其从善。
苞罗载籍，绝妙虫篆。
该综名实，宪章朝典。
不体良才，孰营心辩？

在昔未遘，乃眷伊人。
余未倒屣，先枉清尘。
顾惭非薄，徒招好仁。
倾盖已旧，久敬弥亲。

范张交好，升堂拜母。
亦蒙吾贤，此眷之厚。
恩犹弟兄，义实朋友。
岂云德招，信兹善诱。

欣遇以来，四载斯日。
运谢如流，时焉岁聿。
月次既穷，星回已毕。
玄象昼昏，明庶晓疾。

妍拙不齐，方员各取。
子登王朝，为代规矩。
余栖一丘，卧痾静处。
同尽性分，殊涂嘿语。

得于神遇，相忘道术。
若水之淡，乃同胶漆。
岂寄呴濡，方申绸密。
在心为志，非诗奚述。

（选自逯钦立辑校《先秦汉魏晋南北朝诗》第1786页，中华书局1983年版）

到洽（477—527），字茂沿，彭城武原（今江苏邳州）人，到溉弟。初为齐南徐州迎西曹行事。清警有才学，为谢朓、任昉、丘迟赏识。睹世乱，隐居积岁。梁武帝天监初，召为太子舍人，累迁尚书左丞。帝欲亲戎，军国容礼，多自洽出。寻迁御史中丞，弹纠无所顾望，号为劲直。官终寻阳太守。有文集，已佚。

归沐呈任中丞昉诗

〔梁〕刘孝绰

《诗纪》云："南史云：孝绰，天监初为著作郎，为《归沐诗》以赠任昉，即此诗也。昉有答诗。"

步出金华省，还望承明庐。
壮哉宛洛地，佳丽实皇居。
虹霓拖飞阁，兰芷覆清渠。
圆渊倒荷芰，方镜写簪裾。
白云夏峰尽，青槐秋叶疏。
自我从人爵，蟾兔屡盈虚。
杀青徒已汗，司举未云书。
文昌愧通籍，临邛幸第如。
夫君多敬爱，蟠木滥吹嘘。
时时释簿领，驺驾入吾庐。
自唾诚礲玞，无以俪璠玙。
但愿长闲暇，酌醴荐焚鱼。

（选自逯钦立辑校《先秦汉魏晋南北朝诗》第1835～1836页，中华书局1983年版；又见于《文苑英华》卷二百四十七、《诗纪》卷八十七、《艺文类聚》卷三十一）

刘孝绰（481—539），本名冉，字孝绰，小字阿士，南朝梁彭城（今江苏徐州）人。七岁能文，年十四，代父起草诏诰，号"神童"。梁武帝天监初，起家著作佐郎。后迁尚书水部郎，累擢秘书丞，廷尉卿。被到洽所劾，免官。位终秘书监。

后人咏任昉诗

读任彦昇碑

〔唐〕李商隐

任昉当年有美名，可怜才调最纵横。
梁台初建应惆怅，不得萧公作骑兵。

（选自彭定求等编《全唐诗》第6176页，中华书局1999年版；又见于李商隐《李义山诗集》卷上）

李商隐（约813—约858），字义山，号玉谿生，又号樊南生，原籍怀州河内（今河南沁阳），祖辈迁荥阳（今河南荥阳）。唐文宗开成二年（837）登进士第，后曾任秘书省校书郎、东川节度使判官等职。唐宣宗大中末年（约858），李商隐在郑县病故，死后葬于祖籍怀州雍店（今沁阳山王庄镇）。李商隐与杜牧合称“小李杜”，与温庭筠合称为“温李”。有《李义山诗集》。文集已佚，后人辑有《樊南文集》《樊南文集补编》。

嘲任昉

〔北宋〕文同

幸自文章亦可怜，不消一事已为贤。
何如却逐虫儿去，忍耻更来王亮前。

（选自文同撰《丹渊集》卷十二，见《钦定四库全书·集部三·别集类二》）

文同（1018—1079），字与可，自号笑笑先生，世称石室先生、锦江道人，梓州永泰（今四川盐亭）人，仁宗皇祐元年（1049）进士。历知陵、洋、湖州。与司马光、苏轼相契。工诗文，善篆、隶、行、草、飞白，尤长于画竹。有《丹渊集》。

和王治臣新定即事

〔北宋〕张伯玉

碧泉千脉泻金沟，名是东南俗阜州①。
任昉旧诗题县石，贺齐高叠照江流。
月明几处游归客，春色何人醉倚楼？
我是江潭钓鱼者，喜君相见且相留。

（选自张伯玉撰《严陵集》卷四，见《钦定四库全书·集部八·总集类》）

张伯玉（生卒年不详），字公达，建安（今福建建瓯）人。早年举进士，又举书判拔萃科。仁宗庆历初以秘书丞知并州太谷县时，范仲淹推荐应贤良方正能直言极谏科。至和中通判睦州，后迁知福州，移越州、睦州。著有《蓬莱诗》二卷，已佚。

① 原注：州名取俗阜人和之义。

题到氏田舍[1]

〔北宋〕蒋之奇

六朝冠盖俱尘土，到氏今无苗裔存。
当时任昉过田舍，野老犹记查林村。[2]

（选自厉鹗撰《宋诗纪事》卷二十一，见《钦定四库全书·集部九·诗文评类》）

蒋之奇（1031—1104），字颖叔，常州宜兴人。仁宗嘉祐二年（1057）进士，复举贤良方正，擢监察御史。神宗立，转殿中侍御史。因诬劾欧阳修，贬监道州酒税。熙宁中行新法，为福建转运判官，迁淮东转运副使，募流民修水利。累擢江淮荆浙发运副使，升发运使。哲宗时历知潭州、广州、开封府，进龙图阁直学士。元符末，坐事责守汝州。徽宗立，除知枢密院事。崇宁初出知杭州，因议弃河、湟事夺职。卒谥文穆。

满庭芳

〔宋〕葛胜仲

任昉尝为新安太守，风流名迹，图经史牒具载，感今怀古作。

百不为多，一不为少，阿谁昔仕吾邦？共推任笔，洪鼎力能扛。不为桃花禄米，雠书倦，一苇横江。招寻处，徒行曳杖，曾不拥麾幢。　山川，真大好，鱼矶无恙，密岭难双。听讼诉多就，樵坞僧窗。岁月音容远矣，风流

① 原注：到氏杏林田舍，到洽、到溉兄弟所居。
② 原注：《宜兴县志》。

在，遐想心降。云烟路，搜奇吊古，时为酹空缸。

（选自唐圭璋编《全宋词》第718页，中华书局1965年版；又见于葛胜仲撰《丹阳集》卷二十三，载《钦定四库全书·集部四·别集类三》）

葛胜仲（1072—1144），字鲁卿，常州江阴人，徙丹阳。葛书思子。哲宗绍圣四年（1097）进士。累迁太常少卿兼谕德，采春秋战国以来历代太子善恶成败之迹，日进数事。除国子祭酒，历知汝、湖、邓州，遭朱勔诬告罢归。高宗建炎中复知湖州，岁大饥，发官廪赈济于民。绍兴中请辞归。卒谥文康。有《丹阳集》。

文到

〔南宋〕罗与之

简编香外雨孤翻，翰墨场中春日暄。
文到工时疑有助，道逢极处本无言。
当年谁可辈任昉，后世人方怪屈原。
勿谓词章真小技，精粗微妙岂殊根。

（选自汲古阁影宋抄《南宋六十家小集·雪坡小稿》卷二）

罗与之（生卒年不详），字与甫，一字北涯，号雪坡，螺川（今江西吉安）人。曾应进士举不第，遂弃去，浪迹江湖间。其诗多写山水景物和隐逸趣味，为刘克庄所赏。有《雪坡小稿》二卷。

孝诗·任昉

〔南宋〕林同

父遥性重槟榔，昉终身不尝。曾皙嗜羊枣，而曾子不忍食。

皙常嗜羊枣，遥亦重槟榔。
参至不忍食，昉宁能独尝?

（选自傅璇琮等主编《全宋诗》第40626页，北京大学出版社1991—1999年版）

林同（？—1277），字子真，号空斋处士，福州福清人。林公遇子。深于诗。以世泽授官，弃不仕。宋恭帝德祐二年（1276），元兵至福州，福建招抚使刘仝子即林家置忠义局，招募义兵。元兵至城下，刘仝子兵败遁去（后自缢殉国）。众劝林同少避，不从，乃盛服坐堂上，啮指血书壁云："生为忠义臣，死为忠义鬼。草间足可活，吾不忍为尔。诸君何为者，自古皆有死。"城破被执，骂贼不屈而死。元《昭忠录》有传，《宋史·忠义传》有传，事迹有误，《四库全书总目提要》已作辨正。著有《孝诗》一卷，刘克庄为之序。

过任彦昇钓台

〔元末明初〕马治

寂寂山水郡，依依今古名。
斯人同化尽，系缆旧台倾。
汀树烟中没，寒禽沙际鸣。
无人坐垂钓，永念彼平生。

（选自马治、周砥撰《荆南倡和诗集》第232页，见《钦定四库全书·集部八·总集类》）

马治（1322—?），字孝常，一字元素，宜兴人。曾为僧。工诗文，擅书法，诗风典雅，文章华丽，书善真行，小字法晋唐。元末与周砥避地宜兴，马治为具舟车，尽穷阳羡山溪之胜，以诗唱和，成《荆南倡和集》。洪武初，以诸生授内丘知县，迁建昌府同知。著有《海渔集》六卷。

过任彦昇钓台

〔元〕周砥

雪树参差短，寒山迢递明。
春流钓台没，残照夕岚轻。
万化同澌尽，孤名如水清。
谁悲范仆射，千载见交情。

（选自马治、周砥撰《荆南倡和诗集》，见《钦定四库全书·集部八·总集类》）

周砥（约 1323—1362），字履道，号东皋生，又号匊溜生。元代平江路吴县（今苏州）人，寓居无锡。其人工诗文书画。行草书运笔分行匀稳，效苏轼书甚工，亦工山水。元末避兵乱至宜兴，居马治家。与马治善者多置酒招饮，厌之，一夕留书别治，夜半遁去。归里，与高启、杨维桢等交往。后游会稽仕于张士诚，死于兵乱。有《荆南倡和诗集》。

题亡友叶梓素所作山水[①]

〔元末明初〕徐贲

任昉台前记别离，阖闾城外哭君时。
今朝孤馆看图画，万水千山不尽思。

（选自《四部丛刊三编（七十二）·北郭集》，上海书店 1986 年版）

徐贲（1335—约 1379），字幼文，号北郭生，长洲（今江苏苏州）人。为明初“十才子”之一，又与高启、杨基、张羽合称“吴中四杰”。元末为张士诚掾属。张氏亡，谪临濠。洪武二年（1369）放归。后授给事中，改御史，巡按广东。官至河南左布政使，以征洮岷军过境，犒劳不时，下狱死。有《北郭集》。

① 原注：楚材。编者按：应为叶梓素之字。

严州名宦（九首选一）

〔明〕林光

其一　梁·任昉

新安太守梁任昉，出自秘书为郡长。
为政清省少繁苛，不事边幅人咸仰。
郡有蜜岭及杨梅，绝除冒险休供饷。
卒然不带新安物，四十九年刚属纩。
浣衣为敛杂木棺，武帝闻之动悲赏。
百姓追思久不忘，旧祠立在城南上。

（选自黎业明点校《南川冰蘖全集》第496页，上海古籍出版社2021年版）

林光（1439—1519），字缉熙，广东东莞人。陈献章弟子。成化元年（1465）举人。初为平湖教谕，后历兖州、严州府学教授，国子监博士，襄王府左长史。正德八年（1513），以中顺大夫致仕。曾修《嘉兴县志》，著有《晦翁学验》《南川冰蘖集》。

荆溪杂兴（六首选一）

〔明〕王鏊

其三　罨画溪

两岸青山随画船，清溪十里中洄沿。
侍郎桥畔柳窣地，任昉台边花满川。
南国胜境有如此，东坡卜居岂徒然。
谁云罨画画不得，恐有仙源莫浪传。

（选自王鏊撰《震泽集》卷五，见《钦定四库全书·集部六·别集类五）

王鏊（1450—1524），字济之，号守溪，晚号拙叟，时人尊称其为震泽先生。南直隶苏州府吴县（今苏州）人。十六岁时，国子监诸生即传诵其文。成化十年（1474）乡试第一（解元），十一年（1475）会试第一（会元），殿试第三（探花），一时名动天下。初授编修，闭门读书，远避权势。弘治时历侍讲学士，充讲官，擢吏部右侍郎。正德初进户部尚书、文渊阁大学士。有《姑苏志》《震泽集》《震泽长语》等。

《芝兰玉树图》为任公作

〔明〕韩上桂

华堂昼永搴珠箔，金炉袅篆香烟扑。
紫燕蹴尘去复回，玉阶细点苍苔薄。
上有芝兰簇簇生，丹芽绀节含清芬。
九畹灵根良足瑞，三秀远自甘泉分。
旧勩谢家曾植此，封胡遏末纷莫比。
大干同夸入汉低，孙枝亦复凌云起。
任昉才名世所稀，风流何必让乌衣。
琅玕绕砌堪承润，更浥朝阳露未晞。

（选自韩上桂撰《朵云山房遗稿》卷九，清嘉庆二十一年刊本）

韩上桂（1572—1644），字孟郁，号月峰，广东番禺人。万历二十二年（1594）中举，天启年间授国子监丞，崇祯年间转永平府通判。巡抚方一藻以其才荐擢建宁府同知。崇祯末闻帝死讯，愤恨死。有《朵云山房遗稿》，并有传奇《青莲记》《凌云记》。

过任公钓台

〔明末清初〕任源祥

舟行曲曲入山来，指点遗丘古钓台。
坐绕云屏青嶂列，影涵天镜碧溪回。
村村陶穴浮春树，处处樵歌长石苔。
太守风流千载下，不胜凭吊首重回。

（选自任源祥撰《鸣鹤堂诗集》卷九，见《清代诗文集汇编》，第62册第715页，上海古籍出版社2010年版）

任源祥（生卒年不详），初名元祥，字王谷，别号善卷（一作权）子，学者称息斋先生，江南宜兴人。晚明诸生。入清后弃科举，以诗文自娱，与侯方域、魏禧等相交往。尤精经世之学，助州县治刑名钱谷，均有成绩。卒于康熙十年（1671）以后，年五十余。著有《鸣鹤堂诗集》。

咏史·任昉

〔明末清初〕吴绮

宾客兰台一代稀，桃花载米亦空归。
而今茂灌寻常见，不负西华有葛衣。

（选自吴绮撰《林蕙堂全集》卷二十二，康熙三十九年刻本）

吴绮（1619—1694），字园次，号丰南，又号听翁、红豆词人，江都（今江苏扬州）人。顺治十一年（1654）拔贡生，荐授秘书院中书舍人。康熙时官至湖州府知府，后以失上官意被劾罢。居废圃，有求诗文者，以花木为润笔，因名其圃为“种字林”。著有《林蕙堂全集》《艺香词》等。

夜半乐·春夜观小伶演《葛衣剧》[①]

〔明末清初〕陈维崧

当时江左才调，乐安任昉，风丽推无偶。记骠骑陪轩，秘书把袖。青宫好士，朱门结客。更闻出入宫辇，翱翔苑囿。奈玉树，人世偏难久。

诸郎憔悴至此，西华东里，南容北叟。漫细数，平生密亲懿友。葛帔谁嗟，练裙畴惜，可怜野鲜动轮，门稀渍酒。想此事，将毋古今有。

阅此不觉，满泻琼舟，狂斟玉斗。我论交绝君信否？倘然疑，君再听、当筵红豆。算兰簿、何必筹身后。清歌且喜帘垂绣。

（选自孙默编《十五家词》卷三十五，见《钦定四库全书·集部十·词曲类二》）

陈维崧（1625—1682），字其年，号迦陵，美髭髯，时称“陈髯”，江苏宜兴人。陈贞慧子。十七岁为诸生，康熙间举鸿博一等，授检讨，修《明史》。在馆四年而卒。骈文及词最负盛名，诗各体皆工。著有《两晋南北集珍》《湖海楼诗集》《迦陵词》等。

① 原注：任西华故事也。编者按：任西华，即任昉子任坣，字西华。任昉有四子，即原文中“西华东里，南容北叟”。任昉死后家里穷困，子侄流离，生平旧交莫有赡恤。一次任西华冬天穿着单薄的葛衣，碰见了任昉生前好友刘孝标，刘孝标激于义愤，作《广绝交论》，对浇薄世风进行了有力的鞭挞。

读《任彦昇传》

〔清〕田雯

浣衣食麦苦当时，才并江淹玮瑰辞。
捷入中书肠内热，可怜俯首谢虫儿。

（选自田雯撰《古欢堂集》卷十五，见《钦定四库全书·集部七·别集类六》）

青社先贤咏（选一首）

〔清〕安箕

任　昉[①]

彩铃梦坠怀，占谓生才子。
阿堆千里驹，神悟无与齿。
千年海岱奇，钟灵为斯士。
君恩绿沉瓜，臣节桃花米。
古今最胜流，不愧三君比。

（选自卢见曾纂《国朝山左诗钞》卷四五，见《山东文献集成》，第一辑第41册第602～604页，山东大学出版社2006年版）

① 原注：博昌人，今属博兴。

读《任昉传》

〔清〕钱大昕

太行何崔嵬，世路更崭绝。
乐安任公子，海内之髦杰。
骑兵呼天子，文笔冠同列。
咄嗟起风云，朱紫出唇舌。
冠盖纷相望，坐上皆名哲。
人称龙门游，并集兰台辙。
清谭剧夜分，开樽酒同啜。
刻烛赋诗成，击钵响随灭。
数子皆南金，能令公喜悦。
盛衰会有时，风花随转瞥。
一麾新安守，高朋成永诀。
投尽绿沈瓜，满坐为哽咽。
门庭鸟雀罗，琴书蠹鱼啮。
白杨冷萧萧，貔孤走霜雪。
伤哉匹练裙，朔风凛以冽。
当时把臂友，骄马嘶金埒。
挥手长揖去，夷然若不屑。
呜呼市道交，何异剑首吷。
所以朱公叔，长与故人别。

（选自钱大昕撰《潜研堂诗集》卷一，见陈文和主编《嘉定钱大昕全集》增订本，第10册第27页，凤凰出版社2017年版）

钱大昕（1728—1804），字晓徵，一字及之，号辛楣、竹汀，晚号潜研老人，江苏嘉定（今属上海）人。乾隆十九年（1754）进士，授编修，后历官少詹事、广东学政。五十岁即回籍，先后

主讲钟山、娄东、紫阳等书院。精研经史、金石、文字、音韵、天算、舆地诸学，考史之功，号为清代第一。有《廿二史考异》《十驾斋养新录》《元史艺文志》《元史氏族表》《恒言录》《潜研堂诗集》等。

咏史·任昉

〔清〕祝德麟

骑兵未碍屈萧公，善谑犹存豪士风。
刀敕纷纷诸鬼啸，如何曲意结梅虫？

（选自祝德麟撰《悦亲楼诗集》卷二十九，嘉庆二年姑苏刻本）

祝德麟（1742—1798），一说德龄，字趾堂，一说字止堂、芷塘，浙江海宁人。乾隆二十八年（1763）进士，历官翰林院编修、三通馆纂修、四库馆提调、提督陕西学政、湖广道监察御史、掌礼科给事中。著有《悦亲楼诗集》等。

读《任昉传》有感

〔清〕路德

任君延誉竞攀鳞，死后诸郎葛帔贫。
莫怪怜才今日少，才人中有负恩人。

（选自路德撰《柽华馆诗集》卷三，清光绪七年解梁刻本）

路德（1785—1851），字闰生，号鹭洲，陕西盩厔（今周至）人。嘉庆十四年（1809）进士。任户部主事，考补军机章京。以目疾请假归里。曾主关中宏道等书院。著有《柽华馆诗集》等。

咏史乐府（选一首）

〔清〕谭莹

桃花米

活三千人妾食麦，死剩桃花米廿石。
浣衣为敛杂木棺，不以一物烦新安。
才子循吏兼最难，绿沈瓜合投于盘。
吁嗟乎！指南何托，元龟何寄？
西华冬月，练裙葛帔。
仪表长谢，哲人云亡。
孝标著论，孟门太行。

（选自谭莹撰《乐志堂诗集》卷四，见《清代诗文集汇编》，第606册第364页，上海古籍出版社2010年版）

谭莹（1800—1871），字兆仁，号玉生，广东南海人。道光二十四年（1844）举人，历官肇庆府学教授、曲江县学教谕、博罗县学教谕、嘉应州学训导、化州州学训导、琼州州学教授，加内阁中书衔。曾主讲粤秀书院、越华书院、端溪书院数十年。有《乐志堂诗集》等。

任 昉

〔清〕罗惇衍

字彦昇，乐安人。齐司徒右长史，武帝即位，累拜秘书监，出为新安太守，卒于官，年四十九，谥曰敬子。

千里神驹号阿堆，旗铃怀坠果为才。
篇传宗匠文章订，笔代朝臣表奏裁。
不食槟榔因父嗜，私分米豆为民灾。
西华葛帔饕风雪，可有衫裙友寄来？

（选自罗惇衍撰《集义轩咏史诗钞》卷三十，见《清代诗文集汇编》，第657册第335页，上海古籍出版社2010年版）

罗惇衍（1814—1874），字星斋，号椒生，广东顺德人。道光十五年（1835）进士。授编修。咸丰间历吏、刑、户部侍郎。同治间官至户部尚书。卒谥文恪。学宗宋儒，与倭仁有“北倭南罗”之目。著有《集义编》《孔子集语》等。

骆宾王诗录

（选自骆宾王撰、陈熙晋笺注、王群栗点校《骆宾王集》，浙江古籍出版社2018年版）

骆宾王（约619—约687），字观光，婺州义乌（今浙江义乌）人。唐初诗人，与王勃、杨炯、卢照邻合称“初唐四杰”，又与富嘉谟并称“富骆”。唐高宗显庆年间为道王李元庆府属，后历武功、长安主簿。仪凤三年（678）入为侍御史，因事下狱，次年遇赦，调露二年（680）除临海丞，不得志，辞官。光宅元年（684），为起兵扬州反武则天的徐敬业作《代李敬业传檄天下文》，徐敬业败，骆宾王亡命不知所之，或云被杀，或云为僧。

骆宾王的父亲骆履元于武德年间任博昌（今山东博兴）县令，骆宾王约武德二年（619）生，三四岁时随父母到博昌，十岁以前，其父死于任上，厝骨博昌，一直未能迁回故里。父死后，骆宾王与母亲及两个在博昌出生的弟弟失去生活来源，孤苦无依。正如骆宾王在《与博昌父老书》中所言“清芬虽远，遗爱犹存”。在博昌父老的关注与扶持下，骆宾王才得以求学成才。他二十二岁时离开博昌，移家兖州瑕丘县。离开博昌后，他闲居齐鲁十几年，常回博昌扫墓，看望朋友。高宗开耀元年（681）春初，他重游博昌，所写《与博昌父老书》在《博兴县志·艺文志》中有记载。光宅元年（684），其所作的《讨武氏檄文》（《代李敬业传檄天下文》）更为天下人所知，文中的“试看今日之域中，竟是谁家之天下”成为千古名句。诗圣杜甫曾称颂道“举天悲富骆，近代惜卢王”“尔曹身与名俱灭，不废江河万古流”。

本书中除搜集收录骆宾王全诗及部分后人咏骆诗外，还特附载骆宾王《与博昌父老书》，以帮助读者了解骆宾王在博昌的生活、求学、交游及对第二故乡的感情。这是一封写给博昌父老乡亲的书信。博昌虽然不是骆宾王的故乡，却是他自少年始至成年时代长期生活过的地方，给他留下了难忘的记忆，可以说“不是故乡，胜似故乡”。

卷　一

上吏部侍郎帝京篇　并启

宾王启：昨引注日，垂索鄙文，拜手惊魂，承恩累息。楚羣丹质，在荆南以多惭；辽豕白头，望河东而载恧。宾王散樗易朽，蟠木难容。虽少好读书，无谢高凤；而老不晓事，有类扬雄。徒以易象六爻，幽赞通乎政本；诗人五际，比兴存乎《国风》。故体物成章，必寓情于《小雅》；登高能赋，岂图容于大夫？盖欲乐道遗荣，从心所好，非敢希声刻鹄，窃誉雕虫。至若资丑行以自媒，衔庸音而苟进，固立身之殊路，行己之外篇矣。君侯蕴明略以佐时，虚灵台以照物。观梁父之曲，识卧龙于孔明；听康衢之歌，得饭牛于宁戚。是用异人翘首，俊乂归诚。猥以疵贱之资，谬奉清通之盼。虽仲由之瑟，终阕响于丘门；而宋玉之歌，倘均音于郢路？敢忘下里，轻冒上呈。庶道叶起予，陈卜商之四始；恐吾几失子，效然明于一言。拜手增惭，忧心如醉。谨启。

山河千里国，城阙九重门。
不睹皇居壮，安知天子尊。
皇居帝里崤函谷，鹑野龙山侯甸服。
五纬连影集星躔，八水分流横地轴。
秦塞重关一百二，汉家离宫三十六。

桂殿阴岑对玉楼，椒房窈窕连金屋。
三条九陌丽城隈，万户千门平旦开。
复道斜通鳷鹊观，交衢直指凤凰台。
剑履南宫人，簪缨北阙来。
声明冠寰宇，文物象昭回。
钩陈肃兰戺，璧沼浮槐市。
铜羽应风回，金茎承露起。
校文天禄阁，习战昆明水。
朱邸抗平台，黄扉通戚里。
平台戚里带崇墉，炊金馔玉待鸣钟。
小堂绮帐三千户，大道青楼十二重。
宝盖雕鞍金络马，兰窗绣柱玉盘龙。
绣柱璇题粉壁映，锵金鸣玉王侯盛。
王侯贵人多近臣，朝游北里暮南邻。
陆贾分金将燕喜，陈遵投辖正留宾。
赵李经过密，萧朱交结亲。
丹凤朱城白日暮，青牛绀幰红尘度。
侠客珠弹垂杨道，倡妇银钩采桑路。
倡家桃李自芳菲，京华游侠盛轻肥。
延年女弟双飞入，罗敷使君千骑归。
同心结缕带，连理织成衣。
春朝桂樽樽百味，秋夜兰灯灯九微。
翠幌珠帘不独映，清歌宝瑟自相依。
且论三万六千是，宁知四十九年非。
古来荣利若浮云，人生倚伏信难分。
始见田窦相移夺，俄闻卫霍有功勋。
未厌金陵气，先开石椁文。
朱门无复张公子，灞亭谁畏李将军。
相顾百龄皆有待，居然万化咸应改。
桂枝芳气已销亡，柏梁高宴今何在。

春去春来苦自驰，争名争利徒尔为。
久留郎署终难遇，空扫相门谁见知。
莫矜一旦擅繁华，自言千载长骄奢。
倏忽抟风生羽翼，须臾失浪委泥沙。
黄雀徒巢桂，青门遂种瓜。
黄金销铄素丝变，一贵一贱交情见。
红颜宿昔白头新，脱粟布衣轻故人。
故人有湮沦，新知无意气。
灰死韩安国，罗伤翟廷尉。
已矣哉！归去来。
马卿辞蜀多文藻，扬雄仕汉乏良媒。
三冬自矜诚足用，十年不调几邅回。
汲黯薪逾积，孙弘阁未开。
谁惜长沙傅，独负洛阳才。

夏日游德州赠高四　并序

夫在心为志，发言为诗。书有不得尽言，言有不得尽意。仆少负不羁，长逾虚诞。读书颇存涉猎，学剑不待穷工。进不能矫翰龙云，退不能栖神豹雾。抚循诸己，深觉劳生。而太夫人在堂，义须奉檄。因仰长安而就日，赴帝乡以望云。虽文阙三冬，而书劳十上。嗟乎！入门自媚，谁相谓言。致使君门隔于九重，中堂远于千里。既而交非得兔，路是亡羊。幸而敬止敝庐，竭来初服。遂得载披玉叶，款洽金兰，倾意气于一言，缔风期于千祀。虽交因意合，资得意以敦交；道契言忘，少寄言而筌道。是以轻投木李，以代疏麻。章句繁芜，心神愧恧。庶宏雅韵，伫辱报章。则觊紫耀连星，开龙文于剑匣；素辉亏月，领骊颔于珠胎云尔。

日观邻全赵，星临俯旧吴。
鬲津开巨浸，稽阜镇名都。
紫电浮剑匣，青山孕宝符。
封疆恢霸道，问鼎竞雄图。
神光包四大，皇威震八区。
风烟通地轴，星象正天枢。
天枢限南北，地轴殊乡国。
辟门通舜宾，比屋封尧德。
言谢垂钩隐，来参负鼎职。
天子不见知，群公讵相识。
未展从东骏，空戢图南翼。
时命欲何言，抚膺长叹息。
叹息将如何，游人意气多。
白雪梁山曲，寒风易水歌。
泣魏伤吴起，思赵切廉颇。
凄断韩王剑，生死翟公罗。
罗悲翟公意，剑负韩王气。
骄饵去易沦，忌途良可畏。
夙昔怀江海，平生混泾渭。
千载契风云，一言忘贱贵。
去去访林泉，空谷有遗贤。
言投爵里刺，来泛野人船。
缔交君赠缟，投分我忘筌。
成风郢匠斫，流水伯牙弦。
牙弦忘道术，漳滨恣闲逸。
聊安张蔚庐，讵扫陈蕃室。
虚室狎招寻，敬爱混浮沈。
一诺黄金信，三复白圭心。
霜松贞雅节，月桂朗冲襟。
灵台万顷浚，学府九流深。

谈玄明毁璧，拾紫陋籯金。
鹭涛开碧海，凤彩缀词林。
林虚星华映，水彻霞光净。
霞水两分红，川源四望通。
雾卷天山静，烟销太史空。
鸟声流迥薄，蝶影乱芳丛。
柳阴低堑水，荷气上薰风。
风月芳菲节，物华纷可悦。
将欢促席赏，遽轸言归别。
积水带吴门，通波连禹穴。
赠言虽欲尽，机心庶应绝。
潘岳本自闲，梁鸿不因热。
一瓢欣狎道，三月聊栖拙。
栖拙隐金华，狎道访仙槎。
放旷愚公谷，消散野人家。
一顷南山豆，五色东陵瓜。
野衣裁薜叶，山酒酌藤花。
白云离望远，青溪隐路赊。
傥忆幽岩桂，犹冀折疏麻。

在江南赠宋五之问[1]

井络双源浚，浔阳九派长。
沦波通地穴，委输下归塘。
别岛笼朝蜃，连洲拥夕涨。
韫珠澄积润，让璧动浮光。
浮光疑折水，积润疏圆沚。
玉轮涵地开，剑匣连星起。
风烟标迥秀，英灵信多美。
怀德践遗芳，端操惭谋己。
谋己谬观光，牵迹强凄惶。
揆拙迷三省，劳生昧两忘。
弹随空被笑，献楚自多伤。
一朝殊默语，千里易炎凉。
炎凉几迁贸，川陆疲臻凑。
积水架吴涛，连山横楚岫。
风月虽殊昔，星河犹是旧。
姑苏望南浦，邯郸通北走。
北走平生亲，南浦别离津。
潇湘一超忽，洞庭多苦辛。
秋江无绿芷，寒汀有白蘋，
采之将何遗，故人漳水滨。

---

① 宋之问：一名少连，字延清。虢州弘农（今河南灵宝）人，一说汾州（今山西汾阳）人。唐高宗上元进士，曾任县尉等职。中宗神龙元年（705），因谄事张易之兄弟被贬泷州参军。次年遇赦北归，召为鸿胪主簿。谄事太平公主，迁户部员外郎，充修文馆直学士，再转考功员外郎，知贡举。又附安乐公主，为太平公主所嫉，发其知贡举时贪贿事，贬越州长史。睿宗即位后，被流放钦州。先天中被玄宗赐死于桂州（今广西桂林）。诗与沈佺期齐名，并称“沈宋”。有《宋之问集》。

漳滨已辽远，江潭未旋返。
为听短歌行，当忆长洲苑。
露金熏菊岸，风佩摇兰坂。
蝉鸣稻叶秋，雁起芦花晚。
晚秋云日明，亭皋风露清。
独负平生志，空牵摇落情。
占星非聚德，梦月讵悬名。
寂寥伤楚奏，凄断泣秦声。
秦声怀旧里，楚奏悲无已。
郢路少知音，丛台富奇士。
温辉凌爱日，壮气惊寒水。
一顾重风云，三冬足文史。
文史盛纷纶，京洛多风尘。
犹轻五车富，未重一囊贫。
李仙非易托，苏鬼尚难因。
不惜劳歌尽，谁为听阳春。

卷　二

棹歌行

写月图黄罢，凌波拾翠通。
镜花摇芰日，衣麝入荷风。
叶密舟难荡，莲疏浦易空。
凤媒羞自托，鸳翼恨难穷。
秋帐灯光翠，倡楼粉色红。
相思无别曲，并在棹歌中。

望月有所思

九秋凉风肃，千里月华开。
圆光随露湛，碎影逐波来。
似霜明玉砌，如镜写珠胎。
晓色依关近，边声杂吹哀。
离居分照耀，愁绪共徘徊。
自绕南飞羽，空忝北堂才。

早发诸暨

征夫怀远路，夙驾上危峦。
薄烟横绝巘，轻冻涩回湍。
野雾连空暗，山风入曙寒。
帝城临灞涘，禹穴枕江干。
橘性行应化，蓬心去不安。
独掩穷途泪，长歌行路难。

晚泊江镇

四运移阴律，三翼泛阳侯。
荷香销晚夏，菊气入新秋。
夜乌喧粉堞，宿雁下芦洲。
海雾笼边徼，江风绕戍楼。
转蓬惊别绪，徙橘怆离忧。

魂飞灞陵岸，泪尽洞庭秋。
振影希鸿陆，逃名谢蚁丘。
还嗟帝乡远，空望白云浮。

晚憩田家

转蓬劳远役，披薜下田家。
山形如九折，水势急三巴。
悬梁接断岸，涩路拥崩查。
雾岩沦晓魄，风溆涨寒沙。
心迹一朝舛，关山万里赊。
龙章徒表越，闽俗本非华。
旅行悲泛梗，离赠断疏麻。
惟有寒潭菊，独似故园花。

宿山庄

金陵一超忽，玉烛几还周。
露积吴台草，风入郢门楸。
林虚宿断雾，磴险挂悬流。
拾青非汉策，化缁类秦裘。
牵迹犹多蹇，劳生未寡尤。
独此他乡梦，空山明月秋。

初秋登王司马楼宴赋得“同”字　并序

司马公千里腾光，翼外台而展足。九日多暇，敞丽谯以开筵。于时葭散秋灰，檀移夏火。鸿飞渐陆，流断吹以来寒；鹤鸣在阴，上中天而警露。是肴开玉馔，交杂佩而薰蔺；酒泛金翘，映清樽而湛菊。虽傍临广派，有异漳渠之游；而俯瞰崇墉，雅叶城隅之会。物色相召，江山助人，请振翰林，用濡笔海云尔。

展骥端居暇，登龙嘉宴同。
缔赏三清满，承欢六义通。
野晦寒阴积，潭虚夕照空。
顾惭非梦鸟，滥此厕雕虫。

秋日饯尹大往京　并序

尹大官三冬业畅，指兰台而拾青；薛六郎四海情深，飞桂尊而举白。于时兔华东上，龙火西流。剑彩沈波，碎楚莲于秋水；金晖照岸，秀陶菊于寒堤。既切送归之情，弥轸穷途之感。重以清江带地，间吴会于星津；白云在天，望长安于日路。人之情也，能不悲乎？虽道术相忘，叶神交于灵府；而风烟悬隔，贵申心于翰林。请振词锋，同开笔海，人为四韵，用慰九秋云尔。

挂瓢余隐舜，负鼎尔干汤。
竹叶离尊满，桃花别路长。
低河耿秋色，落月抱寒光。
素书如可嗣，幽谷伫宾行。

春夜韦明府宅宴　得“春”字

酌桂陶芳夜，披薜啸幽人。
雅琴驯鲁雉，清歌落范尘。
宿云低回盖，残月上虚轮。
幸此承恩赏，聊当故乡春。

在兖州饯宋五之问

淮夷泗水地，梁甫汶阳东。
别路青骊远，离尊绿蚁空。
柳寒凋密翠，棠晚落疏红。
别后相思曲，凄断入琴风。

游兖郡逢孔君自卫来，欣然相遇若旧

游人自卫返，背客隔淮来。
倾盖金兰合，忘筌玉叶开。
繁花明日柳，疏蕊落风梅。
将期重交态，时慰不然灰。

送宋五之问 得“凉”字

愿言游泗水，支离去二漳。
道术君所笃，筌蹄余自忘。
霜威侵竹冷，秋爽带池凉。
欲谂离襟切，歧路在他乡。

秋晨同淄州毛司马秋九咏

秋 风

紫陌炎氛歇，青蘋晚吹浮。
乱竹摇疏影，萦池织细流。
飘香曳舞袖，带粉泛妆楼。
不分君恩绝，纨扇曲中秋。

秋 云

南陆铜浑改，西郊玉叶轻。
泛斗瑶光动，临阳瑞色明。
盖阴连凤阙，阵影翼龙城。
谁知时不遇，空伤流滞情。

秋 蝉

九秋行已暮，一枝聊暂安。
隐榆非谏楚，噪柳异悲潘。
分形妆薄鬓，镂影饰危冠。
自怜疏响断，荒林夕吹寒。

秋　露

玉关寒气早，金塘秋色归。
泛掌光逾净，添荷滴尚微。
变霜凝晓液，承月委圆辉。
别有吴台上，应湿楚臣衣。

秋　月

云披玉绳净，月满镜轮圆。
裛露珠晖冷，凌霜桂影寒。
漏彩含疏薄，浮光漾急澜。
西园徒自赏，南飞终未安。

秋　水

贝阙寒流彻，玉轮秋浪清。
图云锦色净，写月练花明。
泛曲鹍弦动，随轩凤辖惊。
惟当御沟上，凄断送归情。

秋　萤

玉虬分静夜，金萤照晚凉。
含辉疑泛月，带火怯凌霜。
散彩萦虚牖，飘花绕洞房。
下帷如不倦，当解借余光。

秋　菊

擢秀三秋晚，开芳十步中。
分黄俱笑日，含翠共摇风。
碎影涵流动，浮香隔岸通。
金翘徒可泛，玉斝竟谁同。

秋雁

联翩辞海曲，遥曳指江干。
阵去金河冷，书归玉塞寒。
带月凌空易，迷烟逗浦难。
何当同顾影，刷羽泛清澜。

伤祝阿王明府　并序

夫心之悲矣，非关春秋之气；声之哀也，岂移金石之音。何则？事感则万绪兴端，情应则百忧交轸。是以宣尼旧馆，流襟动激楚之悲；孟尝高台，承睫下闻琴之泪。祝阿王明府，毓德丹穴，袭吉黄裳。灵基峙金阙之峰，层源濑玉轮之坂。既而鸿飞渐陆，将骋平舆之龙；鹤鸣在阴，爰绊朝歌之骥。乃当名悬阚月，德贯陈星，岂宜遽切梦琼，掩沉连石。嗟乎！轮销桂魄，骊珠毁贝阙之前；斗散紫氛，龙剑没延平之水。某凤承嘉惠，曲荷恩光，留连啸歌，从容风月；抚心陈迹，泣血涟如。然而始终者，万物之大归；生死者，百年之常分。虽则知理之可有，而未晓情之可无。聊缀悲歌，敢贻同好。诸君或缔交三益，列宰一同；或叶契筌蹄，投心胶漆。如比肩于千里，遽伤魂于九原。既切芝焚，弥深蕙叹；盍言四始，同赋七哀。庶兰室流薰，袭遗芳而化德；故蓬心申拙，效庸音于起予。触目多怀，周流增恸。

洛川真气上，重泉惠政融。
含章光后烈，继武嗣前雄。
与善诚难验，生涯忽易穷。
翔凫犹化履，狎雉尚驯童。
钱满荒阶绿，尘浮虚帐红。
夏余将宿草，秋近未惊蓬。

烟晦泉门闭，日尽夜台空。
谁堪孤陇外，独听白杨风。

于紫云观赠道士　并序

余乡国一辞，江山万里。昔年离别，还同塞北之凫；今日归来，即似辽东之鹤。先生情均得兔，忘筌之契已深；路是亡羊，分歧之恨逾切。不题短什，何汰衷襟乎？

碧落澄秋景，玄门启曙关。
人疑列御至，客似令威还。
羽盖徒欣仰，云车未可攀。
只应倾玉醴，时许寄颓颜。

于西京守岁

闲居寡言宴，独坐惨风尘。
忽见严冬尽，方知列宿春。
夜将寒色去，年共晓光新。
耿耿他乡夕，无由展旧亲。

途中有怀

眷然怀楚奏，怅矣背秦关。

涸鳞惊煦辙，坠羽怯虚弯。
素服三川化，鸟裘十上还。
莫言无皓齿，时俗薄朱颜。

出石门

层岩远接天，绝岭上栖烟。
松低轻盖偃，藤细弱丝悬。
石明如挂镜，苔分似列钱。
暂策为龙杖，何处得神仙。

至分陕

陕西开胜壤，召南分沃畴。
列树巢维鹊，平渚下睢鸠。
憩棠疑勿翦，曳葛似攀樛。
至今王化美，非独在隆周。

至分水戍

行役总离忧，复此怆分流。
溅石回湍咽，萦丛曲涧幽。
阴崖常结晦，宿莽竞含秋。
况乃霜晨早，寒风入戍楼。

过张平子墓[1]

西鄂该通理，南阳擅德音。
玉卮浮藻丽，铜浑积思深。
忽怀今日昔，非复昔时今。
日落丰碑暗，风来古木吟。
惟叹穷泉下，终郁羡鱼心。

北眺春陵

总辔疲宵迈，驱马倦晨兴。
既出封泥谷，还过避雨陵。
山行明照上，溪宿密云蒸。
登高徒欲赋，词殚独抚膺。

望乡夕泛

归怀剩不安，促榜犯风澜。
落宿含楼近，浮月带江寒。
喜逐行前至，忧从望里宽。
今夜南枝鹊，应无绕树难。

① 张平子：即张衡，字平子，南阳郡西鄂县（今河南南阳石桥镇）人。东汉时期杰出的天文学家、数学家、发明家、地理学家、文学家。

秋日山行简梁大官

束马陟层阜，回首睇山川。
攒峰衔宿雾，叠巘架寒烟。
百重含翠色，一道落飞泉。
香吹分岩桂，鲜云抱石莲。
地偏心易远，致默体逾玄。
得性虚游刃，忘言已弃筌。
弹冠劳巧拙，结绶倦牵缠。
不如从四皓，丘中鸣一弦。

夏日游山家同夏少府

返照下层岑，物外狎招寻。
兰径薰幽佩，槐庭落暗金。
谷静风声彻，山空月色深。
一遣樊笼累，惟余松桂心。

镂鸡子

幸遇清明节，欣逢旧练人。
刻花争脸态，写月竞眉新。
晕罢空余月，诗成并道春。
谁知怀玉者，含响未吟晨。

咏云酒

朔空曾纪历，带地旧疏泉。
色泛临砀瑞，香流赴蜀仙。
款交欣散玉，洽友悦沈钱。
无复中山赏，空吟吴会篇。

冬日宴

二三物外友，一百杖头钱。
赏洽袁公地，情披乐令天。
促席鸾觞满，当炉兽炭然。
何须攀桂树，逢此自留连。

冬日野望

故人无与晤，安步陟山椒。
夜静连云卷，川明断雾销。
灵岩闻晓籁，洞浦涨秋潮。
三江归望断，千里故乡遥。
劳歌徒自奏，客魂谁为招。

夏日游目聊作

暂屏嚣尘累，言寻物外情。
致逸心逾默，神幽体自轻。
浦夏荷香满，田秋麦气清。
讵假沧浪上，将濯楚臣缨。

咏美人在天津桥

美女出东邻，容与上天津。
整衣香满路，移步袜生尘。
水下看妆影，眉头画月新。
寄言曹子建，个是洛川神。

和李明府

传闻叶县履，飞向洛阳城。
驰道临层掖，津门对小平。
霞残疑制锦，云度似飘缨。
藻掞潘江彻，尘虚范甑清。
讵怜冲斗气，犹向匣中鸣。

寓居洛滨对雪忆谢二兄弟

旅思眇难裁，冲飙恨易哀。
旷望洛川晚，飘飖瑞雪来。
积彩明书幌，流韵绕琴台。
色夺迎仙羽，花避犯霜梅。
谢庭赏方逸，袁扉掩未开。
高人倘有访，兴尽讵须回。

秋日饯陆道士陈文林得“风”字　并序

陆道士将游西辅，通庄指浮气之关；陈文林言返东吴，修途走落星之浦。于是维舟锦水，藉兰叶以开筵；绁骑金堤，泛榴花于祖道。于是赤熛沈节，青女司辰。霜雁衔芦，举宾行而候气；寒蝉噪柳，带凉序以含清。加以山接太行，耸羊肠而飞盖；河通少海，疏马颊以开澜。登高切送归之情，临水感逝川之叹。既而嗟别路之难驻，惜离樽之易倾。虽漆园筌蹄，已忘言于道术；而陟阳风雨，尚抒情于咏歌。各赋五言，同为四韵。庶几别后，用畅离忧云尔。

青牛游华岳，赤马定吴宫。
玉柱离鸿怨，金罍浮蚁空。
日霁峭陵雨，尘起洛阳风。
惟当玄度月，千里与君同。

送王赞府上京参选赋得“鹤”

振衣游紫府，飞盖背青田。
虚心恒警露，孤影尚凌烟。
离歌凄妙曲，别操绕繁弦。
在阴如可和，清响会闻天。

夏日夜忆张二

伏枕忧思深，拥膝独长吟。
烹鲤无尺素，筌鱼劳寸心。
疏麻空有折，芳桂湛无斟。
广庭含夕气，闲宇澹虚阴。
织虫垂夜砌，惊鸟栖暝林。
欢娱百年促，羁病一生侵。
讵堪孤月夜，流水入鸣琴。

同辛簿简仰酬思玄上人林泉（四首）

闻君招隐地，仿佛武陵春。
缉芰如违楚，披榛似避秦。
崩查年祀积，幽草岁时新。
一谢沧浪水，安知有逸人。

芳晨临上月，幽赏洽中园。
有蝶堪成梦，无羊可触藩。
忘怀南涧藻，蠲思北堂萱。
坐叹华滋歇，思君谁为言。

林泉恣探历，风景暂徘徊。
客有迁莺处，人无结驷来。
聚花如薄雪，沸水若轻雷。
今日徒招隐，终知异凿坏。

俗远风尘隔，春还初服迟。
林疑中散地，人似上皇时。
芳杜湘君曲，幽兰楚客词。
山中有春草，长似寄相思。

卷　三

浮查　并序

游目川上，睹一浮查，泛泛然若木偶之乘流，迷不知其所适也。观其根柢盘屈，枝干扶疏，大则有栋梁舟楫之材，小则有轮辕榱桷之用。非夫禀乾坤之秀气，含宇宙之淳精，孰能负凌云概日之姿，抱积雪封霜之骨？向使怀才幽薮，藏颖重岩，绝望于廊庙之荣，遗形于斤斧之患，固可垂荫万亩，悬映九霄，与建木较其短长，将大椿齐其年寿者。而委根险岸，托质畏途，上为疾风冲飙所摧残，下为奔浪迅波所激射，基䜿壤括，势以地危。岂盛衰之理系乎时，封殖之道存乎我？一坠泉谷，万里飘沦，与波浮沈，随时逝止。虽殷仲文叹生意已尽，孔宣父知朽质难雕，然而际良工，逢仙客。牛矶可托，玉璜之路非遥；匠石先谈，万乘之器何远？故材用与不用，时也。悲夫！然则万物之相应感者，亦奚必同声同气而已哉？感而赋诗，贻诸同疾云尔。

昔负千寻质，高临九仞峰。
贞心凌晚桂，劲节掩寒松。
忽值风飙折，坐为波浪冲。
摧残空有恨，拥肿遂无庸。
渤海三千里，泥沙几万重。
似舟飘不定，如梗泛何从。
仙客终难托，良工岂易逢。
徒怀万乘器，谁为一先容。

赋得“白云抱幽石”

重岩抱危石，幽涧曳轻云。
绕镇仙衣动，飘莲羽盖分。
锦色连花静，苔光带叶薰。
讵知吴会影，长抱谷城文。

赋得“春云处处生”

千里年光静，四望春云生。
暂日祥光举，疏云瑞叶轻。
盖阴笼迥树，阵影抱危城。

非将吴会远，飘荡帝乡情。

和王记室从赵王①春日游陁山寺

鸟旟陪访道，鹫岭狎栖真。
四禅明静业，三空广胜因。
祥河疏叠涧，慧日皎重轮。
叶暗龙宫密，花明鹿苑春。
雕谈筌奥旨，妙辨漱玄津。
雅曲终难和，徒自奏巴人。

游灵公观

灵峰标胜境，神府枕通川。
玉殿斜连汉，金堂迥架烟。
断风疏晚竹，流水切危弦。
别有青门外，空怀玄圃仙。

春晚从李长史游开道林故山

幽寻极幽壑，春望陟春台。
云光栖断树，霞影入仙杯。

① 赵王：指唐太宗第十三子赵王李福。

古藤依格上，野径约山隈。
落蕊翻风去，流莺满树来。
兴阑荀御动，归路起浮埃。

春日离长安客中言怀[1]

年华开早律，霁色荡芳晨。
城阙千门晓，山河四望春。
御沟通太液，戚里对平津。
宝瑟调中妇，金罍引上宾。
剧谈推曼倩，惊坐揖陈遵。
意气一言合，风期万里亲。
自惟安直道，守拙忌因人。
谈器非先木，图荣异从薪。
揶揄惭路鬼，憔悴切波臣。
玄草终疲汉，乌裘几滞秦。
生涯无岁月，歧路有风尘。
还嗟太行道，处处白头新。

别李峤得“胜”字

芳尊徒自满，别恨转难胜。
客似游江岸，人疑上灞陵。
寒更承夜永，凉景向秋澄。

---

① 一作“春霁早行”。

离心何以赠，自有玉壶冰。

晚渡黄河

千里寻归路，一苇乱平源。
通波连马颊，迸水急龙门。
照日荣光净，惊风瑞浪翻。
棹唱临风断，樵歌入听喧。
岸迥秋霞落，潭深夕雾繁。
谁堪逝川上，日暮他乡魂。

晚泊河曲

三秋倦行役，千里泛归潮。
通波竹箭水，轻舸木兰桡。
金堤连远岸，贝阙影浮桥。
水净千年近，星飞五老遥。
叠花开宿浪，浮叶下凉飙。
浦荷疏晚菂，津柳渍寒条。
恓惶劳梗泛，凄断倦蓬飘。
仙查不可托，河上独长谣。

同崔驸马晓初登楼思京

丽谯通四望，繁忧起万端。
绮疏低晓魄，镂槛肃初寒。
白云乡思远，黄图归路难。
唯余西向笑，暂似当长安。

送郭少府探得“忧”字

开筵杭德水，辍棹舣仙舟。
贝阙桃花浪，龙门竹箭流。
当歌凄别曲，对酒泣离忧。
还望青门外，空见白云浮。

秋夜送阎五还润州　并序

阎五官言返维桑，修途指金陵之地；李六郎交深投漆，开筵浮白玉之樽。于时璧彩澄虚，漏轻光于云叶；珪阴散迥，摇碎影于风梧。虽桂醑兰缸，暂淹留于一夕；而青山黄鹤，将惆怅于九秋。请勒四言，俱伸五际。

通庄抵旧里，沟水泣新知。
断云飘易滞，连露积难披。
傃风啼迥堞，惊月绕疏枝。
无力励短翰，轻举送长离。

初秋于窦六郎宅宴得“风”字　并序

六郎道合采葵，啸悬鹑而契赏；诸君情谐伐木，仰登龙以缔欢。于时一叶惊寒，下陈柯而卷翠；百花凝照，扑虚牖以披红。既而俱欣得兔之情，共掩亡羊之泪。物我双致，匪石席以言兰；心口两齐，混污隆而酌桂。虽忘筌戴笠，兴交态于灵台；而搦管操觚，叶神心于胜气。盍陈六义，请赋一言；即事凝毫，成者先唱云尔。

千里风云契，一朝心赏同。
意尽深交洽，神灵俗累空。
草带销寒翠，花釭敛夜红。
惟将淡若水，长揖古人风。

送郑少府入辽共赋“侠客远从戎”

边烽警榆塞，侠客度桑乾。
柳叶开银镝，桃花照玉鞍。
满月临弓影，连星入剑端。
不学燕丹客，徒歌易水寒。

饯郑安阳入蜀

彭山折坂外，井络少城隈。
地是三巴俗，人非百里才。
长途君怅望，歧路我徘徊。

心赏风烟隔，容华岁月催。
遥遥分凤野，去去转龙媒。
遗锦非前邑，鸣琴即旧台。
剑门千仞起，石路五丁开。
海客乘槎渡，仙童驭竹回。
形将离鹤远，思逐断猿哀。
惟有双凫舄，飞去复飞来。

渡瓜步江

捧檄辞幽径，鸣榔下贵洲。
惊涛疑跃马，积气似连牛。
月迥寒沙净，风急夜江秋。
不学浮云影，他乡空滞留。

陪润州薛司空、丹徒桂明府游招隐寺

共寻招隐寺，初识戴颙家。
还依旧泉壑，应改昔云霞。
绿竹寒天笋，红蕉腊月花。
金绳倘留客，为系日光斜。

送费元之[①]还蜀

星楼望蜀道，月峡指吴门。
万行流别泪，九折切惊魂。
雪影含花落，云阴带叶昏。
还愁三径晚，独对一清樽。

送刘少府游越州

一丘余枕石，三越尔怀铅。
离亭分鹤盖，别岸指龙川。
露下蝉声断，寒来雁影连。
如何沟水上，凄断听离弦。

四月八日题七级

化城分鸟堞，香阁俯龙川。
复栋侵黄道，重檐架紫烟。
铭书非晋代，壁画是梁年。
霸略今何在，王宫尚岿然。
二帝曾游圣，三卿是偶贤。
因兹游胜侣，超彼托良缘。
我出有为界，君登非想天。
悠悠青旷里，荡荡白云前。

---

① 费元之：一作“费六”。

今日经行处，曲音号盖烟。

寒夜独坐，游子多怀，简知己

故乡眇千里，离忧积万端。
鹑服长悲碎，蜗庐未卜安。
富钩徒有想，贫铗为谁弹。
柳秋风叶脆，荷晓露文团。
乱金丛岸菊，余佩下幽兰。
伐木伤心易，维桑归去难。
独有孤明月，时照客庭寒。

冬日过故人任处士书斋

神交尚投漆，虚室罢游兰。
网积窗文乱，苔深履迹残。
雪明书帐冷，水静墨池寒。
独此琴台夜，流水为谁弹。

月夜有怀简诸同寮

闲庭落景尽，疏帘夜月通。
山灵响自应，水净望如空。
栖枝犹绕鹊，遵渚未来鸿。

可叹高楼妇，悲思杳难终。

秋日送侯四得“弹”字

我留安豹隐，君去学鹏抟。
歧路分襟易，风云促膝难。
夕涨流波急，秋山落日寒。
惟有思归引，凄断为君弹。

送吴七游蜀

日观分齐壤，星桥接蜀门。
桃花嘶别路，竹叶泻离樽。
夏尽兰犹茂，秋新柳尚繁。
雾消山望迥，风高野听喧。
劳歌徒欲奏，赠别竟无言。
惟有当秋月，空照野人园。

叙寄员半千[①]

薄宦三河道，自负十余年。
不应惊若厉，只为直如弦。
坐历山川险，吁嗟陵谷迁。
长吟空抱膝，短翮讵冲天。
魂归沧海上，望断白云前。
钓名劳拾紫，隐迹自谈玄。
不学多能圣，徒思鸿宝仙。
斯志良难已，此道岂徒然。
嗟为刀笔吏，耻从绳墨牵。
歧路情难狎，人伦地本偏。
长揖谢时事，独往访林泉。
寄言二三子，生死不来旋。

秋日送别

寂寥心事晚，摇落岁时秋。
共此伤年发，相看惜去留。
当歌应破涕，哀命返穷愁。
别后能相忆，东陵有故侯。

---

① 员半千：原名余庆，字荣期，齐州全节县（今山东章丘）人。幼孤，客居晋州，幼年便精通书史。永隆元年（680）科举入仕，垂拱四年（688）任左卫胄曹参军，证圣元年（695）为左卫长史、弘文馆直学士。长安年间累迁正谏大夫，兼右控鹤内供奉。因忤武则天，左迁水部郎中。不久为棣州刺史，复入朝为弘文馆学士。又因为武三思所忌，出为濠、蕲二州刺史。唐睿宗即位后，征拜太子右谕德、兼崇文馆学士、加银青光禄大夫，累封平原郡公。晚年自请辞官，放情山水，定居于尧山沮水间。开元二年（714）卒，享年九十四岁。

乐大夫挽歌诗（五首）

可叹浮生促，吁嗟此路难。
丘陵一起恨，言笑几时欢。
萧索郊埏晚，荒凉井径寒。
谁当门下客，独见有任安。

蒿里谁家地，松门何代丘。
百年三万日，一别几千秋。
返照寒无影，穷泉冻不流。
居然同物化，何处欲藏舟。

昔去梅笳发，今来薤露晞。
彤驺朝帝阙，丹旐背王畿。
城郭犹疑是，原陵稍觉非。
九京如可作，千载与谁归。

一旦先朝菌，千秋掩夜台。
青鸟新兆去，白马故人来。
草露当春泣，松风向暮哀。
宁知荒垄外，吊鹤自徘徊。

忽见泉台路，犹疑水镜悬。
何如开白日，非复睹青天。
华表迎千岁，幽扃送百年。
独嗟流水引，长掩伯牙弦。

丹阳刺史挽歌诗（三首）

百龄嗟倏忽，一旦向山阿。
丹桂销已尽，青松哀更多。
薰风虚听曲，薤露反成歌。
自有藏舟处，谁怜隙驷过。

恻怆桓山羽，留连棣萼篇。
佳城非旧日，京兆即新阡。
城郭三千岁，丘陵几万年。
惟余松柏树，朝夕起寒烟。

短歌三献曲，长夜九泉台。
此室玄扃掩，何年白日开。
荒郊疏古木，寒隧积陈荄。
独此伤心地，松声薄暮来。

同张二咏雁

唼藻苍江远，衔芦紫塞长。
雾深迷晓景，风急断秋行。
阵照通宵月，书封几夜霜。
无复能鸣分，空知愧稻粱。

咏　雪

龙云玉叶上，鹤雪瑞花新。
影乱铜乌吹，光销玉马津。
含辉明素篆，隐迹表祥轮。
幽兰不可俪，徒自绕阳春。

咏　水

列名通地纪，疏派合天津。
波随月色净，态逐桃花春。
照霞如隐石，映柳似沈鳞。
终当挹上善，属意淡交人。

咏尘灰

洛川流雅韵，秦道擅苛威。
听歌梁上动，应律管中飞。
光飘神女袜，影落羽人衣。
愿言心未翳，终冀效轻微。

玩初月

忌满光先缺，乘昏影暂流。
自能明似镜，何用曲如钩。

咏　尘

凌波起罗袜，含风染素衣。
别有知音调，闻歌应自飞。

咏　照

写月无芳桂，照日有花菱。
不持光谢水，翻将影学冰。

挑灯杖

禀质非贪热，焦心岂惮熬。
终知不自润，何处用脂膏。

咏鹅杂言[①]

鹅，鹅，鹅，曲项向天歌。
白毛浮绿水，红掌拨清波。

① 原注：时年七岁。

饯骆四得“钟”字

生平何以乐，斗酒夜相逢。
曲终惊别绪，醉里失愁容。
星朗悬秋汉，风香入曙钟。
明日临沟水，青山几万里。

失　题

甲第驱车人，良宵秉烛游。
人追竹林会，酒献菊花秋。
霜吹飘无已，星河漫不流。
重嗟欢赏地，翻召别离忧。

卷　四

咏怀古意上裴侍郎[①]

三十二余罢，鬓是潘安仁。
四十九仍入，年非朱买臣。
纵横愁系越，坎壈倦游秦。
出笼穷短翮，委辙涸枯鳞。
磨铅不沾用，弹铗欲谁申。
天子未驱策，岁月几沈沦。

---

① 裴侍郎：即裴行俭，字守约，绛州闻喜县（今山西闻喜）人。唐朝初年军事家、政治家、书法家，隋朝左光禄大夫裴仁基次子。

轻生长慷慨，效死独殷勤。
徒歌易水客，空老渭川人。
一得视边塞，万里何苦辛。
剑匣胡霜影，弓开汉月轮。
金方动秋色，铁骑拍风尘。
为国坚诚款，捐躯忘贱贫。
勒功思比宪，决策暗欺陈。
若不犯霜雪，虚掷玉京春。

从军行

平生一顾重，意气溢三军。
野日分戈影，天星合剑文。
弓弦抱汉月，马足践胡尘。
不求生入塞，惟当死报君。

王昭君[①]

敛容辞豹尾，缄恨度龙鳞。
金钿明汉月，玉筋染胡尘。
妆镜菱花暗，愁眉柳叶颦。
惟有清笳曲，时同芳树春。

① 一作“昭君怨”。

西行别东台详正学士

意气坐相亲，关河别故人。
客自秦川上，歌从易水滨。
塞荒行辨玉，台远尚名轮。
泄井怀边将，寻源重汉臣。
上苑梅花早，御沟杨柳新。
只应持此曲，别作边城春。

早秋出塞寄东台详正学士

促驾逾三水，长驱望五原。
天街分斗极，地理接楼烦。
汉月明关陇，胡云聚塞垣。
山川殊物候，风壤异凉温。
戍古秋尘合，沙寒宿雾繁。
昔予迷学步，投迹忝词源。
兰渚浮延阁，蓬山款禁园。
彫缨陪绂冕，载笔偶玙璠。
汲冢宁详蠹，秦牢讵辨冤。
一朝从篚服，千里骛轻轩。
乡梦随魂断，边声入听喧。
南图终铩翮，北上遽摧辕。
吊影惭连茹，浮生倦触藩。
数奇何以托，桃李自无言。

夕次蒲类津

二庭归望断，万里客心愁。
山路犹南属，河源自北流。
晚风连朔气，新月照边秋。
灶火通军壁，烽烟上戍楼。
龙庭但苦战，燕颔会封侯。
莫作兰山下，空令汉国羞。

晚度天山有怀京邑

忽上天山望，依然想物华。
云疑上苑叶，雪似御沟花。
行叹戎麾远，坐怜衣带赊。
交河浮绝塞，弱水浸流沙。
旅思徒漂梗，归期未及瓜。
宁知心断绝，夜夜泣胡笳。

军中行路难同辛常伯作

君不见玉关尘色暗边庭，铜鞮杂虏寇长城。
天子按剑征余勇，将军受脤事横行。
七德龙韬开玉帐，千重龟垒动金钲。
阴山苦雾埋高垒，交河孤月照连营。
连营去去无穷极，拥旆遥遥过绝国。
阵云朝结晦天山，寒沙夕涨迷疏勒。

龙鳞水上开鱼贯，马首山前振雕翼。
长驱万里詟祁连，分麾三令武功宣。
百发乌号遥碎柳，七尺龙文迥照莲。
春来秋去移灰琯，兰闺柳市芳尘断。
雁门迢递尺书稀，鸳被相思双带缓。
行路难，行路难，誓令氛祲静皋兰。
但使封侯龙额贵，讵随中妇凤楼寒？

边庭落日

紫塞流沙北，黄图灞水东。
一朝辞俎豆，万里逐沙蓬。
候月恒持满，寻源屡凿空。
野昏边气合，烽迥戍烟通。
膂力风尘倦，疆场岁月穷。
河流控积石，山路远崆峒。
壮志凌苍兕，精诚贯白虹。
君恩如可报，龙剑有雌雄。

在军中赠先还知己

蓬转俱行役，瓜时独未还。
魂迷金阙路，望断玉门关。
献凯多惭霍，论封几谢班。
风尘催白首，岁月损红颜。
落雁低秋塞，惊凫起暝湾。

胡霜如剑锷，汉月似刀环。
别后边庭树，相思几度攀。

久戍边城有怀京邑

扰扰风尘地，遑遑名利途。
盈虚一易舛，心迹两难俱。
弱龄小山志，宁期大丈夫。
九微光赍玉，千仞忽弹珠。
棘寺游三礼，蓬山簉八儒。
怀铅惭后进，投笔愿前驱。
北走非通赵，西之似化胡。
锦车朝促候，刁斗夜传呼。
战士青丝络，将军黄石符。
连星入宝剑，半月上雕弧。
拜井开疏勒，鸣桴动密须。
戎机刁短蔗，妖祲浮长榆。
季月炎初尽，边亭草早枯。
层阴笼古木，穷色变寒芜。
海鹤声嘹唳，城乌尾毕逋。
葭繁秋引急，桂满夕轮孤。
行役风霜久，乡园梦想徒。
灞池遥夏国，秦海望阳纡。
沙塞三千里，京城十二衢。
杨沟连凤阙，槐路拟鸿都。
璧殿规宸象，金堤法斗枢。
云浮西北界，日照东南隅。
宝帐垂连理，银床转辘轳。

广筵留上客，丰馔引中厨。
漏缓金徒箭，娇繁玉女壶。
秋涛飞喻马，春水泛仙舻。
意契风云合，言忘道术趋。
共矜名已泰，谁肯沫相濡。
有志惭雕朽，无庸类散樗。
关山暂超忽，形影叹艰虞。
结网空知羡，图荣岂自诬。
忘情同塞马，比德类宛驹。
陇坂肝肠绝，阳关亭障迂。
迷魂惊落雁，离恨断飞凫。
春去容华尽，年来岁月芜。
边愁伤郢调，乡思绕吴歈。
河气通中国，山途限外区。
相思若可寄，冰泮有衔芦。

从军中行路难

君不见封狐雄虺自成群，凭深负固结妖氛。
玉玺分兵征恶少，金坛授律动将军。
将军拥旄宣庙略，战士横戈静夷落。
长驱一息背铜梁，直指三巴逾剑阁。
阁道岧峣起戍楼，剑门遥裔俯灵丘。
邛关九折无平路，江水双源有急流。
征役无期返，他乡岁月晚。
杳杳丘陵出，苍苍林薄远。
途危紫盖峰，路涩青泥坂。
去去指哀牢，行行入不毛。

绝壁千重险，连山四望高。
中外分区宇，夷夏殊风土。
交趾枕南荒，昆弥临北户。
川源饶毒雾，溪谷多淫雨。
行潦四时流，崩槎千岁古。
漂梗飞蓬不暂安，扪藤引葛度危峦。
昔时闻道从军乐，今日方知行路难。
沧江绿水东流驶，炎洲丹徼南中地。
南中南斗映星河，秦川秦塞阻烟波。
三春边地风光少，五月泸中瘴疠多。
朝驱疲斥候，夕息倦樵歌。
向月弯繁弱，连星转大阿。
重义轻生怀一顾，东征西伐凡几度。
夜夜朝朝斑鬓新，年年岁岁戎衣故。
故人霸城隅，游子滇池水。
天涯望转遥，地际行无已。
徒觉炎凉节，忽复离寒暑。
物华非不知，关山千万里。
弃置勿重陈，重陈多苦辛。
且悦清笳杨柳曲，讵忆芳园桃李人。
绛节朱旗分日羽，丹心白刃酬明主。
但令一被君王知，谁惮三边征战苦。
行路难，行路难，歧路几千端。
无复归云凭短翰，空余望日想长安。

艳情代郭氏赠卢照邻[①]

迢迢芊路望芝田，眇眇函关限蜀川。
归云已落涪江外，还雁应过洛水壥。
洛水傍连帝城侧，帝宅层甍垂凤翼。
铜驼路上柳千条，金谷园中花几色。
柳叶园花处处新，洛阳桃李应芳春。
妾向双流窥石镜，君住三川守玉人。
此时离别那堪道，此日空床对芳沼。
芳沼徒游比目鱼，幽径还生拔心草。
流风回雪傥便娟，骥子鱼文实可怜。
掷果河阳君有分，贳酒成都妾亦然。
莫言贫贱无人重，莫言富贵应须种。
绿珠犹得石崇怜，飞燕曾经汉皇宠。
良人何处醉纵横，直如循默守空名。
倒提新缣成慊慊，翻将故剑作平平。
离前吉梦成兰兆，别后啼痕上竹生。
别日分明相约束，已取宜家成诫勖。
当时拟弄掌中珠，岂谓先摧庭际玉。
悲鸣五里无人问，肠断三声谁为续。
思君欲上望夫台，端居懒听将雏曲。
沈沈落日向山低，檐前归燕并头栖。
抱膝当窗瞻夕兔，侧耳空房听晓鸡。
舞蝶临阶只自舞，啼鸟逢人亦助啼。
独坐伤孤枕，春来悲更甚。
峨眉山上月如眉，濯锦江中霞似锦。

---

① 卢照邻：字升之，自号幽忧子，幽州范阳（今河北涿州）人。初唐文学家、诗人，“初唐四杰”之一。

锦字回文欲赠君，剑壁层峰自纠纷。
平江淼淼分青浦，长路悠悠间白云。
也知京洛多佳丽，也知山岫遥亏蔽。
无那短封即疏索，不在长情守期契。
传闻织女对牵牛，相对银河隔浅流。
谁分迢迢经两岁，谁能脉脉待三秋。
情知唾井终无理，情知覆水也难收。
不复下山能借问，更向卢家字莫愁。

代女道士王灵妃赠道士李荣[①]

玄都五府风尘绝，碧海三山波浪深。
桃实千年非易得，桑田一变已难寻。
别有仙居对三市，金阙银宫相向起。
台前镜影伴仙娥，楼上箫声随凤史。
凤楼迢递绝尘埃，莺时物色正徘徊。
灵芝紫检参差长，仙桂丹花重叠开。
双童绰约时游陟，三鸟联翩报消息。
尽言真侣出遨游，传道风光无限极。
轻花委砌惹裾香，残月窥窗觇幌色。
个时无数并妖妍，个里无穷总可怜。
别有众中称黜帝，天上人间少流例。
洛滨仙驾启遥源，淮浦灵津符远筮。
自言少小慕幽玄，只言容易得神仙。
佩中邀勒经时序，箫里寻思复几年。

① 李荣：道号任真子，唐代道家重玄派代表人物之一，约活动于唐高宗（650—683）时。

寻思许事真情变，二八容华识少选。
漫道烧丹止七飞，空传化石曾三转。
寄语天上弄机人，寄语河边值查客。
乍可匆匆共百年，谁使遥遥期七夕。
想知人意自相寻，果得深心共一心。
一心一意无穷已，投漆投胶非足拟。
只将羞涩当风流，持此相怜保终始。
相怜相念倍相亲，一生一代一双人。
不投丹心比玄石，谁将浊水况清尘。
只言柱下留期信，好欲将心学松蕣。
不能京兆画蛾眉，翻向成都骋骀引。
青牛紫气度灵关，尺素赪鳞去不还。
连苔上砌无穷绿，修竹临坛几处斑。
个时空床难独守，此日别离那可久。
梅花如雪柳如丝，年去年来不自持。
初言别在寒偏在，何误春来春更思。
春时物色无端绪，双枕孤眠谁分许。
不忿娇莺一种啼，生憎燕子千般语。
朝云旭日照青楼，迟晖丽色满皇州。
落花泛泛浮灵沼，垂柳长长拂御沟。
御沟大道多奇赏，侠客妖容递来往。
宝骑连花铁作钱，香轮鹜水珠为网。
香轮宝骑竞繁华，可怜今夜宿倡家。
鹦鹉杯中浮竹叶，凤凰琴里落梅花。
许辈多情偏送款，为问春花几时满。
千回鸟语说众诸，百过莺啼说长短。
长短众诸判不寻，千回百过浪关心。
何曾举意西邻玉，未肯留情南陌金。
南陌西邻咸自保，还辔归期须及早。
为想三春狭斜路，莫辞九折邛关道。

假令白里似长安，肯使青牛学剑端。
蘋风入驭来应易，竹杖成龙去不难。
龙飙去去无消息，鸾镜朝朝减容色。
君心不记下山人，妾欲空期上林翼。
上林三月鸿欲稀，华表千年鹤未归。
不分淹留桑路待，只应直取桂轮飞。

忆蜀地佳人

东吴西蜀关山远，鱼来雁去两难闻。
莫怪尝有千行泪，只为阳台一片云。

和孙长史秋日卧病

霍第疏天府，潘园近帝台。
调弦三妇至，置驿五侯来。
尚想欢娱洽，吁嗟岁月催。
金坛分上将，玉帐引瑰材。
决胜鲸波静，腾谋鸟谷开。
白云淮水外，紫陌灞陵隈。
节变惊衰柳，笳繁思落梅。
调神和玉烛，掞藻握珠胎。
怅兮欣怀土，居然欲死灰。
还因承雅曲，暂喜跃沈腮。

宪台出絷寒夜有怀

独坐怀明发，长谣苦未安。
自应迷北叟，谁肯问南冠。
生死交情异，殷忧岁序阑。
空余朝夕鸟，相伴夜啼寒。

狱中书情通简知己

昔岁逢杨意，观光贵楚材。
穴疑丹凤起，场似白驹来。
一命沦骄饵，三缄慎祸胎。
不言劳倚伏，忽此遘邅回。
骢马刑章峻，苍鹰狱吏猜。
绝缣非易辨，疑璧果难裁。
揆画惭周道，端忧滞夏台。
生涯一灭裂，歧路几徘徊。
入阱方摇尾，迷津正曝腮。
圜扉长寂寂，疏网尚恢恢。
青陆春芳动，黄沙旅思催。
覆盆徒望日，蛰户未惊雷。
霜歇兰犹败，风多木屡摧。
地幽蚕室掩，门静雀罗开。
自悯秦冤痛，谁怜楚奏哀。
汉阳穷鸟客，梁甫卧龙才。
有气还冲斗，无时会凿坏。
莫言韩长孺，长作不然灰。

在狱咏蝉　并序

余禁所，禁垣西，是法曹厅事也，有古槐数株焉。虽生意可知，同殷仲文之枯树；而听讼斯在，即周邵伯之甘棠。每至夕照低阴，秋蝉疏引，发声幽息，有切尝闻，岂人心异于曩时，将虫响悲乎前听？嗟乎！声以动容，德以象贤。故洁其身也，禀君子达人之高行；蜕其皮也，有仙都羽毛之灵姿。候时而来，顺阴阳之数；应节为变，审藏用之机。有目斯开，不以道昏而昧其视；有翼自薄，不以俗厚而易其真。吟乔树之微风，韵姿天纵；饮高秋之坠露，清畏人知。仆失路艰虞，遭时徽纆，不哀伤而自怨，未摇落而先衰。闻蟪蛄之流声，悟平反之已奏；见螳螂之抱影，怯危机之未安。感而缀诗，贻诸知己。庶情沿物应，哀弱羽之飘零；道寄人知，悯余声之寂寞。非谓文墨，取代幽忧云尔。

西陆蝉声唱，南冠客思侵。
那堪玄鬓影，来对《白头吟》。
露重飞难进，风多响易沈。
无人信高洁，谁为表予心？

卷　五

畴昔篇

少年重英侠，弱岁贱衣冠。
既托寰中赏，方承膝下欢。
遨游灞陵曲，风月洛城端。
且知无玉馔，谁肯逐金丸。

金丸玉馔盛繁华，自言轻侮季伦家。
九陌争驰千里马，三条竞骛七香车。
掩映飞轩乘落照，参差步障引朝霞。
池中旧水如悬镜，屋里新妆不让花。
意气风云倏如昨，岁月春秋屡回薄。
上苑频经柳絮飞，中园几见梅花落。
当时门客今何在，畴昔交朋已疏索。
莫教憔悴损容仪，会得高秋云雾廓。
淹留坐帝乡，无事积炎凉。
一朝被短褐，六载奉长廊。
赋文惭昔马，执戟慕前扬。
挥戈出武帐，荷笔入文昌。
文昌隐隐皇城里，繇来奕奕多才子。
潘陆辞锋骆驿飞，张曹翰苑纵横起。
卿相未曾识，王侯宁见拟。
垂钓甘成白首翁，负薪何处逢知己。
判将运命赋穷通，从来奇舛任西东。
不应永弃同刍狗，且复飘飖类转蓬。
容鬓年年异，春华岁岁同。
荣亲未尽礼，徇主欲申功。
脂车秣马辞京国，萦辔西南使邛僰。
玉垒铜梁不易攀，地角天涯眇难测。
莺啭蝉吟有悲望，鸿来雁度无音息。
阳关积雾万里昏，剑阁连山千种色。
蜀路何悠悠，岷峰阻且修。
回肠随九折，迸泪下双流。
寒光千里暮，露气二江秋。
长途看束马，平水见沈牛。
华阳旧地标神制，石镜峨眉真秀丽。
诸葛才雄已号龙，公孙跃马轻称帝。

五丁卓荦多奇力，四士英灵富文艺。
云气横开八阵形，桥影遥分七星势。
川平烟雾开，游戏锦城隈。
墉高龟步转，水净雁文回。
寻姝入酒肆，访客上琴台。
不识金貂重，偏惜玉山颓。
他乡冉冉消年月，帝里沈沈限城阙。
不见猿声助客啼，惟闻旅思将花发。
我家迢递关山里，关山迢递不可越。
故园梅柳尚有余，春来勿使芳菲歇。
解鞅欲言归，执袂怆多违。
北梁俱握手，南浦共沾衣。
别情伤去盖，离念惜徂辉。
知音何所托，木落雁南飞。
回来望平陆，春来酒应熟。
相将菌阁卧青溪，且用藤杯泛黄菊。
十年不调为贫贱，百日屡迁随倚伏。
只为须求负郭田，使我再干州郡禄。
百年郁郁少腾迁，万里迢迢入镜川。
吴江沸潮冲白日，淮海长波接远天。
丛竹凝朝露，孤山起暝烟。
赖有边城月，来傍客旌悬。
东南美箭称吴会，名都隐轸三江外。
涂山执玉应昌朝，曲水开襟重文会。
仙镝流音鸣鹤岭，宝剑分辉落蛟濑。
未看白马对芦刍，且觉浮云似车盖。
江南节序多，文酒屡经过。
共踏春江曲，俱唱采菱歌。
舟移疑入镜，棹举若乘波。
风光无限极，归楫碍池荷。

眺听烟霞正流盼，即从王事归舻转。
芝田花发屡徘徊，金谷佳期重游衍。
登高南适嗤梁叟，凭轼西征想潘掾。
峰开华岳耸疑莲，水激龙门急如箭。
人事谢光阴，俄遭霜露侵。
偷存七尺影，分没九泉深。
穷途行泣玉，愤路未藏金。
茹荼空有叹，怀橘独伤心。
年来岁去成销铄，怀抱心期渐寥落。
挂冠裂冕已辞荣，南亩东皋事耕凿。
宾阶客院常疏散，蓬径茅斋终寂寞。
自有林泉堪隐栖，何必山中事丘壑。
我住青门外，家临素浐滨。
遥瞻丹凤阙，斜傍黑龙津。
荒衢通猎骑，穷巷抵樵轮。
时有桃源客，来访竹林人。
昨夜琴声奏悲调，旭旦含嚬不成笑。
果乘骢马发嚣书，复道郎官禀纶诏。
冶长非罪曾缧绁，长孺然灰也经溺。
高门有阅不图封，峻笔无闻敛敷妙。
适离京兆谤，还从御史弹。
炎威资夏景，平曲况秋翰。
画地终难入，书空自不安。
吹毛未可待，摇尾且求餐。
丈夫坎壈多愁疾，契阔迍邅尽今日。
慎罚宁凭两造辞，严科直挂三章律。
邹衍含悲系燕狱，李斯抱怨拘秦桎。
不应白发顿成丝，直为黄沙暗如漆。
紫禁终难叫，朱门不易排。
惊魂闻叶落，危魄逐轮埋。

霜威遥有厉，雪枉更无阶。
含冤欲谁道，饮气独居怀。
忽闻驿使发关东，传道天波万里通。
涸鳞去辙还游海，幽禽释网便翔空。
舜泽尧曦方有极，谗言巧佞傥无穷。
谁能跼迹依三辅，会就商山访四翁。

宿温城望军营

虏地寒胶折，边城夜柝闻。
兵符关帝阙，天策动将军。
戍静胡笳彻，沙明楚练分。
风旗翻翼影，霜剑转龙文。
白羽摇如月，青山乱若云。
烟疏疑卷祲，尘灭似销氛。
投笔怀班业，临戎想霍勋。
还应雪汉耻，持此报明君。

边夜有怀

汉地行逾远，燕山去不穷。
城荒犹筑怨，碣毁尚铭功。
古戍烟尘满，边庭人事空。
夜关明陇月，秋塞急胡风。
倚伏良难定，荣枯岂易通。
旅魂劳泛梗，离恨断征蓬。

苏武封犹薄，崔骃宦不工。
惟余北叟意，欲寄南飞鸿。

于易水送人

此地别燕丹，壮士发冲冠。
昔时人已没，今日水犹寒。

蓬莱镇

旅客春心断，边城夜望高。
野楼疑海气，白鹭似江涛。
结绶疲三入，承冠泣二毛。
将飞怜弱羽，欲济乏轻舠。
赖有阳春曲，穷愁且代劳。

远使海曲春夜多怀

长啸三春晚，端居百虑盈。
未安胡蝶梦，遽切鲁禽情。
别岛连环海，离魂断戍城。
流星疑伴使，低月似依营。
怀禄宁期达，牵时匪徇名。
艰虞行已远，眛迹自相惊。

海曲书情

薄游倦千里，劳生负百年。
未能查上汉，讵肯剑游燕。
白云照春海，青山横曙天。
江涛让双璧，渭水掷三钱。
坐惜风光晚，长歌独块然。

早发淮口回望盱眙

养蒙分四渎，习坎奠三荆。
徙帝留余地，封王表旧城。
岸昏涵蜃气，潮满应鸡声。
洲迴连沙静，川虚积溜明。
一朝从奉檄，千里倦悬旌。
背流桐柏远，逗浦木兰轻。
小山迷隐路，大块切劳生。
惟有贞心在，独映寒潭清。

久客临海有怀

天涯非日观，地岊望星楼。
练光摇乱马，剑气上连牛。
草泾姑苏夕，叶下洞庭秋。
欲知凄断意，江上步安流。

在军登城楼

城上风威冷，江中水气寒。
戎衣何日定，歌舞入长安。

夕次旧吴

维舟背楚服，振策下吴畿。
盛德弘三让，雄图抗九围。
黄池通霸业，赤壁畅戎威。
文物俄迁谢，英灵有盛衰。
行叹鸱夷没，遽惜湛卢飞。
地古烟尘暗，年深馆宇稀。
山川四望是，人事一朝非。
悬剑空留信，亡珠尚识机。
郑风遥可托，阚月耿难依。
西北云逾滞，东南气转微。
徒怀伯通隐，多谢买臣归。
惟有荒台露，薄暮湿征衣。

过故宋

旧国千年尽，荒城四望通。
云浮非隐帝，日举类游童。
绮琴朝化洽，祥石夜论空。
马去遥奔郑，蛇分近带丰。

池文敛束水，竹影漏寒丛。
园兔承行月，川乌避断风。
故宋诚难定，从梁事未工。
惟当过周客，独愧吴台空。

咏　怀

少年识事浅，不知交道难。
一言芬若桂，四海臭如兰。
宝剑思存楚，金椎许报韩。
虚心徒有托，循迹谅无端。
太息关山险，吁嗟岁月阑。
忘机殊会俗，守拙异怀安。
阮籍空长啸，刘琨独未欢。
十步庭芳敛，三秋陇月团。
槐疏非尽意，松晚故凌寒。
悲调弦中急，穷愁醉里宽。
莫将流水引，空向俗人弹。

灵隐寺

鹫岭郁岧峣，龙宫锁寂寥。
楼观沧海日，门对浙江潮。
桂子月中落，天香云外飘。
扪萝登塔远，刳木取泉遥。
霜薄花更发，冰轻叶未凋。

夙龄尚遐异，搜对涤烦嚣。
待入天台路，看余度石桥。

称心寺

征帆恣远寻，逶迤过称心。
凝滞蘅蓝岸，沿洄樝柚林。
穿溆不厌曲，舣潭惟爱深。
为乐凡几许，听取舟中琴。

秋日仙游观赠道士

石图分帝宇，银牒洞灵宫。
回丹萦岫室，复翠上岩栊。
雾浓金灶静，云暗玉坛空。
野花常捧露，山叶自吟风。
林泉明月在，诗酒古人同。
待余逢石髓，从尔命飞鸿。

附：

与博昌父老书

某月日，骆宾王谨致书于博昌父老：承并无恙，幸甚幸甚。云雨俄别，封壤异乡。春渚青山，载劳延想；秋天白露，几变光阴。古人云：别易会难，不其然也！自解携襟袖，一十五年，交臂存亡，略无半在。张学士溘从朝露，辟闾公倏掩夜台。故吏门人，多游蒿里；耆年宿德，但见松丘。呜呼！泉壤殊途，幽明永隔；人理危促，天道奚言？感今怀旧，不觉涕之无从也。况过隙不留，藏舟难固；追惟逝者，浮生几何！哀缘物兴，事因情感。虽蒙庄一指，殆先觉于劳生；秦佚三号，讵忘情于怛化？啜其泣矣，尚何云哉！

又闻移县就乐安故城，廨宇邑居，咸徙其地；里闬阡陌，徒有其名。荒径三秋，蔓草滋于旧馆；颓墉四望，拱木多于故人。嗟乎！仙鹤来归，辽东之城郭犹是；灵乌代谢，汉南之陵谷已非。昔吾先君，出宰斯邑，清芬虽远，遗爱犹存。延首城池，何心天地！虽则山河四塞，是称无棣之墟；松槚千秋，有切维桑之里。故每怀夙昔，尚想经过；于役不遑，愿言徒拥。今西成有庆，东户无为。野老清谈，怡然自得；田家浊酒，乐以忘忧。故可洽赏当年，相欢卒岁；宁复惠存旧好，追思昔游。所恨跂予望之，经途密迩，仡中衢而空轸，巾下泽而莫因。风月虚心，形留神往；山川在目，室迩人遐。以此怀劳，增其叹息。情不遗旧，书何尽言！

（选自陈熙晋编《骆宾王集》第 417 ～ 423 页，浙江古籍出版社 2018 年版）

后人咏骆诗

戏为六绝句（选一首）

〔唐〕杜甫

其二

王杨卢骆当时体，轻薄为文哂未休。
尔曹身与名俱灭，不废江河万古流。

（选自骆宾王撰、陈熙晋笺注、王群粟点校《骆宾工集》，第539页，浙江古籍出版社2018年版）

杜甫（712—770），字子美，自号少陵野老。唐代伟大的现实主义诗人，被誉为“诗圣”。因曾被肃宗授为左拾遗，故世称“杜拾遗”。又曾被严武表荐为检校工部员外郎，因此又被称为“杜工部”。有《杜工部集》。

骆宾王

〔明〕韩邦奇

武氏篡唐改号周，然知任狄梁公，武氏欲以天下与武氏，梁公曰："陛下以天下与太子，则千秋万岁后血食于太庙。若与武氏，未闻侄为天子祔姑于庙者也。"乃移中宗于东宫，后五王拥立中宗，勒武氏还宫。初武氏临朝时，骆宾王佐李敬业讨武氏罪，不克死之。

狄梁回凶牝，房州还东宫。
敬业伸大义，挥戈振群蒙。
烈烈宾王檄，如日当天中。
宁为敬业死，不立狄梁功。

（选自韩邦奇《苑洛集》卷十，明嘉靖三十一年刻本）

韩邦奇（1479—1556），字汝节，号苑洛，西安朝邑县（今陕西渭南朝邑镇）人。正德三年（1508）进士，官吏部员外郎，以疏谕时政，谪平阳通判。稍迁浙江按察佥事，宦官强征富阳茶、鱼，他作歌哀之，遂被诬奏怨谤，逮系夺官。嘉靖初起山西参议，再乞休去。自后屡起屡罢终，以南京兵部尚书致仕，卒于嘉靖三十四年（1555）之关中大地震。韩邦奇文理兼备，精通音律，著述甚富。所撰《志乐》，尤为世所称。

婺中三子诗（选一首）

〔明〕胡应麟

其二　骆侍御宾王

仙李方二叶，九庙摧妖狐。
刳剥尽生灵，宇内无完肤。
岳岳临海公，奋袂起菰芦。
义旗举大泽，百万当一呼。
虹霓切云汉，雨泽滂泥涂。
操我七寸管，问彼六尺孤。
片言吓淫牝，一战枭群奴。
惜哉下阿战，倒甲如摧枯。
奇功固罔立，大义差足扶。
披缁入灵隐，觅句酬跏趺。
金锤隐博浪，巨轴流江湖。
固知艺文杰，讵曰器识疏。
一辞道王辟，无忝令伯徒。
至今读遗草，激懦开顽夫。

（选自胡应麟《少室山房集》卷十七，《续金华丛书》本）

胡应麟（1551—1602），字元瑞，更字明端，号少室山人、石羊生，浙江兰溪人。明万历举人，是明代中叶著名的学者、诗人和文艺批评家、诗论家，明中后期“末五子”之一。著有诗论专著《诗薮》、诗文集《少室山房集》、论学专著《少室山房笔丛》（含《四部正讹》三卷）等。

吊骆义乌墓（二首）

〔清〕张廷寿

其一

文章正气挟风霜，莫恨当年宰相盲。
假使蛾眉能爱士，千秋谁识骆宾王。

其二

晓发军山日正初，墓门松柏自扶疏。
先生落魄终全节，敢笑裴公藻鉴虚。

（选自张廷寿《独学庵集》卷下，百宋印刷局民国三十二年版）

张廷寿（生卒年不详），原名紫文，字少槎，号曼生，又号曼仙，江苏江阴人。张元灏之子，同治五年（1866）岁贡。著有《独学庵诗草》。

题骆宾王集（二首）

〔清〕丘逢甲

义师散后遁僧寮，老抱雄心托浙潮。
此笔江河流万古，多因曾檄伪临朝。

凤阁鸾台宰相忙，此才竟令落蛮荒。
若将文字论知己，惟有当时武媚娘。

（选自丘逢甲著《岭云海日楼诗钞》卷七，民国排印本）

丘逢甲（1864—1912），字仙根，又字吉甫，号蛰仙、仲阏、华严子，别署海东遗民、南武山人、仓海君，祖籍广东镇平（今广东蕉岭），台湾彰化人。晚清爱国诗人、教育家、抗日保台志士。光绪十四年（1888）举人，光绪十五年（1889）己丑科同进士出身，授工部主事。无意在京做官，遂返回台湾，到台中衡文书院担任主讲，后又于台南和嘉义教育新学。光绪二十一年（1895），任义勇军统领抗击日寇。同年秋，到广东镇平等地兴办教育，倡导新学。后利用担任广东教育总会会长、广东咨议局议长的职务之便，投身于孙中山的民主革命，与同盟会等革命党人参与许雪秋筹划的潮州黄冈起义等革命活动。辛亥革命爆发后，被选为广东省代表参加孙中山组织的临时政府。著有《岭云海日楼诗钞》《柏庄诗草》等。今人辑有《丘逢甲集》。

骆宾王墓①

〔晚清民国〕金天羽

一檄头风愈未能，少年才子晚为僧。
论人成败吾无暇，笑骂文章字有棱。

身世偏逢甲子雌，江湖削迹晦文词。
而今替尽初唐格，冢上山花著几枝。

（选自金天羽著《天放楼诗集·雷音集卷五》，民国十一年排印本）

① 原注：在狼山下。

金天羽（1874—1947），初名懋基，又名天翮，字松岑，号鹤望生、天放楼主人，江苏吴江（今苏州）人，祖籍安徽歙县。年十八为诸生。在家乡兴办学校，讲求实学。光绪二十九年（1903），在上海参加革命团体爱国学社。民国初年，任江苏省议员，1923年任吴江教育局长，江南水利局长。去职后居苏州。工诗文。卒后，门人私谥贞献先生。著有《孤根集》《天放楼诗集》《天放楼续集》《天放楼文言》等。

骆宾王

〔晚清民国〕连横

宾王讨武曌，大义发文章。
裴相称知士，观衡失短长。

（选自连横著《剑花室诗集》，见《近代中国史料丛刊续编》第十辑第135页，台湾文海出版社有限公司1966年版）

任华诗录

（选自彭定求等编《全唐诗》卷二百六十一《任华》，第 2902 ～ 2904 页，中华书局 1960 年版）

任华（生卒年不详），青州乐安（今属博兴）人。唐代文学家。唐肃宗时任秘书省校书郎、监察御史等职，曾任桂州刺史参佐。性情耿介，狂放不羁，自称“野人”“逸人”，仕途不得志。与高适友善，与李白、杜甫、怀素也相交接，《全唐诗》卷二百六十一录其诗 3 首，《全唐文》卷三百七十六存其文 24 篇。

寄李白[①]

古来文章有能奔逸气，耸高格，
清人心神，惊人魂魄。
我闻当今有李白，大猎赋，鸿猷文；
嗤长卿，笑子云。
班张所作琐细不入耳，未知卿云得在嗤笑限。
登庐山，观瀑布，
“海风吹不断，江月照还空”，余爱此两句。
登天台，望渤海，

① 李白：字太白，号青莲居士，人称“谪仙人”，唐代浪漫主义诗风的代表人物，被誉为“诗仙”。任华平生最为服膺李白，文风近之。明末清初屈大均曾赞“谁作长歌赠太白，任华才气真诗伯”。

“云垂大鹏飞，山压巨鳌背”，斯言亦好在。
至于他作多不拘常律，振摆超腾，既俊且逸。
或醉中操纸，或兴来走笔。
手下忽然片云飞，眼前划见孤峰出。
而我有时白日忽欲睡，睡觉欻然起攘臂。
任生知有君，君也知有任生未？
中间闻道在长安，及余戾止，君已江东访元丹，
邂逅不得见君面，每常把酒向东望良久。
见说往年在翰林，胸中矛戟何森森。
新诗传在宫人口，佳句不离明主心。
身骑天马多意气，目送飞鸿对豪贵。
承恩召入凡几回，待诏归来仍半醉。
权臣妒盛名，群犬多吠声。
有敕放君却归隐沦处，高歌大笑出关去。
且向东山为外臣，诸侯交迓驰朱轮。
白璧一双买交者，黄金百镒相知人。
平生傲岸其志不可测，数十年为客，未尝一日低颜色。
八咏楼中坦腹眠，五侯门下无心忆。
繁花越台上，细柳吴宫侧。
绿水青山知有君，白云明月偏相识。
养高兼养闲，可望不可攀。
庄周万物外，范蠡五湖间。
人传访道沧海上，丁令王乔每往还。
蓬莱径是曾到来，方丈岂唯方一丈？
伊余每欲乘兴往相寻，江湖拥隔劳寸心。
今朝忽遇东飞翼，寄此一章表胸臆。
倘能报我一片言，但访任华有人识。

寄杜拾遗

杜拾遗，名甫第二才甚奇。
任生与君别，别来已多时，何尝一日不相思？
杜拾遗，知不知？
昨日有人诵得数篇黄绢词，
吾怪异奇特借问，果然称是杜二之所为。
势攫虎豹，气腾蛟螭，
沧海无风似鼓荡，华岳平地欲奔驰。
曹刘俯仰惭大敌，沈谢逡巡称小儿。
昔在帝城中，盛名君一个。
诸人见所作，无不心胆破。
郎官丛里作狂歌，丞相阁中常醉卧。
前年皇帝归长安，承恩阔步青云端。
积翠扈游花匼匝，披香寓直月团栾。
英才特达承天眷，公卿无不相钦羡。
只缘汲黯好直言，遂使安仁却为掾。
如今避地锦城隅，幕下英僚每日相随提玉壶。
半醉起舞捋髭须，乍低乍昂傍若无。
古人制礼但为防俗士，岂得为君设之乎？
而我不飞不鸣亦何以，只待朝廷有知己。
已曾读却无限书，拙诗一句两句在人耳。
如今看之总无益，又不能崎岖傍朝市。
且当事耕稼，岂得便徒尔。
南阳葛亮为友朋，东山谢安作邻里。
闲常把琴弄，闷即携樽起。
莺啼二月三月时，花发千山万山里。
此时幽旷无人知，火急将书凭驿使，为报杜拾遗。

怀素上人草书歌[①]

吾尝好奇，古来草圣无不知。
岂不知右军与献之，虽有壮丽之骨，恨无狂逸之姿。
中间张长史，独放荡而不羁，以颠为名倾荡于当时。
张老颠，殊不颠于怀素。怀素颠，乃是颠。
人谓尔从江南来，我谓尔从天上来。
负颠狂之墨妙，有墨狂之逸才。
狂僧前日动京华，朝骑王公大人马，暮宿王公大人家。
谁不造素屏？谁不涂粉壁？
粉壁摇晴光，素屏凝晓霜，待君挥洒兮不可弥忘。
骏马迎来坐堂中，金盆盛酒竹叶香。
十杯五杯不解意，百杯已后始颠狂。
一颠一狂多意气，大叫一声起攘臂，挥毫倏忽千万字。
有时一字两字长丈二，翕若长鲸泼剌动海岛，
欻若长蛇戍律透深草。
回环缭绕相拘连，千变万化在眼前。
飘风骤雨相击射，速禄飒拉动檐隙。
掷华山巨石以为点，掣衡山阵云以为画。
兴不尽，势转雄，恐天低而地窄，
更有何处最可怜，袅袅枯藤万丈悬。
万丈悬，拂秋水，映秋天，
或如丝，或如发，风吹欲绝又不绝。
锋芒利如欧冶剑，劲直浑是并州铁。
时复枯燥何褵褷，忽觉阴山突兀横翠微。
中有枯松错落一万丈，倒挂绝壁蹙枯枝。

---

① 怀素：字藏真，永州零陵（今湖南永州）人。俗姓钱，为钱起之侄。自幼出家为僧，经禅之暇，锐意草书，与张旭合称“颠张醉素”，形成唐代草书双峰并峙的局面，也是中国草书史上两座高峰。传世书法作品有《自叙帖》《小草千字文》《苦笋帖》《圣母帖》《论书帖》诸帖。

千魑魅兮万魍魉，欲出不可何闪尸。
又如翰海日暮愁阴浓，忽然跃出千黑龙。
夭矫偃蹇，入乎苍穹。
飞沙走石满穷塞，万里飕飕西北风。
狂僧有绝艺，非数仞高墙不足以逞其笔势。
或逢花笺与绢素，凝神执笔守恒度。
别来筋骨多情趣，霏霏微微点长露。
三秋月照丹凤楼，二月花开上林树。
终恐绊骐骥之足，不得展千里之步。
狂僧狂僧，尔虽有绝艺，犹当假良媒。
不因礼部张公将尔来，如何得声名一旦喧九垓？

附：

观怀素草书歌

〔唐末五代〕贯休

张颠颠后颠非颠，直至怀素之颠始是颠。
师不谭经不说禅，筋力唯于草书朽。
颠狂却恐是神仙，有神助兮人莫及。
铁石画兮墨须入，金尊竹叶数斗余。
半斜半倾山衲湿，醉来把笔狞如虎。
粉壁素屏不问主，乱拿乱抹无规矩。
罗刹石上坐伍子胥，蒯通八字立对汉高祖。
势崩腾兮不可止，天机暗转锋铓里。
闪电光边霹雳飞，古柏身中旱龙死。
骇人心兮目眩瞑，顿人足兮神辟易。
乍如沙场大战后，断枪橛箭皆狼籍。
又似深山朽石上，古病松枝挂铁锡。
月兔笔，天灶墨，斜凿黄金侧锉玉。

珊瑚枝长大束束，天马骄狞不可勒。
东却西，南又北。倒又起，断复续。
忽如鄂公喝住单雄信，秦王肩上剔著枣木槊。
怀素师，怀素师，若不是星辰降瑞，即必是河岳孕灵。
固宜须冷笑逸少，争得不心醉伯英？
天台古杉一千尺，崖崩劚折何峥嵘。
或细微，仙衣半拆金线垂。
或妍媚，桃花半红公子醉。
我恐山为墨兮磨海水，天与笔兮书大地，
乃能略展狂僧意。
常恨与师不相识，一见此书空叹息。
伊昔张渭任华叶季良，数子赠歌岂虚饰，
所不足者浑未曾道著其神力。
石桥被烧烧，良玉土不蚀，
锥画沙兮印印泥，世人世人争得测？
知师雄名在世间，明月清风有何极？

（选自彭定求等编《全唐诗》卷八百二十八《贯休三》，第9335页，中华书局1960年版）

贯休（832—912），俗姓姜，字德隐，婺州兰溪（今浙江兰溪）人。唐末五代前蜀画僧、诗僧。唐天复间入蜀，被前蜀主王建封为“禅月大师”，赐以紫衣。贯休能诗，诗名高节，宇内咸知。尝有句云“一瓶一钵垂垂老，万水千山得得来”，时称“得得和尚”。有《禅月集》存世。亦擅绘画，尤其所画罗汉，更是状貌古野，绝俗超群，笔法坚劲，人物粗眉大眼，丰颊高鼻，形象夸张，所谓“梵相”。存世《十六罗汉图》，传为其作品。

时人与任华酬答诗

（选自计有功撰《唐诗纪事》卷二十二，四部丛刊景明嘉靖刻本）

赠任华

〔唐〕高适

丈夫结交须结贫，贫者结交交始亲。
世人不解结交者，唯重黄金不重人。
黄金虽多有尽时，结交一成无竭期。
君不见管仲与鲍叔，至今留名名不移。

高适（约700—765），字达夫，一字仲武，渤海蓨（今河北景县）人，后迁居宋州宋城（今河南商丘睢阳）。安东都护高侃之孙，唐代大臣、诗人。曾任刑部侍郎、散骑常侍，封渤海县侯，世称“高常侍”。卒赠礼部尚书，谥号忠。作为著名边塞诗人，高适与岑参并称“高岑”，与岑参、王昌龄、王之涣合称“边塞四诗人”。其诗笔力雄健，气势奔放，洋溢着盛唐时期所特有的奋发进取、蓬勃向上的时代精神。著有《高常侍集》二十卷。

魏休庵诗选

（选自魏林涛主编《博兴文化大观·魏休庵卷》，第 63 ～ 228 页，线装书局 2019 年版）

醉梦吟

《醉梦吟》序

野人不知为诗，每每醉后则放歌于林下，但以畅吾怀，以寄吾傲。任情率意，初不计其工不工也。然性嗜酒，有酒则无日而不醉，无醉而不歌。歌竟则已，又无交朋质其是非，其不录而遗忘者盖不知其几。兹岁之冬，酒少事暇，因检其稿之存者集而录之。非欲以示人也，一则警吾之遇此穷途不知生理而疏放若此，一则喜吾之三家村内野人有此狂兴而不浑于流俗也。但所以言酒者十居六七，又多粗拙僻谬，往往皆醉梦时语，甚有不自知者。因自笑曰：昔人有云“春城有佳句，我醉堕渺茫”[①]；又云“清吟杂梦寐，得句旋已忘”。此渺茫之所得而匪佳，旋忘之仅存而匪清者也，故名之为《醉梦吟》。呵呵……

万历二年仲冬之望后方石居者魏基书

① 此句出自苏轼《和陶归园田居（其二）》，苏诗原作“春江有佳句，我醉堕渺莽”。

村居八兴（八首）

烟草晴游

川原一望草茵长，缓步闲看过野塘。
迟日蒸烟初透暖，软风拂露不生凉。
枯藤曳久根分绿，破履踏残底带香。
自笑童心犹未已，呼朋拾取斗壶觞。

霜林晓望

起纵酸眸笑倒人，疾呼懒妇共登临。
短墙枯柳新妆粉，远野疏松总戴银。
白眼举觞向玉树，青袍滥酒自琼林。
萧骚短发今无事，翘首风前但一吟。

月窗琴韵

竹影横窗刚半枝，银蟾灿灿夜清时。
四檐静听浑无韵，一曲高弹有所思。
客子天涯同话别，骚人桥畔自吟诗。
不当惊醒松间鹤，戛戛长鸣又北之。

雪屋书声

平生爱与短檠亲，书兴无如雪夜真。
刚到黄昏即欲晓，恰经摇落又回春。
茶铛煮玉天香绕，铁砚呵银云影新。
朗吟韦编将三绝，不觉门前一尺深。

苍崖坐卧

断陇高横杨柳西，雨晴苍藓厚于席。
棋残坐话桑麻长，酒罢眠忘物我机。
禾黍风来权素扇，渔樵客至籍蓑衣。
太平时节清狂客，长日如年知不知?

绿野歌谣

数亩荒田喜自耕，离离禾黍绿云生。
浇成雨露神何爽，锄尽草莱心亦清。
送日穿云歌一曲，呼风满野啸千声。
黄昏渐觉柴门近，莫遣桑阴鸡犬惊。

树下长笛

少年琐细学长笛，叫月遏云老不知。
狂发秋霞高树下，爱临流水断桥西。
堪怜篱落梅花少，可恨关河杨柳稀。
自弄一回还自笑，夕阳孤鹜片云低。

篱边巨盏

东篱黄菊映茅庐，命子催呼旧酒徒。
啄黍乌鸡烹已烂，插筥绿蚁酿新熟。
老盆围坐欢声起，大碗飞传礼数无。
日暮那知谁是客，瞑然醉卧不须扶。

卖犊

卖犊牵犊犊不去，回头顾母两哀鸣。
柔肠几曲和声断，清泪双行望影零。
鬻子昨闻输夏税，催人又见速秋征。
天门自是绝霄壤，触目谁无父子情？

冬来瘦甚，赋此自嘲

笑傲乾坤客，凄凉草木身。
雪窗抱竹癖，灯夜动书淫。
久渴怀千里，长饥忧一心。
数茎须亦尽，辛苦为谁吟？

苦吟

觅句不着心暂归，无端物色苦相催。
霏微细雨侵阶润，断续流云拂树飞。
沽酒空怀杨柳岸，杖藜还闭竹松扉。
孤村白战暮犹力，何处人来一解危？

自　笑

自笑平生一老迂，放闲些子定何如?
明时忧虑心应碎，丽景吟哦眉不舒。
远圃雨来还抱水，短檐日落尚窥书。
甫煎薄粥供亲后，又索残灯课小愚。

林下小庐

伐木为椽结小庐，自称天地一穷徒。
功名梗断随漂泊，富贵云浮自有无。
但取人怜终妾妇，若叫我愧即穿窬。
倚窗无事看黄老，数道山妻豆饭熟。

客　来

客来客来卧茅屋，三年无鸡黍未熟。
邻村有酒无钱沽，床头空对酸浆壶。
共倒酸浆挥笔砚，飒飒风生云片片。
新词旧句两琢磨，几碗清羹粗白饭。
饭罢米绝将奈何，送君把手为君歌。
定有鬼神畏剧谈，我胡贫乏君奔波。
君不见东方一士无完裳，三旬九食犹可访。
将弹别鹤与孤鸾，莫为忍饥断来往。

晓 钟

一卧城边近晓钟，即嫌残夜苦相惊。
何如睡足山窗下，花外莺声拥衲听。

读史月下更值早秋

野卧凉多常自醒，早秋忽到更堪惊。
断云出没关心月，浅汉支离对面星。
千百万年八九刻，五十六字二三更。
二三更亦不成梦，细数林梢坠露声。

留 客

小庐每恨无人到，到此休将此意孤。
见说两番留墨客，曾无一字赠村夫。
秋高酒熟还相访，时迫钱绝那得沽?
露下林梢滴砚上，烦君暂点数行书。

南山寻隐居

休将得失较铢两，莫把枯荣数倍蓰。
天际浮云常聚散，眼前草木自参差。
深山定作猿鹤主，明月还飞乌鹊枝。
草舍烟林行坐处，素心晨夕正相思。

卜居不遂过富公祠次壁间韵

流落非关爱远游，悲凄未必皆深秋。
行过清溪到台下，始知信步下西楼。

母在城郭，兄复远离，值兹大雪，情何以堪（二首）

支吾万事人间易，调度一贫天下难。
母远於陵空仗节，兄多四海竟虚谈。
迎寒别馆双垂泪，薄暮孤城独倚门。
两地相思心正苦，不堪风雪更漫漫。

无情撩乱塞空飞，不道征人去未归。
冰砚敲开残泪冻，炉烟烧冷寸心灰。
渺茫千里鹊鸰信，嘹呖一声鸿雁悲。
愁极欲斟村落酒，还将帘下掷青杯。

丑妇吟

晓起上妆楼，开帘转自羞。
不思常避眼，徒用巧梳头。
怏怏下楼去，札札弄机杼。
谁在薄情居，吟吟闻笑语。
日暮首空回，篱落见寒梅。
寒梅开似雪，与我共明月。

明月又云埋，两下无颜色。
寂寂倍相思，含泪语花枝。
总有人相惜，只在未春时。
空房还自守，梦我梅花友。
隔帘笑我痴，何劳心自疚。
有人赋柏舟，颜色全未丑。

雨阻锦秋亭

新凉已遍地，倦客独登台。
几处云如破，千层恨未开。
雨声墙上过，暝色树边来。
欲去不能去，愁回更须回。

道出郑黄沟戏问溪水

濯足长溪水，长溪风浪多。
惊心起塞雁，回首忆松萝。
人为功名出，鸟随秋气过。
无情独信汝，忙急亦如何？

寻兄不遇书昌乐官阁

高阁叶飞频，天涯秋意深。
我来空洒泪，人去久无音。
处处闻啼雁，时时听远砧。
尔独真铁石，不起故乡心。

访会仙庵

清溪一带白石间，星晓孤琴上翠峦。
曲径斜通二十里，奇石遥待几千年。
始知眼界乾坤阔，更觉壶天日月闲。
却恨不当三月后，寻花应复入桃源。

山房至日

抱膝长吟得句新，草庐檐外白云深。
杜陵未到穷愁处，却道何人语未真？

晓山寒雾

六合云渐黑，一径雪初白。
墨扫高峰影，银合放客眉。
草木何由识，乾坤浑未开。
冥然如梦寐，迷入洞天来。

岱　岳

岱岳峰头立，兴亡感慨多。
一番新世界，万古旧山河。
井底蛙多少，天边凤几何？
日斜云四起，回首自吟哦。

俯仰轩

苍茫眼界阔多少，俯仰轩前一望初。
但向山头纪岁月，休将尘世论荣枯。
一朝太半干儿子，四海何人好丈夫？
大笑一声天地老，朗吟归去夜鹤孤。

颜神寻友不遇

他日相逢须细说，山城有兴曾乘雪。
相寻两度自空还，三十九年十二月。

有　怀

江风山月两相期，夜夜村前作故知。
风为开扉扫落叶，月来送酒上芳堤。
朗吟修竹声先起，醉舞疏松影亦奇。
但籍幽独时共赏，百年心事不须疑。

趵突泉韵[①]

好句泉边觅得无？笑而不答自倾壶。
乾坤日夜波涛涌，身世功名枝叶枯。
几向中流惊砥柱，还羞浪迹散江湖。
归欤山月光如水，阶上婆娑桂影孤。

---

① 此诗为次赵孟頫《趵突泉》韵，赵诗原文为：“泺水发源天下无，平地涌出白玉壶。谷虚久恐元气泄，岁旱不愁东海枯。云雾润蒸华不注，波涛声震大明湖。时来泉上濯尘土，冰雪满怀清兴孤。”

田家苦

莫怨清贫贫到骨，到骨清贫总是福。
只恨浊贫乱煞人，奈何日夜生愁蹙。
牌头前日唤封粮，天色微明到城域。
忍饥垂首向街行，十叩豪门九不出。
三年旧息未曾还，五月谁能便粜谷？
昨夜逃回刚入门，忽闻一片声敲屋。
邻鸡飞散犬惊惶，新来官府专催督。
凌风冒雨且须行，长绳牵去谁能阻？
荒村老幼无粮食，官仓米粟多陈腐。
犹将枯骨取膏油，皇家有目何曾触？
闻道城里富家儿，日出半天睡未足。
起来散发坐清昼，华屋高堂厌拘束。
奴婢低声问启时，一语才多骂翻覆。
绮罗珠玉满箱箧，依然也似闲忧郁。
何敢望此多财帛，何敢望此多房宇？
但得几日薄薄粥，但得几夜平平宿。
而今眼见欲流离，未知来岁康宁不？
几回流涕问苍天，天不言兮空叹夫。

愁

新愁日催促，我命欲何如？
冤蘗堪抛卷，幽笼独卧庐。
苍苍天更远，冉冉岁将除。
往事三更梦，平生一败局。
虎狼多道路，荆棘蔽阎闾。
出门时顾盼，何处赋归欤？

顾鹤亭[①]韵（四首）

老去秋来酒更熟，莫教一日主人孤。
眼前世事逐流水，惟有青山只似初。

酒伴从来认得熟，草堂连日几曾孤？
斜阳欲去还相约，黄菊坡头月上初。

闻道西村酒欲熟，葛巾头上莫空孤。
敲门夜晚君休恐，野老疏狂更胜初。

溪边曲径已踏熟，扫去荒芜松菊孤。
即遣清风邀皓月，须来相赏夜钟初。

中途慰足（二首）

日濯沧浪坐短槎，往来只在水之涯。
吟成立待林间鹤，睡醒伸开石上霞。
翠径霜寒微步月，苍苔露湿暂看花。
而今却欲劳筋骨，一践红尘莫怨嗟。

一践红尘莫怨嗟，桥边遥见杜康家。
胡床月去终堪据，野径云深肯久踏。
仗赖一生惟是汝，扶持万里信无他。
行将还倚长松下，布袜青鞋数暮鸦。

---

① 顾鹤亭：即顾槐，号鹤亭，博兴县锦秋街道西隅村人，顾忠之孙。

雪天大寒，松亭诸友偶以事出青州（二首）

雪杜柴门寒不禁，天涯望罢更长吟。
行人一过一相问，尽道青州一尺深。

裹首开扉强向东，呼朋陇上候归鸿。
不来日暮各分散，泪滴两行冰雪风。

刑房吏

飒飒西风雨未干，且将杯酒对君酣。
死生顷刻无非吏，福祸须臾岂在官？
莫遣人言半字错，须教民受一分宽。
功名到处皆通衢，何用区区误着冠？

莫嫌迟

莫嫌迟，痴儿索饭牵衣啼。
汝母舂粟北邻去，崖根枯草与汝拾。
拾得一挟急取水，汝母作粥归来疾。
汝不见西家汝兄脸上骨，东家汝伯腮边皮。
连日不闻来觅火，至今想是皆乏食。
幸有粥，莫嫌迟。

（阙题）

凉风凉风吹我急，破屋机杵空倚壁。
丑妻拙绝复四乳，抚育劳劳罢纺织。
我思古昔多贤哲，穿结悬鹑曾不惜。
自分我才领天意，浣补残衣休叹息。
得不冻死亦足矣，得不饿死亦足矣。
且如冻馁亦何逃？但使我心无拂矣。

代人和李公喜诸生植树于迎秀门外（八首）

高轩几度过门墙，草色山光顿觉祥。
凤沼龙池分铿影，夭桃繁李借阑香。
百年卓尔冰霜节，一掷铿然金玉章。
捧读令人心易醉，几回欲和独仓皇。

当年每恨倚苔墙，喜得而今景色祥。
绿绮轻沾云叶润，乌纱常带露华香。
闲挥月兔霜毫客，巧夺天孙霄汉章。
往往来歌有丽句，愿将述作润吾皇。

常自区区苦面墙，那期墙外更多祥？
分来文笔连天色，移下蟾宫和露香。
玉树笼霞揭绣彩，碧溪淘月洗金章。
驰驱六辔知何日？原隰闲看华正皇。

薄雾轻云覆苑墙，一花一木亦生祥。
东风细送三春雨，南陌长吹十里香。
生物而今自寂寂，化功如是何章章。
他年巨室求梁栋，还借工师喜上皇。

绿水桥通素帝墙，新来万物为呈祥。
松篁月冷龙蛇走，桃李风和锦绣香。
欲附冥鸿游碧落，须追司马纵词章。
河东赋罢聊相慰，行看吹嘘到我皇。

楼外高峰过女墙，不教文笔擅天祥。
濯濯素信非山性，冉冉忽闻满地香。
红杏碧桃先烂熳，倚云和露遏平章。
春来风雨元宽阔，寸草还须报圣皇。

水边山下旧宫墙，可喜年来蔼瑞祥。
醉客心神薰国色，逼人襟袖透天香。
忽从凤沼迷花柳，疑退鸳行绕建章。
却笑东风吹不醒，直须白日到羲皇。

谁移春色近城墙？染绿舒红满眼祥。
麓下有时闲纵步，河阳无处不生香。
三年大造深风雨，百尺长材失豫章。
更与吾侪要约定，椒浆桂酒事东皇。

捕蝗（二首）

大儿呼道得飞蝗，小子趋来喜欲狂。
更得野人无一事，烟芜斜日笑相将。

捕罢归来女自煎，煎熟明月正中天。
一壶淡酒深相慰，捕翅山妻立膝边。

俚言戒酒

一醉酒十壶，十壶钱一百。
百钱五斗粮，半亩丰年穑。
数口饱旬余，胡为灌茅塞？
不念两兄家，无衣眠不得。
更有忍饥男，读书窗下黑。

真　知

尽吸酸浆饭，聊挟敝布衣。
开门趋稚子，取杖走山妻。
问予将何往？寻人共论诗。
风来草岸上，日挂烟林西。
好鸟接音响，佳禾舞化机。
半寒复半暖，如醉更如痴。
阔步踏芳软，开颜脱是非。
予怀良不浅，谁谓能真知？

和李公游湖

碧天云散水痕收，百里清辉接素秋。
俟在冰湖斟玉液，野人相告更相讴。

得三子

我年三十六，自有两儿郎。
大者八年高于腋，小儿六岁及心长。
不识南北与四五，饭饱绕道追蜣螂。
呵去呼来颇快意，荷锄向野先趋跄。
午来田畔忽闻渴，奔还各自提壶浆。
壶浆在手口呼急，有孩啼哭在娘床。
野人问罢向空拜，大笑挥锄喜欲狂。
到此琴书将有托，他年兄弟岂无良？
彼苍茫昧不可见，洒泪风前心更伤。
在昔先人亦自喜，岂知今日亲开荒？

走笔寄胡少湖

故人千里乍归来，况此多时间阔哉？
苦欲灯前斟玉液，愁将冰上走芒鞋。
逢人暂且捎书去，过雁还教带帖来。
京国兵知何日退，太原围定几时开？

寄敬斋

忆昔二十上下年，我贫透骨君颠连。
忍饥相对坐长日，笑谈谁复见愁颜？
后来彼此渐分散，一日二日即相见。
有时得酒相呼饮，君唱我吟殊不厌。
只今踪迹久西东，相思往往歌长风。
寻君对君语未绝，君已不应寻周公。
周公可寻还已矣，美酒将来全不吃。
欢声笑面斩然无，垂首结舌惟大息。
三十四十是壮年，数君之岁三十七。
三十七岁已如此，后此相逢吾不识。
君乎君乎善自持，见君之日休愁戚。
莫使严光敛足再逃回，祖逖中宵不敢踢。

冬夜大风（二首）

风声何大恶？只在屋西号。
月敛愁光落，星垂疏影摇。
满床竞唧唧，一室倍萧萧。
釜底应成冻，明晨缺桂烧。

野老起阖户，痴儿卧索袍。
勍霜穿病骨，利雪剪颠毛。
万里知凝海，三层莫卷茅，
晓看庭树上，失却旧乌巢。

孙昆岗过草庐

可为昆岗惜，高才不读书。
骅骝迷道路，沟壑困龙鱼。
远步兼冰雪，长吟到草庐。
予怀敢不吐，须破五车余。

元宵忆在城诸友

层层心事不须言，独立空阶倍惨然。
几个故人相见少，碧天清月向谁圆？

恶俗（四首）

只作衣食计，营营俗杀人。
学而宁得禄？耕也固长贫。
天已裁度久，人空机械深。
浮云容易散，贻笑到如今。

少年仗气节，长岁纵疏狂。
日月抛三窟，乾坤醉一场。
风霜甘自分，沟壑竟谁忘。
底事翻锁锁，牢牵妻子肠？

不道财犹腻，却言义取钱。
求来竟不得，失去即如闲。
造化知谁弄，男儿当自坚。
试看金谷水，更望首阳山。

治生拙更好，营利智还愚。
心力余多少，箧囊落有无。
梦如曾得鹿，羊去亦读书。
名节终堪惜，衰残莫遣俗。

存没吟　赠王氏双节

一门双节近绝无，千古真如几丈夫。
箕子比干同报主，程婴杵臼竟存孤。
霜消远照山阴雪，兔没高飞海上乌。
晓起登高遥北望，寒威清辉过薄姑。

送人之济南

绿杨如线草如茵，携手凭君语最亲。
天际轻云含细雨，溪边浅水见纤鳞。
两行别泪征鞍簇，一曲离歌樽酒深。
此去匆匆何所告，莫将一掷轻南金。

拾　桑

弱男九岁女十一，乃父只今三十七。
父最无能子女贫，相与拾桑遍原隰。
原隰草长多露华，破履残裙泥半湿。
海日高飞饥复疲，无力携筐不敢泣。
假如此是他人儿，男可读书女可饰。
汝伯汝父汝诸姑，菽麦长年犹未识。
岂知娇惰非良谋，中道田园甘弃掷。
祸福曾来见不真，食力宁贫吾不耻。

送歌儿王尚质

强扶衰谢自耘禾，何物能消一曲歌？
醉客醅香三月尽，侵人菜色四邻多。
啼饥最苦天方永，号冷初休日始和。
总对阳春听不得，行云放去暂如何？

寓京师

九月不堪三十日，客身更搅别离心。
山长水阔愁人语，绿酒青樽忍自斟。
泪落远空飞一雁，魂销隔壁动双砧。
明朝旧陇堆残叶，谁与壶浆奠两亲？

闻县尹呼为贱役（二首）

韩柳文章李杜诗，苦心何日一酬之？
无缘折得月中桂，有恨催成鬓上丝。
日暮惊猿依旧窟，霜寒饥鸟恋空枝。
而今若教频拘唤，便是倾巢射宿时。

少年自唤谪仙来，老守衡茅实可哀。
绿耳岂能学捕鼠，青萍争得用缝鞋？
死排帝阙陈薄命，生傍侯门愧不才。
遥望海天何空阔，欲挑书剑过蓬莱。

盘　香

一线盘旋几十层，袭人不断暗香凝。
有时残雪梁间落，彻晓孤星栋底明。
丹灶偏依山脚立，茶烟常向塔心腾。
漫漫长夜同耿耿，起借清光上短檠。

除　夜

薄衾微冷彻未眠，夜半宁知又一年？
杳杳音绝鸿雁塞，寥寥影散鹡鸰原。
残骸自许栖颜巷，老泪无由洒舜田。
心事到今酬不得，只合早办杖头钱。

戏作酒相思

酒徒连日不得饮，坐立不安睡不着。
伏枕倚枕夜千遍，入门出门昼百遭。
神魂已散身躯在，言语才闻心肺焦。
笑杀老妻频问道，黄金失去几十筲？

不　寐

窗外鸡啼第一声，孤眠辞客早先醒。
满腔不耐俗缘扰，一掬何曾夜气清。
苦饿苦寒十口累，求名求利两心争。
彼苍见在作张主，错遣星星白发生。

催　租

催租人至妨诗兴，自是催租当若何？
一点好胸襟丧尽，半生浊世事缠多。
愁深花鸟今全未，闲觉星辰且漫过。
摆脱红尘应有日，白云掉臂一高歌。

不　乐

形骸渐渐觉清羸，此后悲欢定几回。
错教风霜凋鬓发，悔将日月蹙心眉。
箪瓢远矣贤乎我，环堵萧然歌者谁？
一句丁宁频自语，生而不乐何人为？

和初对竹登泰山

仙风扶过碧云端，恍是当年到广寒。
遥听呼声出倒石，速催诗思泻鸣湍。
九重高幕天三尺，万里长河线一蟠。
眼底分明天下小，几回长笑捻须看。

忆游泰山

当年自笑最无端，破衲穿云犯晓寒。
蓦地狂怀高似岳，惊人新句速于湍。
鼋鼍乌鹊高而下，虎豹虬龙踞复蟠。
遍踏怪石收物色，碧霞横障不教看。

自　筹

凡事无人须自筹，如今不是少年流。
得食心快堪停箸，遇酒喉滑可住瓯。
不织粗衣休厌破，无耕荒地敢言收？
功名富贵终身客，福分生成未可求。

穷途送客

劳君联袂款柴扉，衰草寒林亦焕辉。
百里风沙深为我，半生贫贱肯求谁？
留连未久归心切，笑语翻成别思悲。
无以报君惟送远，离歌一曲泪双垂。

怀晴川王师[1]（二首）

平明悄悄立门墙，童子低声候寝堂。
清梦日高应睡足，浮云天外自飞忙。
隔墙呼酒留人醉，阁笔搜诗愧我狂。
最是不堪明日别，江东渭北久茫茫。

---

① 王晴川：即王汝翰。康熙六十年《博兴县志》卷之七《人物志·乡贤》："王汝翰，字晴川，由贡生任真定府晋州学正，其训士也，以孝弟忠信为本，时与诸生讲经课艺务发圣贤之奥义，宗先正之程式，成人小子咸沐教泽焉。捐俸以济寒士，赐额以旌节妇，风化攸关，尤教职之卓卓可称者。"

茫茫渭北与江东，回首云山空更空。
百岁几回容作客，一方那个得如公？
清吟勍接少陵敌，痛饮高分太白风。
谁道野人情思少？出门终日倚长松。

子蝗谣

蝗能飞兮蝻有足，蝗可驱兮蝻可捕。
虫灾最苦是子蝗，不跃不飞食尽谷。
天地何心降不祥，苍生何故深无福？
一年活计尽于斯，坐守枯禾相对哭。
一回哭罢一回惊，明朝又是逼秋征。
此身早晚受狼狈，薄田荒废谁锄耕？
博兴数社七十六，社社村村哀怨声。
闻道官衙方庆贺，嘉谷瑞莲相并生。
莲谷并生能几何，何如四野子蝗多？
假若载与官衙去，万马千车百骆驼。
子蝗子蝗固无数，害死黎民官不顾。
谁人肯献子蝗谣？以续瑞莲嘉谷赋。

候云谷[①]赏菊不至，就韵答之（二首）

菊花真道不须开，佳客将来竟不来。
无分刚肠沾竹叶，堪羞虚爵对尘罍。
王弘劳我遥相望，山简何人更一催？
十日蝶愁人亦老，从今总是过时杯。

报道书回一笑开，谁知和闷带将来。
荒寒须寄诗千首，梦寐难凭酒一罍。
落叶满林风更急，残花压径雨犹催。
美人何处贪歌舞？日暮欢呼不放杯。

和牛山谒管鲍墓韵（二首）

暑雨初晴爱远山，杖藜徐步乱云间。
一原草木埋荒冢，百里烟霞护晓寰。
民到于今称管鲍，客来何处拜容颜？
几人当世称知己，谁肯相将序鹭班？

青山遗庙肃宗臣，伏蜡千年走后民。
鱼水遭逢亦霖雨，金兰交契失松筠。
兵车冠盖沉埋久，野草牛羊感慨频。
莫怪古人曾洒泪，元来此地易伤神。

---

① 云谷：即顾龙山，详见第 27 页《奎山种树》作者小传。西隅顾氏为博兴望族，其三世顾玉始光其门。魏休庵与顾玉曾孙辈年纪相仿，多有来往。据《顾氏族谱》，玉有三子，曰友、言、忠。据魏休庵存世诗文，他与顾言之孙连璧、合璧曾于嘉靖三十七年（1558）乡试同时应考，与顾友之孙龙山（云谷）、顾忠之孙槐（鹤亭）也多有诗文唱和。

临淄怀古

细路走城根，高低复萦曲。
无复往来人，遥见逃亡屋。
千载到今朝，高陵化深谷。
何处衽连帷，谁云车击毂?
牛羊草木场，陵寝英雄骨。
繁华如梦寐，玉石同朽腐。
谁谓老渔樵，沧海渺一粟。
落日背西风，徘徊叹不足。

寄蒲萄（二首）

可爱西戎果，曾随汉使槎。
何年盘上苑？今日满贫家。
酒后消醒药，吟余润渴茶。
野芹犹欲献，况此味清佳。

满架秋新熟，群儿禁莫伤。
玄珠垂浩露，紫玉带轻霜。
清冷疑冰水，甘滑失蔗浆。
江梅同气味，君试和羹尝。

不乐

古人贵贫乐，吾岂多愁思？
大有不乐事，古人未遇之。
陋巷称其贤，饮水本吾师。
当其箪食日，或是曲肱时。
催差门外至，大叫惊妻儿。
釜甑无余粟，机杼绝纤丝。
索钱横不已，此际欲何支？
将欲咎不勤，岁歉勤何资？
将欲咎不俭，赋重俭何施？
已勤亦已俭，皮骨乏膏脂。
营求素所耻，一一读书诗。
鄙吝素所贱，时时窃叹咨。
不求复不吝，生理良参差。
男儿既白发，樗散摧枯枝。
朝夕难为谋，况可问来兹。
古人不可见，非敢论雄雌。
彼苍高且远，胡为一听斯？

雨宿龙桥别业（二首）

动地风雷薄暮天，草堂檐外雨飞泉。
绿琴白酒青灯下，更得龙桥对榻眠。

对榻闲眠兴最清，高谈半夜骨毛轻。
朝来一事微相恼，客自如泥主自醒。

自警（五首）

一滴之酒几粒米，无事不忍弃于地。
不饥而食不渴饮，与弃于地者何异？
弃之于地且无伤，强饮强食反作殃。
从今但遇美饮食，请无忘此新诗章。

被人一挞即大怒，破产亡家总不顾。
何事寻常不自惜？甘心忍死恣情欲。
情欲一恣万事消，太山之体轻鸿毛。
始信枕席比利剑，不若挞之于市朝。

被人一骂作禽兽，拔刀仗剑相争斗。
及视平生所历履，比禽比兽全无谬。
一骂原来未是真，自是时人多昧心。
请君清夜深思省，不若从今莫辱身。

西子微蒙不洁物，掩鼻过之不一顾。
耳聪目明皎皎身，甘处下流不自悟。
下流一落人尽嫌，天下众恶皆归焉。
不洁一时犹可洗，且恐一臭将千年。

衣取蔽体食充饥，不饥不寒即已矣。
心颜舒泰事光明，恶衣恶食何足耻？
食比鸩毒衣作灾，口体矜夸何陋哉？
须知造化无差失，饥寒亦且双眉开。

洋　水

洋河水绕青州城，南北交流不暂停。
万壑千岩出派远，溉花灌柳散波平。
富公祠内声尤咽，范老泉边色更明。
正是洋洋遗惠在，尘缨未可涴清泠。

淄　水

潺湲淄水明齐都，石子磷磷逐浪铺。
尚父丝杆一钓得，易牙鼎俎再尝无。
依依东去市朝变，濯濯南临草木枯。
俯仰中流成一慨，黄金横带近何如?

乐安醉归寄张少渠

俗事相牵暂入城，半城相笑半相凌。
衣沾太古尘三尺，貌染空蒙雾一层。
言语逢人和梦应，往来穿市履空行。
无端大扰高轩酒，醉卧南山未觉明。

诗狂道士歌

诗狂道士非真狂，壮怀感激难伏降。
有时大叫烟霞底，有时豪吟花鸟傍。
往来险觅青山紫，反复穷搜白日黄。
非与陶谢争颉颃，非与李杜参翱翔。
自是有神暗鼓舞，不然余兴何苍茫。
岁月无情老将至，宁知呕出肝与肠。
忆昔少年常落魄，至今夙抱成荒凉。
点瑟颜瓢竟尔尔，周情孔思徒遑遑。
万事过眼蔼苍狗，百年转首忽黄粱。
且喜一身颇壮健，况复四海方虞唐。
女嫁男婚业已了，天高海阔将长飏。
一砚一笔一残卷，一瓢一杖一空囊。
朝立高峰题怪石，暮濯倦足歌沧浪。
业缘自笑何时歇，福分终知无寸长。
点铁炼石浑不解，凌云跨鹤永相忘。
已付形骸与天地，傍人无复问行藏。
诗之狂兮只诗狂，狂诗之外无毫芒。

纳　凉

闻道新秋至，微风便飒然。
解衣杨柳下，洗足芰荷前。
鱼傍青蒲戏，禽依红蓼眠。
却来尘世外，又得片时闲。

饮昌邑葛氏园

撑霄台榭立崔嵬，狂客初登笑作雷。
绿柳阴浓红杏谢，碧桃花放紫荆肥。
一空云物诗怀阔，两袖天风酒力微。
莫向海棠枝下过，不堪芳蕊正低垂。

和昌邑令崔百源[①]《赏瓶杏闻擢报》韵

花绕河阳重迭生，夭桃秾李摇繁英。
更向芳林折红杏，胆瓶斜插含深情。
遥念红香分上苑，倚云高下曾辉焜。
雨泽偏随地角长，露华不厌天涯远。
晓日初悬岱岳东，一枝灼灼撑晴空。
醉脸朱衣两相映，川原习习披春风。
春风披拂通幽闼，民愠民愁一旦豁。
只教击壤日熙熙，无复书空时咄咄。
春风来并薰风来，杏花开映棠花开。
绿荫喜驻青骢马，紫泥忽下黄金台。
声传海宇惊空谷，停歌罢舞推棋局。
已戒甘棠勿剪伐，更拥行旌献醽醁。
醽醁重斟生二毛，难追丹凤青霄翱。
青霄丹凤一何远，瞠眸转恨黄埃高。
黄埃高遮惟涕泗，何时一得鳞鸠至。

---

① 崔百源，即崔斗瞻，字文起，号百源，河南辉县人。万历八年(1580)庚辰科进士，仕至四川布政司参议。万历九年(1581)任山东昌邑知县。

应知四海仰澄清，袖拂秋霜揽孤辔。

雨阻孤寺怀酒

三月残春只自怜，一天新恨向谁言？
莺花寂寂野人老，风雨潇潇古寺寒。
乌有孔兄交已绝，青州从事见应难。
何由一报苏司业？此际真堪惜郑虔。

散曲集

玉芙蓉·话别

今霄檐下居，明日天涯去，拂龙泉短叹长吁。浮生总是河桥絮，光景原如屋隙驹。想思处，传书寄书，饱加餐，还聚首，老桑榆。

朝元歌·乐四时（一组五首）

初春晚春，万花飘红粉。爱春喜春，满目逞云锦。和风旭旭，笑乐偏趁，劝君把闷怀洗尽。为甚劳心？世间是非再休问。林中听鸟音，河边钓鲜鳞。芽韭嫩笋，就着酒把春景谈论。

初夏晚夏，霖雨滋禾稼。爱夏喜夏，曙色堪描画。熏风炎炎，凉亭戏耍，劝君把闷怀休挂。且自欢洽，世间是非任随他。小小嫩黄瓜，细细娇豆角。醋蟹油虾，就着酒把夏景说罢。

初秋晚秋，物物皆成就。爱秋喜秋，件件多秀溜。金风飒飒，清凉时候，劝君把眉头休皱。且自优游，世间荣辱一笔勾。寻一回知心友，唱一回小梁州。咸瓜淡藕，就着酒把秋景说透。

初冬晚冬，瑞雪拥玉岭。爱冬喜冬，暖阁傲寒冷。朔风萧萧，红炉陪烘，劝君把愁眉断送。为甚营营？世间荣辱再休听。老妻拿火笼，稚子将盅擎。兔鲊鱼冻，就着酒把冬景戏弄。

【后带清江引】一年四季共八节，每日去堕业，未见百岁翁，要做千秋客。笑人生，忙迫迫，何时住也？

折桂令（二首）

细评论当世英雄，好便似阿瞒流亚，盗跖行踪。每日要人人钦仰，个个畏服，家家遭兵。恨一恨恶似虎狼，怒一怒威如神龙。这也逞威风，那也逞威风，有一日运去时衰，猛可的地裂天崩。

细评论当世喂浓，好一似看着喑哑，问着痴聋。每日家身像卧薪，口似尝胆，足如履冰。待举步敛足难行，待张口忍气吞声。这也奉承，那也奉承，有一日运转时来，猛可的百样峥嵘。

水仙子·闲题（二首）

知几休挂绮罗袍，守分闲栖云水巢，长生那有蓬莱药？雁惊寒，鸡报晓，老催人，鬓发萧条。雪月开怀笑，风花信口嘲，怎肯无聊？

胎穷莫佩吕虔刀，骨瘦宁辞须贾袍，心痴不使石崇钞。笨生涯，直到老，守田园，自喜清高。但得贫而乐，休题富不骄，袖手闲瞧。

水仙子·有感（二首）

欺天背地逞奸豪，昧理瞒心放泼刁，坑人利己轮圈套。暂时间，只道好，到头来，罪孽难逃。重把身躯丧，轻将物产消，早晚谁饶？

夸富斗诈不坚牢，作势拿腔怎结交？张没作有强支调。暂时间，只见好，到头来，本色难逃。最久十余日，如疾四五朝，露出皮毛。

水仙子（五首）

孤村长是掩寒门，连日何曾对酒樽，故人谁与酬新韵？日将斜，风又紧，撒瑶花，满眼纷纷。食肉终身富，贷书彻骨贫，笑死乾坤。

竹篱茅舍小柴门，茶灶琴囊旧酒樽，文集乐府新诗韵。最清幽，恰要紧，启吟眸，围绕缤纷。笔扫千军退，鲸吞万壑贫，醉里乾坤。

云林爱见小儿迎，野饭休将过客轻，尘寰懒与时人竞。倦趋炎，不避冷，尽放豪，傲友凌朋。冷落秦皇墓，凄凉汉主陵，暮霭横生。

猿鹤旧伴有情迎，富贵浮云过眼轻，功名故纸无心竞。早合迟，暖共冷，靸芒鞋，访友延朋。漉酒陶元亮，垂钓严子陵，恨不同生。

枯松敛翮未飞扬，远塞回头上渺茫，寒空望眼还惆怅。任鹏程，万里长，笑奸猾，三窟潜藏。梦绕云霄上，身栖涧壑旁，任意翱翔。

清江引·村乐（十二首）

事不如心十有九，扰扰清生受。闻知卖酒家，扯住邻人袖，去来去来不松手。

傍柳随花行处饮，早晚无拘禁。杠长紫兔毫，斗大黄金印，慢来慢来不让您。

跣足露头长懒散，往来无羁绊。鸳行彻骨寒，鹄立浑身汗，算来算来不如俺。

旋打鱼儿旋剁鲊，绿酒槽头榨。秋粮早早完，夏税全全纳，醉来醉来不怕他。

自古离多常会少，打会呵呵笑。今宵路口别，明日墙头叫，再三再三不要恼。

携手同行只怕倒，踉跄平原道。吟成信口歌，唱彻随心调，后来后来不记了。

大碗巡来谁作假？老力难帐诧。跌污醉叟袍，想起贤妻话，道来道来不是耍。

树影横斜晴日晚，说散还休散。樽前且转枚，炉内再添炭，快来快来不要缓。

桂影婆娑拂绿酒，月色明如昼。盼来八月中，攘到三更后，过来过来不要走。

月吐梅梢明的紧，皓魄抬头近。肴穷兴不穷，酒尽情不尽，坐来坐来不去寝。

野蔌山肴三四种，喜有人而共。休题红叶诗，不做黄粱梦，笑把流霞和月捧。

笑指银蟾海上涌，酒客常相共。谁知柳树林，即是桃源洞，只恐渔郎犹未懂。

河西六娘子（六首）

得笑谈时且笑谈，但聪明，不怨贫寒，闲将眼前人儿看。呀，钞多不会顽，官高不耐烦，一个知音那样难。

得快活时且快活，再休题，苦去喽啰，元来不是乐财货。呀，家私也待多，人情也待合，不随咱心怎奈何。

得戏游时且戏游，放眉儿，不要闲愁，穷达富贵天生就。呀，人人想做官，人人想住楼，使碎人心不自由。

得唱词时且唱词，放眉儿，不要寻思，难逃八个生成字。呀，春风发杏枝，秋风发桂枝，各自开花一定时。

得畅情处且畅情，故人儿，各自聪明，能顽能唱能行令。呀，东家百战赢，西家百事成，扰扰如看水上萍。

得放怀时且放怀，慢劳心，窍夜铺排，寒来暑往如梭快。呀，朝朝说聚财，年年说盖宅，没见成家两鬓白。

寄生草（二首）

戒　嫖

逞浪子言词俏，爱佳人笑语娇。来眉去眼着圈套，投河奔井迷心窍，钻冰入火淘钱钞。倾家私渐觉做人难，孽躯劳枉使良朋笑。

戒 赌

赌伎俩逢场戏，弄聪明到底痴。偷铃掩耳学伶俐，披蓑赶雨无便宜，淘米砌井难存济。好没生哭坏脚头妻，甚来由卖了堂前地。

山坡羊·自叙

勤合苦，近来懵顿。清合闲，道也有分。数年前，庄农业种。劳碌到五六旬，俺再不起名利心，俺再不入是非门。渴饮饥飧，冷向火，热寻阴。大伙们、耍笑讴歌也，那管他贵与贱、富与贫？听音，邀知己把酒循，听音，愿人生百个春。

朝元歌·自叙（四首）

一朝两朝，渐渐催人老。今宵明宵，堪堪黑发少。少壮无多，倏忽过了，屈指数六旬将到。为甚徒劳？俺且待乘壮健耍几遭。踏青唱采樵，遇酒饮几瓢。及时行乐，只落的晚年耍笑，晚景欢笑。

情多兴多，酒债不缠我。心和意和，醉乡无处躲。一味安闲，且学洒落，急早把愁城打破。莫惹风波，俺且待乘壮健耍几合。逢善念弥陀，遇恶且藏躲。世态凉薄，挽住船看风倒舵，随风摆舵。

松边竹边，随处去盘旋。花前柳前，任意且消遣。玉兔东升，霎时西转，渐渐把容颜偷换。为甚熬煎？俺且待乘壮健耍几年。西河把钓竿，东郊铺草眠。牧童相伴，随着俺沿地玩遍，沿地耍遍。

山交水交，境趣非狭小。渔樵采樵，乐处谁能晓？地为铺毡，云作伞罩，天设就锦屏围靠。触景逍遥，世间荣辱一笔扫。荒郊采野肴，林坡摘碧桃。名利虽少，灾与祸从古不到，至今不到。

驻云飞·观棋有感（二首）

世事如棋，两将相雠列阵局。兵卒为前势，士相运谋计。嗏，炮放独成奇。车行直前，马到当心，叫你主帅难回避。懊悔当初下这棋。

世事如棋，两将愤恨重整局。兵卒倍气力，士相更谋计。嗏，炮放另逞奇。车直闯去，马逢卧槽，也叫他主帅难回避。俱悔当初下这棋。

醉太平·闲题（四首）

驱轮骤马，列府排衙，前呼后拥敢喧哗？但冲突便打。论黄数黑多欺诈，操矛贯甲耽惊怕，重茵列鼎太奢华，无心羡他。

争多竞寡，斗口磨牙，天生拙钝不如他，且妆聋做哑。披云冒雨耘禾稼，烹鸡酾酒迎伏腊，依山傍水卧云霞，从人慢咱。

披襟散发，傍柳随花，相逢只解说桑麻，问其余倦答。溪山爱写王维画，行藏倦卜君平卦，寻常但煮玉川茶，随人笑咱。

和雪卧榻，冒雨耘瓜，竹篱茅舍老生涯，钓鲜鱼剁鲊。开樽乐与邻翁话，闭门莫惹时人骂，潜头免受上司罚，何人犯咱？

桂枝香

目击时变，人人多难。为甚着利锁牵缠？早该把名缰顿断。凡事徒然，凡事徒然。将闷怀须卷，笑颜须展。坐立林皋下，寝睡卧榻边。

桂枝香·富贵贫贱（四首）

富

楼台相向，田园相望。管弦高昼永筵排，灯火乱更阑筹唱。金钗几行，珍羞一丈。风摇树损，财聚人亡。分明百岁难随去，何苦千方自受忙？

贵

为卿为相，为侯为将。摆列成锦绣前程，簇拥就天仙模样。潭潭府堂，层层风浪。十年抱虎，一旦亡羊。曾闻补漏从前事，莫等临崖第二场。

贫

箪瓢如故，莱芜何虑？怎生如王恺颦眉，那肯向石崇学步？清风草庐，白云蓬户。随时过遣，一会踌躇。他常居怨府愁多事，俺大解吟囊乐有余。

贱

林泉人物，渔樵活路。总休提显要扶持，也不被权邪嫉妬。平生坦途，闲来徐步。终年最喜，一事全无。他楼敲四鼓朝犹晚，俺日出三竿睡正熟。

朝元歌·劝世自叹（四首）

花遮柳遮，何处莺啼者？琴携酒携，小径人来也。野蔌微陈，山肴选啖，几盏松醪重热。老却豪杰，回头百年一梦蝶。红日照林斜，清风送客别。离情唱彻，转笑他虎溪莲社。

云耶雨耶？一片浓阴结。琴耶瑟耶？几度寒泉泻。白发吟人，红颜醉客，来往青藜闲拽。林壑横斜，尘岁喜无一字惹。老兴更奇绝，凡心尽打迭。柴门闭也，寂寞然竹篱茅舍。

黄蝶粉蝶，舞过邻家也。龙穴虎穴，锁住长安者。美景难留，闲愁自惹，负了良时良夜。枉作豪杰，如蝇一团苦恋血。即渐鬓毛别，行将伎俩竭。浮名快舍，眼错也柳残花谢。

狂些要些，岂算庸常也？愁些忙些，不是明达者。瞬息韶华，倏忽过客，何须迎求狼藉？恢谐和协，词徒酒徒不暂舍。雪昧冻云迭，林深晚籁绝。豪吟快写，喜更有一炉红叶。

仙子蟾宫·玄川徐师①迁庆云令，恤饥救寒，大得民心，作此贺之

绝尘迈世屈原词，忧国怀君杜甫诗，离凡超圣羲之字。是西齐徐太史，斗山高想见平姿。小试屠牛刀，初临制锦诗，守冰壶静理桐丝。

守冰壶静理桐丝，却遇着远近饥荒，昏晓嗟咨。寒饿关心，唬号在耳，抚字劳思。旌美政频驰驿使，励清操每念民脂。万户同词，百事无疵。即立生祠，共祝吾师。

---

① 徐玄川：即徐安，举人，曾任博兴教谕。康熙十二年《博兴县志》卷三《职官志》："徐安，平山卫籍，莘县人。"民国二十六年《莘县志》卷四《选举志·文举人》："徐安，字玄川，隆庆丁卯（举人），历任山东博兴县教谕，直隶沧州庆云、迁安等县知县，升刑部郎中，陕西延安府知府。"光绪二十六年《庆云县志》卷二《职官志》："徐安由，平山县人，举人，万历十四年任。"所谓"安由"，当属误记。民国二十年《迁安县志》卷九《职官》："徐安，山东平山卫举人，（万历）十五年任。"则徐氏任职庆云仅万历十四年（1586）一年，则此曲应作于此年。

懒画甘州（二首）

叫云捉月一狂夫，岂料全凭拄杖扶，岁寒寥落守茅庐。乍闻老伴来相访，速向柴门一笑呼。茶将熟，粟将熟，殷勤自作玉川奴。黄花畔，淡酒壶，磨跎细说太平图。

灌园耕地一贫农，野传闲书颇爱读，禾黍成就老庄熟。百年万里华胥境，一日三生草芥夫。闲时候，量有无，浊醪香比桂兰壶。零杜诗，剩酒徒，黄鸡唤作凤鸾雏。

醉太平·写恨（四首）

明明的轨法，好好的人家，天生几个死顽滑，半惺复半傻。饱时几回皮毛乍，饥来百样轮头大，望着一阵脑浆麻，险些儿叹杀。

祭天有义獭，报母有慈鸦，羊羔跪乳雁行斜，都有些样法。着衣着帽伤风化，不忠不孝为豪霸，无廉无耻常撑达，险些儿愧杀。

蹊跷跷弄法，絮聒聒磨牙，纷纷扰扰眼睛花，是真实是假？人人处处图粘抹，年年月月怀欺诈，时时刻刻纵奸猾，险些儿恨杀。

跨秫秸当马，倚树影排衙，张没作有死杈槎，似孩儿戏耍。看来好一个虚笼架，听来那一句实牢话？算来只一味戏魔咱，险些儿气杀。

劝世

人生在世，能待几日？人有四件不醒，贪恋酒色财气。越贪越迷，无常谁替？光阴似箭，七十人稀。

沈醉东风·自慰（三首）

无考较诌搜汉子，不操持颇喇家私。微闻诗礼言，略识庄农字，恶衣服喜遇明时。白首荆妻黄口儿，小可得何曾到此？

书笔砚闲铺半榻，妻子女共守全家。曾陪佳客游，幸免时人骂，更清白不见刑罚。冷盖芦花潟煮茶，红日出三竿睡煞。

头裹的是山中竹箨，身披的是沼面新荷。情闲日月放，心宽乾坤大，况清平世界正堪歌。对流水高山笑味多，早醒悟莫漫蹉跎。

仲秋赏月（一套六首）

【步步娇】仲秋佳节长堪羡，个个皆欢忭。万里息风烟，满目红霞，一天星斗现。冰轮半空悬，此夜多灿烂。

【折桂令】贺良宵设列杯盘，邀几位酒友诗俦，两两三三。置的是野外鲜芹，园中蔬菜，别无肴馔。起初时细细浅斟，也须索漫漫酬劝。安排着投壶，准备行令开拳。红炉中疾忙添炭，提壶的急速靠前。

【江儿水】小盅才饮过，大盅定要干，诸般要乐总无限。挨次循来还嫌笨，对门相换何稀罕，兴来时难排遣。渐渐的忘分忘怀，越越的撒狂撒颠。

【雁儿落】一个家爱执骰去数点，一个家要枚马去猜拳，一个家爱你饮我便唱，一个家爱捏鼻去挤眼。呀，一个家爱梢头结大瓜，一个家爱两家去让盏。今宵，灯和烛不用点，有明月共相圆。喜欢，贪歌舞恐夜短，乐更长懒待眠。

【得胜令】沽美酒情还恋，醉东风腰力软。脱布衫无拘束，皂罗袍也不穿。普天乐任耍玩，孩子势也由俺。五更转还不散，醉扶归尚绵缠。

【尾声】玉盘渐渐落西山，醮楼堪堪将住点，彻夜讴歌将月圆。

剔银灯（四首）

论年华而今七旬，傻先生那件如人？无能无才无学问，大小事极该笑忍。在陈也无劳怨贫，只酒是十分要紧。

论年华而今七十，说行藏一味胡迷。全然不会求名利，有一事微微自喜。顺题去话儿凑集，一笔下直挥到底。

到而今其实可怜，百般儿不似昨前。毫厘怎遂平生愿？也不是时乖运蹇。自然处谁能万全？不足处还该自遣。

念咱们原来不才，强支持老瘦形骸。精神那有些儿在？指不定明年后载。去来见阎君诉开，好教俺神驰四海。

醉太平·辞世

万千般罢手，八十载临头，无荣无辱复何求？念平生故友。诗书好处曾穷究，琴樽雅□都消受，阎王尊命敢迟留？叫一声就走。

集贤宾·谱外自慰（五首）

物情时态可暗晓，看寒梅繁李秾桃，放早元来还谢早。正当时少逞妖娇，谁能自保？未逢时权守寂寥，何曾暗老？告先生休攘休劳。

投闲独坐老树底，幸而今全体无疾，来往流云一似洗。破寂寥陶柳文集，淡而有理；话晴阴鸡黍筵席，廉而可喜。劝先生要晓便宜。

逢康逢太且共喜，喜咱每疏散谁及？睡足床头红日起。比终朝饥损夷齐，未贫如洗；比三旬去早颜回，六十有九。乐余年更复何疑？

时时日日喜喜喜，喜人人整整齐齐，往往来来你你你。爱花花草草离离，桃桃李李；听声声巧巧奇奇，虫虫蚁蚁。笑吟吟咏咏题题。

朝朝暮暮恼恼恼，错辛辛苦苦劳劳，要要玩玩好好好。乱纷纷摆摆摇摇，花花草草；闹吵吵寂寂寥寥，莺莺鸟鸟。笑吟吟去去瞧瞧。

驻云飞·劝酒（二首）

玉酒琼浆，一度巡来一度香。展开江湖量，脱落凡俗样。狂，不用问行藏。山河闲旷，风景清和，柳嫩花无恙。草舍柴篱即醉乡。

玉液金波，一度巡来一度歌。竹下和云卧，柳外笼烟坐。哥，不醉将如何？良时闲过，捻指梅开，转眼桃李落。几夜清霜两鬓皤。

傍妆台·和刘（二首）

伴渔樵，一竿一笠怎辞劳？来回看兔魄，名利脱鸿毛。有时访药云山晓，几度随琴草径遥。垂杨柳，古木桥，两三茅舍一旗摇。

伴渔樵，一攒林下结团瓢。篱环红药圃，门对碧江潮。梅下竹边宜歌咏，雨去云来可画描。黄花酿，紫蟹螯，蓑衣不换锦征袍。

耍孩儿·寄台山

天涯一望青山小，玉人何处游遨？想而今酒前兴豪，知谁相爱相交？咏离怀写残兔毫，别来明月几回高？月高月转人远遥，云树苍苍，雁鸟寥寥。

画眉序（四首）

渔

冬雪罩渔舟，渡口溪头任夷犹。爱金蓑玉笠，瓦钵磁瓯。对香醪不羡王侯，执紫蟹遥看岩岫。自酬冷笑云烟辏，弄长笛兴来时候。

樵

秋岭露华收，白鹿闲猿惯从游。爱遥登雄豹，远上龙虬。荷松柴不恋残棋，操斧柄谁衣文绣？纵目一笑林峦瘦，唱山歌暮云时候。

耕

时雨过林丘，领儿向田畴。爱牛肥地润，草净苗稠。夏天长须自勤劳，秋节到要人擎收。社头白酒黄鸡肉，醉归来日斜时候。

牧

春草遍长洲，无虑无愁倒骑牛。爱狂呼大笑，野唱胡讴。弄风前短笛咿唔，沽酒□行人穷究。饭熟尽饱黄昏后，卧蓑衣月明如昼。

补　遗

穷儒吟

英雄闯入饥寒阵，故把苍天问。既与我以才学，为何使我生不辰？朝无以饔，夕无以飧，冻得俺战战钦钦，东走西奔，进退无门。遇此坎坷，何时是应运？空怀席上珍，时不至，谁来聘？德饱饭不饱，身贫学也贫。街市上，卖不得之乎者也；杂粮铺，他不要子曰诗云；楮先生，当不了茶合饭；中书君，充不得饱合温；字如花，做不得冠合带；文似锦，裁不成袄共裙。呜呼已矣，再休说书中有黄金。

时人吊魏休庵散曲

（选自魏林涛主编《博兴文化大观·魏休庵卷》，第355页，线装书局2019年版）

折桂令·吊方石先生（二首）

〔明〕佚名

痛伤怀一世人龙，埋没了酒圣诗豪、词伯文宗。俺只说名齐北斗，福如东海，寿似南松。玉楼记天宫久等，更那堪芙蓉地府馆来迎？羽檄层层，鹤驾匆匆。挨不过百岁韶华，空留下万古芳名。

空留下万古芳名，从今别永杳行踪。冷落满庭松菊，一天星斗，三尺丝桐。再不来几案前挥毫吟咏，再不去园林下对景陶情。笑也成空，话也成空。乌的不痛煞人儿，那里也重会先生？

博兴历代诗汇

附　录

任昉里籍略考

任昉仕南朝宋、齐、梁三朝，是齐梁时期一名十分有影响的文学家和学者。文学史上常讲“沈诗任笔”，任昉的笔冠绝南朝。但任昉里籍何处，却众说不一，大体有三说：一是博兴说，二是广饶说，三是寿光说。广饶说，是因为博昌移徙寿光时，乐安辖博昌，乐安郡治在广饶，无需辩说。寿光说，其依据就是任昉存世之年，即博昌曾移徙于寿光的那一段时间。其说有误，经查阅典籍文献，一一辨析如下。

一、任昉里籍误为寿光已百年

清康熙四十一年（1702）、乾隆元年（1736）的《山东通志》，明嘉靖四十四年（1565）、清康熙十二年（1673）、康熙六十年（1721）、咸丰九年（1859）的《青州府志》，都记载任昉为乐安博昌（今山东博兴）人。这些记载依据的是《南史》《梁书》等正史。据此，任昉是乐安博昌人无疑。康熙十二年（1673）、康熙六十年（1721）、道光二十年（1840）、民国二十五年（1936）的《博兴县志》也都将任昉记载为邑人，并附记了任昉的大量文章。而持任昉寿光说的《寿光县志》，现在能看到的清乾隆二十年《续寿光县志》、嘉庆五年《寿光县志》中则对任昉及其文章毫无记载。

那么任昉里籍何时写为寿光？明确记载乃始自民国《山东通志》，其卷一百六十三《人物·历代文苑》中有“任昉，字彦昇，乐安博昌人（今寿光）”的记述。尔后民国二十五年《寿光县志》即开始以此为据，照抄不误，该志卷十二《人物·文苑》：“任昉，字彦昇，乐安博昌（《山东通志》云今寿光）人。”然后在《任昉传》末考证：“按《齐乘》补注、《海岱史略·任昉传》注云：博昌有二，汉置博昌县属乐安国，今博兴之博昌，取昌水其势平博之义。又，刘宋于博昌故城侨立乐陵郡，遂移博昌于寿光。隋开皇六年，复于博昌故城置寿光县。昉之所居即此。”民国二十五年《寿光县志》将任昉肯定为寿光人的依据，一是“《山东通志》云今寿光”，二是“人云亦云”，再进一步考证徙移博昌于寿光的时间，来证实任昉为寿光人。

以博昌徙移于寿光时间为依据，来断定任昉是寿光人，看似有理有据顺理成章，其实不然。

二、博昌移徙寿光境内时间

公元420年，刘裕称帝，国号宋，史称刘宋。刘宋时期（420—479）的地方行政建置为州、郡、县三级。孝武帝大明八年（464），青州治东阳城，辖乐安等9郡。乐安郡治千乘（遗址在今广饶县城），因战乱，徙博昌县离境侨立于今寿光县地，博昌县属乐安郡；在博昌故地侨置乐陵县，（侨）乐陵郡治乐陵县（今博兴县城东街道故奄城），辖乐陵、阳信、湿沃、新乐、厌次5县。北齐时期（550—577）复将侨乐陵县改名为乐安县。

公元581年，隋文帝杨坚即位。当时政区既多且滥，“或地无百里，数县并置；或户不满千，二郡分领，民少官多，十羊九牧”。鉴于这种情况，隋文帝采纳度支尚书杨尚希“存要去闲，并小为大”的建议，在开皇三年（583）改州、郡、县三级制为州、县二级制。开皇十四年（594）

废青州府，复为青州。开皇十六年（596）复将乐安县改名为博昌县，初属青州，后青州改为北海郡。开皇十八年（598）由博昌县析置新河县。隋炀帝大业初年（605）新河县又省入博昌县，大业三年（607）又改州为郡，北海郡治益都（今青州益都镇）。唐初沿袭隋开皇之制，实行两级行政。唐武德元年（618）改郡为州，武德二年（619）复置乐安县，新置安平县，与博昌县同属青州；同年复置新河县，属乘州。武德六年（623）新河县省入千乘县。武德八年（625）又省乐安县、安平县入博昌县，属青州。总章二年（669）移博昌县治（今博兴寨郝村南）于原乐安县治（今博兴老县城）。后唐同光时期（923—926），庄宗李存勖为避献祖李国昌讳，改博昌为博兴。其后历代相沿至今——自后唐迄20世纪70年代，县治在今博兴老县城，再未徙治。

综上可知，博昌徙移寿光时间在孝武帝大明八年（464），并在博昌故地侨置乐陵县。北齐时期（550—577）将侨乐陵县改名乐安县。隋开皇六年（586）复于博昌故城置寿光县（《寿光县志》），开皇十六年（596）复将乐安县改名为博昌县。也就是说，隋开皇十六年(596）是博昌名实复归博兴境内之时。如此，则博昌徙移寿光境时间为464—596年期间。

任昉生于460年，卒于508年，其存世时间似与博昌徙移寿光境时间464—596年相符合，其实事情并非如此简单。

三、乐安博昌任氏

博昌之名始见于《左传》，先为齐国邑，后为秦国县(县治在今博兴寨郝村南)。当时“千乘、博昌之间，方数百里”。

古今典籍均记载博昌地域在今博兴境内，历无异议。汉高祖刘邦于公元前 206 年置乐安县（治在今博兴锦秋街道老博城），此乐安县名之始。东汉永元七年（95）改千乘郡为乐安国，徙治临济城（今高青县花沟），博兴境内博昌县、乐安县、千乘县、利县属之。质帝本初元年（146）改国为郡，隶属青州，博昌县、乐安县、利县、千乘县属之。综上，乐安国博昌县连称始自公元 95 年，乐安郡博昌县连称则始自公元 146 年，统简称“乐安博昌”。尔后，典籍中才有某人为“乐安博昌人”这种称谓。

《新唐书·宰相世系表》载：“任姓出自黄帝少子禹阳，受封于任，因以为姓。”据《乐安宗系考原》及藏于上海图书馆家谱收藏室的《任氏宗谱》等资料——杨赛先生考证后认为“此谱十分详细，应该是可信的”——任不齐以下至任昉为第三十三世。任氏以任不齐为始祖，《史记·仲尼弟子列传》载“任不齐，字选”，楚人，孔子的弟子。第二十三世任惠，居博昌，起乐安堂，此为任氏乐安郡望之来历。

任昉是乐安任氏的第三十三世，是“汉御史大夫敖之后也”。《元和姓纂》卷五载：“（乐安博昌一支）任敖之后。晋尚书任恺，梁新安太守任昉，生东里。”乐安博昌任氏之历代显贵者，东汉有任旐，历官酸枣、祝阿令；三国魏时有任嘏，“夙智早成，故乡人为之语曰：‘蒋氏翁，任氏童。’”文帝时拜黄门侍郎，累迁东郡、赵郡、河东太守；魏又有任昊，拜太常；晋有任恺，任昊子，拜侍中，封昌国县侯；恺子罕，历官黄门侍郎、散骑常侍、兖州刺史、大鸿胪。任昉的父辈在南朝史书中有载：“父遥，齐中散大夫。”“遥兄遐，字景远，少敦学业，家行甚谨，位御史中丞，金紫光禄大夫。”任昉子东里，官至尚书外兵郎。

综上可知，文献凡曰任氏为“乐安博昌人”，多指今博兴。今人万不可因其人一时或多世在外，而随意夺其里籍郡望。

四、任昉里籍郡望不是寿光

一是因为徙县并非全部徙民，何况任昉出生于460年，即使移徙说成立，任昉出生时，博昌还未移徙寿光。二是此时期在南方还侨立许多北方流徙而来的州、郡、县，侨立青州（治郁州，今江苏省连云港市）、南兖州（治广陵，今扬州，侨博昌县属之）等郡。今供职于上海音乐学院的杨赛博士后，是研究任昉的专家。其于2006年的博士论文《任昉研究》中指出：任昉出身清显，祖上是山东乐安郡博昌县的世族。晋东渡以后，在南兖州侨置了博昌县，即今天的扬州。任家世代居住在这里。任昉的母族是闻喜裴氏，也是著族，与武穆裴皇后是本家。任昉与文惠太子萧长懋、竟陵王萧子良、裴子野是从中表。史志上说任昉是乐安博昌人，主要表明他是北方来的高门世族，但任昉并不出生于乐安博昌，也不生活在乐安博昌。任氏一族随士族东渡，迁居到南兖州。《任氏宗谱》：彦昇世家兖州。也就是说，任昉祖辈从当时在今博兴的博昌直接东渡，侨居南兖州（今扬州），与移徙寿光时的博昌无丝毫瓜葛，也就更谈不上任昉为寿光人了。

正史中与任昉同时代的“乐安博昌人”，还有北魏时期的徐纥、蒋少游，民国《寿光县志》也“顺手牵羊”，将生卒年不详的徐纥列入卷十六《杂记》中，其理由也是“时博昌县移寿光。详《任昉传》注”。若因“时博昌县移寿光”，而将同时代的“乐安博昌人”都列入寿光的话，不知是何原因，反倒没有把最与任昉同时期的“乐安博昌人”蒋少游列入。经仔细翻阅民国《山东通志》卷一百六十八《人物·历代艺术》，原来“蒋少游，乐安博昌人”之后未注“今寿光”，因而未被收入，这大概是《山东通志》之“漏”吧？而因《山东通志》将“国渊，乐安盖人也”的“盖”注为“今寿光县境”,《寿光县志》随之说“《山东通志》云今寿光县境”“故本志亦遵之补录国渊传”。其实，关于盖县是否属于乐安郡，2003 年出版的《山东省志·建置志》“乐安郡”条下未收录，但有注释云:“据清代学者毕沅考证，乐安郡辖县尚有盖县，此不取。”而“东安郡”条下载:“治盖县（遗址在今沂源县城东南中庄乡盖冶村）。”由此可知《山东通志》之误多矣。任昉里籍郡望错为寿光，是《山东通志》的舛误,《寿光县志》只是“遵之”而已。自此，后人不明就里，因而蹈袭任昉里籍郡望为寿光之说，也就在所难免了。

对志书人物的里籍郡望归属，既不可轻弃，更不可盲取。笔者倒是赞同清咸丰九年《青州府志》的态度，该志卷三十九《人物传》末，在考证旧志南北朝人物时云:“(孙）益德本传乐安人。乐安郡领县四,千乘、博昌二县在今乐安寿光。今乐安虽魏郡治，但举郡名，未必即千乘人也。(诸葛）璩《梁书》本传琅邪阳都人，其时沂水尚属青州，自当为璩立传，改曰诸人，不可不辨。又，隋高构、松赟二人皆北海人，旧志有之，已足备考，与孙益德皆存疑可也。”

附记: 2010 年 8 月，任昉研究专家上海音乐学院杨赛博士看到笔者发给他的《任昉里籍略考》一文后，改变了其任昉里籍“寿光说”，而从“博兴说”。其在 2011 年年底由上海古籍出版社出版的《任昉与南朝士风》一书中肯定任昉的郡望在乐安博昌，即今天的山东博兴。若论其里籍，当以博昌故治山东博兴县为宜。2021 年 5 月，修订后的《任昉与南朝士风》由商务印书馆出版发行。

（本文作者为张基地，原载于《博兴文史集粹》，第 118 ～ 122 页，黄河出版社 2013 年版。收入本书时有改动）

骆宾王生卒年考证简述

关于骆宾王的生卒年，史无明载。长期以来，史学家和唐代文学研究者做了不少考证工作，旁征博引，探踪寻迹，提出了多种不同的说法。今仅根据手头书籍及相关资料，稍作梳理，简述如下，以求教诸方家。

一

骆宾王诗文中没有关于其生年的明确记载。北宋王谠所撰《唐语林》卷二中有这样一句话："骆宾王年方弱冠，时徐敬业据扬州而反，宾王陷于贼庭，其时书檄皆宾王之词也。"徐敬业据扬州起兵，是在684年的九月，如果当时骆宾王"年方弱冠"，那么他的生年应在664年前

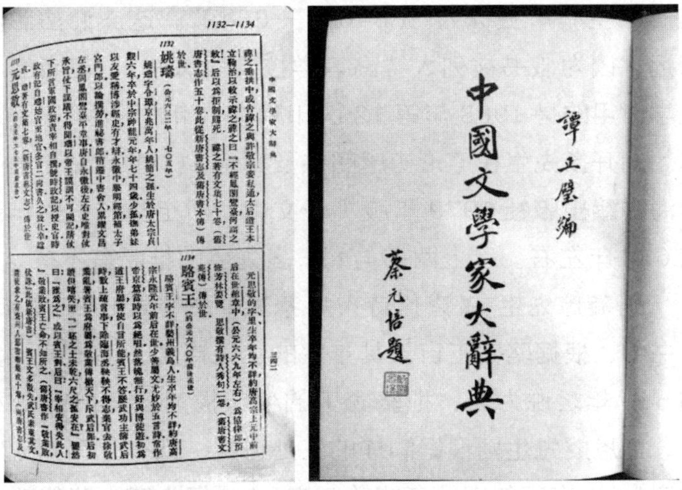
中國文學家大辭典

譚正璧編

蔡元培題

1934年出版的《中国文学家大辞典》书影

后,因古人称男子二十岁左右为“弱冠”。自此直至民国前,也没有关于骆宾王生卒年的翔实考证文献存世。

民国时期，光明书局1934年出版的谭正璧编《中国文学家大辞典》第342页“骆宾王”条目载:“骆宾王(约公元六八〇年前后在世):骆宾王字不详，婺州义乌人，生卒年均不详，约唐高宗永隆元年前后在世。”唐高宗永隆元年,即公元680年,仅提到骆宾王在此前后在世,没有推出其生年。

闻一多先生最早推断出骆宾王生年。1948年，上海开明书店出版了闻一多著、朱自清等编辑的《闻一多全集》,闻一多在《唐诗大系》一文中推断骆宾王生于640年。这是关于骆宾王生年最流行的说法。其后，众多版本的文学史、唐诗选本、文学家辞书等大都采取此说。只是有的在前面加个“约”字，或在后面打个问号。其实，闻一多先生对骆宾王生年的推断仅仅是估计而已，并无充分的资料作为依据。所以，现在有不少人提出异议。

中华人民共和国成立以来，文学研究百花齐放，对骆宾王生卒年的考证亦是各说皆存，其中，人民文学出版社1963年出版的游国恩等主编的《中国文学史》中，骆宾王的生卒年被标为“(640？—684)”。这一说法影响深远，因为该书被列入“高等学校文科教材”，笔者当年上学时用的是1983年第12次印刷本，印数已达778200本。刘开扬先生在《论初唐四杰及其诗》(《唐诗论文集》,上海古籍出版社1979年版)一文中，断定骆宾王生年当在638年左右。以上两书与闻一多先生的推断差不多。

傅璇琮先生在《唐代诗人丛考》(中华书局1980年版)一书中，根据骆宾王自叙其年岁的三处诗文，指出闻一多的640年之说为误，把骆宾王的生年提前到630年或稍前。杨恩成先生则根据同样的三处诗文，即《上司列太常伯启》《上吏部侍郎〈帝京篇〉启》《咏怀古意上裴侍郎》,

反复论证，在刊登于1981年第2期《人文杂志》的《骆宾王生卒年考辨》一文中说：“于是我们可以得出结论：咸亨元年，骆宾王四十九岁。由此上溯四十九年是高祖武德五年，即公元六二三年。骆宾王生于这一年。”

杨恩成先生把骆宾王的生年较闻一多说提前了17年，比傅璇琮的说法也提前多年。郭沫若先生1961年编撰的历史剧《武则天》（载于人民出版社1987年出版《郭沫若全集·文学编》第八卷）中，把骆宾王参与扬州起事时的年龄定为“七十岁前后”（见剧本前面的《人物介绍表》）。扬州起事时间在684年，如果此时骆宾王已经“七十岁前后”，则其生年当在614年左右，即隋大业十年前后。郭沫若在剧本附录二《重要资料十四则》中的《骆宾王二则》强调：骆宾王的年纪是相当老，他曾说“老不晓事”（《上吏部侍郎〈帝京篇〉启》），其《与亲情书》云“某初至乡间，言寻旧友，耆年者化为异物，少壮者咸为老翁”可证。

从以上对骆宾王生年的考证中，可以看出，关于骆宾王的生年，意见分歧是很大的。从《唐语林》的664年左右，到郭沫若的614年前后，相差近50年。之所以如此，主要是因为史料不足，史传既无明确记载，骆宾王自己的诗文中也没有明确提出，这势必造成研究困难，众说纷纭。

相关文史类辞典等书中对骆宾王的生卒年也是众说纷纭，令人无所适从。从下列“辞书中所列骆宾王生卒年表”中，可知其生年有619、626、627、638、640等说，卒年有684、684后、687等说。

辞书中所列骆宾王生卒年表

生卒年	书名及所在卷（册）次等	出版社	时间
640？—?	辞源（修订本）第四册	商务印书馆	1983
约640—?	文学词典	湖北人民出版社	1983
—	中国大百科全书·中国文学卷	中国大百科全书出版社	1986
640？—684？	中国古代诗词曲词典	江西教育出版社	1987
640？—684	新编诗词曲赋辞典	江西人民出版社	1989
约638—?	辞海中卷	上海辞书出版社	1989
约640—?	中国历史辞典	文化艺术出版社	1991
约626—684	文学百科大辞典	华龄出版社	1991
619？—687？	中国文学大辞典第六卷	天津人民出版社	1991
627？—684？	中国文学家大辞典·唐五代卷	中华书局	1992
约640—约684	中国文学大辞典（第一版）	上海辞书出版社	1997
约640—约684	中国文学大辞典（修订本）	上海辞书出版社	2000
640？—684？	中国历史大辞典下卷	上海辞书出版社	2000
约626/627—684后	中国百科大辞典（缩印本）上	中国大百科全书出版社	2001
—	中国大百科全书·中国文学卷第二版	中国大百科全书出版社	2009

二

20世纪80年代，骆宾王同邑后学、浙江义乌人杨柳、骆祥发先生，经过多年广泛搜讨，结合地方文献，细心钩稽，写成《骆宾王评传》一书，于1987年由北京出版社出版。书中附录有《骆宾王简谱》一文，考证骆宾王生于唐武德二年（619），在反武则天兵败后，于南通一带隐名埋姓，遁匿几年之后，带着满腔壮志未酬的遗恨离开了人世，时间大约是垂拱三年（687）。天津人民出版社 1991 年出版的《中国文学大辞典》八卷本中暂取此说，其“骆宾王”条目中载“骆宾王（619？—687？）”。

从“辞书中所列骆宾王生卒年表”中可以看出，在 1987 年出版的《骆宾王评传》中考证出的骆宾王生卒年，并没有没有被大多数编著辞书的学者注意和接受。中国大百科全书出版社 1986 年出版的《中国大百科全书·中国文学卷》第一版、2009 年出版的第二版中“骆宾王”条目中都没有标明其生卒年，第二版比第一版更简明（第一版 1534 字，第二版 628 字），并修正了第一版的错误，如第一版中载：骆宾王，唐代诗人。婺州义乌（今属浙江）人。骆宾王和王勃、杨炯、卢照邻齐名，号称“初唐四杰”；又与富嘉谟并称“富骆”。其父官青州博昌县令，死于任所。他 7 岁能诗，有“神童”之称。父死后，他流寓博山（应为博昌），后移居兖州瑕丘县，在贫困落拓的生活中度过了早年岁月。高宗永徽（650—655）年间，为道王李元庆府属。……事迹见新、旧《唐书》本传。第二版改为：骆宾王，中国唐代诗人。字观光。婺州义乌（今属浙江）人。7 岁能诗，有神童之誉。约在唐高宗显庆年间（656—661）为道王李元庆府属。……对于骆宾王卒年，第一版中云：徐敬业兵败，骆宾王下落不明。《资治通鉴》说他与李同时被杀，《朝野佥载》说是投江而死，《新唐书》本传说“亡命不知所之”，而孟棨《本事诗》则说“当敬业之败，与宾王俱逃，捕之不获。将帅虑失大魁，得不测罪。时死者数万人，因求戮类二人者，函首以献。后虽知不死，不敢捕送。故敬业得为衡山僧，年九十余乃卒。宾王亦落发，遍游名山。至灵隐，以周岁卒”。第二版加上骆宾王“字观光”，改“高宗永徽（650—655）年间，为道王李元庆府属”为“唐高宗显庆年间（656—661）为道王李元庆府属”，对生卒年则只字未提。辞书类权威性莫如《中国大百科全书》，其其对骆宾王生卒年下笔谨慎若此，令人感叹。

自1975年起，白寿彝约请全国数百位史学界、考古界、科技界的专家和学者，历时23个春秋，于1998年底完成《中国通史》的全部编撰工作。由他担任总主编的《中国通史》12卷22册由上海人民出版社于1999年出版。《中国通史》第六卷“隋唐时期”下册丁编“传记”第十八章第四节“骆宾王”中记载：“骆宾王，字观光，婺州义乌（今属浙江）人。生于贞观十一年（637）前后。父亲骆履元，曾为青州博昌（今山东博兴南）令。……骆宾王从小随父到博昌。后父亲病故在任上，他随母亲迁居兖州瑕丘（今山东兖州），过着‘糟糠不赡’‘箪食无资’的艰苦生活。……关于骆宾王在兵败后的下落，各书记载说法不一。《旧唐书》《资治通鉴》等说骆宾王‘伏诛’；而《新唐书》说：‘敬业败，宾王亡，不知所之。’也有书

南通狼山骆宾王墓

说他‘投江而死’。据孟棨的《本事诗·征异》载:‘当敬业之败，与宾王俱逃，捕之不获，将帅虑失大魁，得不测罪，时死者数万人，因求戮类二人者，函首以献。后虽知不死，不敢捕送。敬业得为衡山僧，年九十余乃卒。宾王亦落发，遍游名山，至灵隐，以周岁卒。’”该书中关于骆宾王卒年的引文，与1986年版《中国大百科全书·中国文学卷》“骆宾王”条目的引文略同。骆宾王兵败后的下落还有另一说:据明朱国祯《涌幢小品》卷六《骆宾王冢记》载，明武宗正德九年（1514），于南通发现宾王墓，则其可能客死南通。

34卷本《中国地域文化通览》是国家重点文化工程。中华书局2014年出版的《中国地域文化通览·浙江卷》中，骆宾王的生卒年为“约626—684”。其他关于唐诗的书，如青岛海洋大学出版社1999年出版的夏松凉、夏逸陶编著《唐诗三百首译评》中,关于骆宾王生卒年取“627？—684？”说；复旦大学出版社2006年出版的赵昌平解编著《唐诗三百首全解》中，取“640—？”说。

综合以上粗列的有关骆宾王生卒年的考证及诸书引用，可以看出，主要是由于文献资料的缺乏，关于骆宾王生卒年的考证难以得出令众人信服的确论，因而各说并存。笔者由于在骆宾王的第二故乡博昌（今山东博兴）工作，于1991年在《惠民大众》(今《滨州日报》)上发表《骆宾王与博兴》小文以来，就一直关注有关骆宾王的考证和研究；所撰的《骆宾王与博兴》八千字长文，被黄河出版社2008年出版的《滨州历史与民俗文化研究》一书收入。愚以为:在没有发现新的文献之前,《骆宾王评传》中对骆宾王生卒年的考证足以征引，这主要因为是《骆宾王评传》除对以上文献的征引外，还着重注意了学者的考证,并充分注重利用地方文献,如《义乌县志》《骆氏宗谱》等，补正了正史及其他文献之不足。

对骆宾王相关资料的搜集、考索，是考证确否的关键。如《中国大百科全书·中国文学卷》第一版文末为“事迹见新、旧《唐书》本传”，第二版则为“事迹见《新唐书》《旧唐书》本传和郗云卿《骆宾王文集序》”，参考文献多出了“郗云卿《骆宾王文集序》”；第一版为“骆宾王，唐代诗人。婺州义乌（今属浙江）人”，第二版则改为“骆宾王,中国唐代诗人。字观光。婺州义乌(今属浙江)人”。骆宾王的字、号，在新、旧《唐书》及稗史笔记中均无明载，其“字观光”，即取自《义乌县志》《骆氏宗谱》。

三

《骆宾王评传》的考证,对博兴文献的订正有所启迪：一是有关骆宾王父亲的名字。自清康熙以降，在博兴四部旧县志的《职官志》中皆有姓无名，康熙十二年《博兴县志》“唐令：骆”，小字注“宾王之父”；民国二十五年《博兴县志》：“唐博昌县令骆□□。”小字注：“失名，见其子宾王《与博昌父老书》。”《骆宾王评传》征引《骆氏宗谱》所载《唐博昌县令申一府君梅所先生传》，叙述了骆宾王父亲的生平事迹，与博兴相关者：“义乌骆氏讳履元，字申佑，号梅所，行申一，隋右军长史雪庄翁之长子。……武德间，仕为青州博昌县令，公恕廉明，士民爱戴。”嘉庆《义乌县志》卷十二“士林”条下有“骆履元,宾王父，任博昌”，卷十四“志节”条下有“骆宾王，父履元，官博昌令”。由此，知其父名履元。二是其父任博昌县令的时间，乃为“武德间，仕为青州博昌县令”。后骆宾王父亲在博昌去世，厝棺博昌，未再迁棺义乌等事，已见于《与博昌父老书》等诗文，此处不赘言。

骆宾王何时随父到第二故乡博昌？这一问题很值得

加以探究。《骆宾王评传》附录《骆宾王简谱》中记载："太宗贞观二年戊子（628），骆宾王十岁。……本年前后，骆宾王离开义乌，随父母寓居博昌任所，奉训趋庭，负笈从师，接受齐、鲁学风的熏陶。"骆宾王十岁前后到博昌说，值得商榷。

骆履元于武德年间（618—626）任博昌县令，骆宾王亦应是此间随父母到博昌。据人民出版社 1996 年出版的《中国政治制度通史》第五卷《隋唐五代》卷载，官员之任期：隋初"定刺史、县令 3 年一迁"；"唐制，据《通典》卷 19《职官一》所载，'开元二十五年（737 年）刊定职次，著为格令，自六品以下，率为曹选，居官者以五岁为限……亦一代之制焉。'原注：'一岁为一考，四考有替，则为满，若无替，则五考而罢。'"后多以任职时间为三年。

综上，骆宾王武德二年（619）生，随父母于武德年间（619—626）到博昌时，不是十岁左右，而是绝不会超过七岁。考虑到《骆氏宗谱》载骆宾王还有两个弟弟，大有可能是骆宾王自己一人随父母到博昌，因为千里迢迢，夫妻携带一个小孩子已属路途维艰。因而其父任职四五年间，两个弟弟在博昌出生。如此说来，骆宾王到博昌时则只有三四岁。另据《新唐书·太宗本纪》记载：唐太宗贞观元年（627）"十一月己未，许子弟年十九以下随父兄之官所"，也就是说，此前即有官员携子弟到任所，自此，蒙皇帝开恩，官员可以名正言顺地带孩子或者弟弟到任所居住。

《骆宾王简谱》中载："太宗贞观九年乙未（635），骆宾王十七岁。……本年前后，骆宾王父死任上，厝葬博昌。《上吏部裴侍郎书》云：'徒以夙遭不造，幼丁闵凶……'说明成年之前即遭父丧。"笔者原不以"骆宾王十七岁左右丧父"为非，今经考证，实为不确，因为按官员任期制度，其父不会任职十几年。另外，骆宾王自述"幼丁闵凶"，即“幼丁”之年丧父，这里的关键词是何谓“幼丁”。

《汉语大词典》第四卷429页释“幼”:《礼记·曲礼上》:“人生十年曰幼，学。”

《汉语大词典》第一卷141页释“丁”:旧时指到了服劳役年龄的人。《隋书·食货志》:“男女三岁已下为黄，十岁已下为小，十七已下为中，十八已上为丁。”

《中国历史大辞典》第788页释“纪录”即幼丁纪录。明军士死亡或年老多病，其子弟年龄幼小，在十岁以下，先在卫所登记，待满十岁成丁后再入卫所。

综上可知，“幼丁”为“十岁以下”。也就是说唐武德年间（618—626），即骆宾王三四岁时随父母到博昌，其父任职时间最多四五年。骆宾王十岁以前，其父死于任上，厝骨博昌，一直未能迁回故里。其父死后，他与母亲及两个在博昌出生的弟弟失去生活来源，孤苦无依。正如骆宾王《与博昌父老书》所言“清芬虽远，遗爱犹存”，在博昌父老的关注与扶持下，他才得以求学成才。骆宾王二十二岁离开博昌，移家兖州瑕丘县。

骆宾王三四岁时随父母到博昌，七岁能诗，有“神童”之誉，其“鹅鹅鹅，曲项向天歌。白毛浮绿水，红掌拨清波”的佳诗，稚童皆能吟诵如流。他离开博昌后，闲居齐鲁十几年，常回博昌扫墓，看望朋友。高宗开耀元年（681）春初，他重游博昌，写下《与博昌父老书》。光宅元年（684），其所作的《讨武氏檄文》(《代李敬业传檄天下文》)更为天下人所知，“试看今日之域中，竟是谁家之天下”成为千古名句。正如诗圣杜甫所称颂的:“举天悲富骆，近代惜卢王。”“尔曹身与名俱灭，不废江河万古流。”

（本文作者为张基地，原载于《博兴通史》，中国文史出版社版2020年版，第724～731页。收入本书时有改动）

博兴锦秋亭历史文脉浅考

文脉就是文化的有序传承，虽有间断，但总会续接承传。利用地方志书等文献，考察研究地方历史文化，可为延续历史文脉做出应有的贡献。博兴锦秋亭历史悠久，其文脉绵延，美名远传。清丽壮观的博兴锦秋亭始建于元初中统年间（1260—1264），可谓历史悠久，闻名遐迩。自元初迄今七百余年间，锦秋亭有三次重大建设，元初中统间邑人始建，明嘉靖年间（1522—1566）改建，清康熙五十七年（1718）移建。唯明嘉靖年间改建情况不甚明晰，略重点考述之。文人雅士于锦秋湖边登亭赏景，赋诗作赋，留存了千古绝唱及锦秋亭不同时期的历史场景，尤足珍贵。

一、元初中统间邑人始建

第一个将锦秋亭载入史册并最早在锦秋亭上赋诗的是元代于钦。

元代著名方志编纂家于钦，字思容，祖籍山东文登，后定居益都（今山东青州）。他早年立志为家乡修志，曾说："吾生长于齐，齐之山川、分野、城邑、地土之宜、人物之秀、此疆彼界，不可不纂而纪之也。"后任中书省兵部侍郎，奉命至山东，"于是周览原隰，询诸乡老，考之《水经》、地记、历代沿革，门分类别"，编成《齐乘》六卷。《齐乘》是山东幸存的唯一一部明朝以前的志书。《齐乘·古迹》记载："锦秋亭，博兴东南城上。中统间邑人所建，取坡诗命名。盖齐地菑、时、般、泺众水潴为马车渎以入海，博兴宛在水中，舟楫交通，鱼稻成市。昔尝过之，爱其风景绝类江南，赋诗亭上，云：‘霜风收绿锦，万顷水云秋。海气朝成市，山光晚对楼。舟车通北阙，图画入南州。且食鲈鱼美，吾盟在白鸥。’其鲈虽小，亦四腮，不减松江有莼菜，齐人皆不识，目鲈为‘豸鱼’云。”文中所言锦秋亭“取坡诗命名”，乃是取苏东坡《和文与可横湖绝句》“卷却天机云锦段，从教匹练写秋光”中“锦秋”二字名亭。而后，锦秋亭作为山东名胜被载入《大明一统志》《大清一统志》《山东通志》等志书，且这些志书对锦秋亭的记载多采用于钦《齐乘》中文字。

斗转星移，在时光静静地流逝了四百多年后，乡邦文献对锦秋亭的记载却出现了歧异。知县万云督修、儒学训导迟龙宾总纂的清康熙十二年《博兴县志》，在《方舆志·古迹》中对锦秋亭的记载有了重大改变：“元中统间建。取苏子瞻诗命名。盖邑有麻大湖，舟楫交通，鱼稻成市。子瞻为高密令，过此，爱其风景绝类江南，赋诗云。诗入《艺文志》。后人取‘锦秋’二字名湖，亭向湖立，亦因以名焉。皇清康熙八年，训导迟龙宾捐俸重修。”该文一是将于钦误为从未来过博兴的苏子瞻（东坡），二是将于钦赋于亭上的“霜风收绿锦，万顷水云秋。海气朝成市，山光晚对楼。舟车通北阙，图画入南州。且食鲈鱼美，吾盟在白鸥”诗以苏东坡之名载入康熙十二年《博兴县志·艺文志》中（康熙十二年的《新城县志》亦误采此说），这才有了苏东坡游过锦秋湖之误说。该文的可取之处是点出了湖名来历：“后人取‘锦秋’二字名湖，亭向湖立，亦因以名焉。”可知是以亭名谓濒临东南城墙的湖为锦秋湖。于钦此诗为清康熙《御选宋金元明四朝诗·御选元诗》、康熙六十年《博兴县志》、清乾隆《山东通志》等书收载，诗题为《博兴风景》，有的文献载该诗题目为《题锦秋亭》《锦秋亭》。

诗人大笔淋漓，挥写博兴美丽如画、“风景绝类江南”的秋天景色，诗题以《博兴风景》为佳。

二、明嘉靖年间改建

清朝著名文学家王渔洋，名士禛，字子真，号阮亭，别号渔洋山人，新城（今桓台）人，累官至刑部尚书，于康熙四十三年（1704）罢官归里。其家与博兴隔湖相邻，故其诗文中多有关于锦秋湖的记游文字。他的《锦秋亭记》[①]早于《锦秋亭辨》，这一点可从其将《锦秋亭记》的全部文字置于《锦秋亭辨》的前半部分，后半部分是徐夜《锦秋亭辨》的文字推知。成书于康熙十三年（1691）秋的《池北偶谈》中所载其表兄徐夜的《锦秋亭辨》是不可多得的佳作，其中既有对亭名的考证，也有对当时湖景的真实记载。王渔洋在《锦秋亭记》中记述了他所知道的锦秋亭的改建情况：“由东城骑行而南，舍骑，过石梁，登笔架山[②]。山叠土石为之，三峰起伏，杂植桃柳，锦秋亭在东峰。此亭元中统所建，《齐乘》以为在东南城上，而山乃嘉靖甲辰佥事黄鳌所筑，则亭之移，当在是时也。”[③]其文中“山乃嘉靖甲辰（1544）佥事黄鳌所筑，则亭之移，当在是时也”及“今湖与亭皆称锦秋，盖湖从亭名矣”的考证，多为后人所采信。笔者经查阅四部旧《博兴县志》等典籍，试补正如下。

邑人顾铎（1488—1552），字孔振，号警斋，又号南田，幼年即以才气闻名乡里。明正德丁丑年（1517）

① 见《王士禛全集（三）·诗文集》第2055～2056页，齐鲁书社2007年版。

② 《锦秋亭记》《锦秋亭辨》皆将“笔架山”错为“架笔山”，改。

③ 见《王士禛全集（四）·杂著》第3079页，齐鲁书社2007年版。

进士，授浙江山阴县知县。后曾任刑部主事、汝宁知府、开封知府、信阳兵备副使、陕西太仆寺卿。著有《南田集》。回乡后，顾铎居住在湖边笔架山附近，并于嘉靖二十七年（1548）前建了高大的藏书楼。楼中聚书数万卷，名曰“风云堂”。顾铎在博兴留有大量诗文，既有因兴而作的《退老笔架山》等诗，也有应博兴官绅所请而写的大量碑记，如《博兴县庙学山井记》等。他应邀撰写的《博兴县庙学山井记》载：“近者佥宪黄公鳌分巡至邑，周环相度，谓‘门临陡皇则黉未亨，望属低陷则气不翔’，出罚金买田一十四亩，命构桥台、凿池而亭于台池之上。审若是，亦一邑之胜而藏风气者也，奈何历三令而俱未遑也？”由上文可知，黄鳌仅是出罚金买田，提出了“构桥台、凿池而亭于台池之上”的建议，可惜“历三令而俱未遑”，换了三任县令都没有顾及该建议的落实。“壬子岁，二尹杜君孔禄乃聚土为山，山下凿井焉。”也就是说嘉靖三十一年（壬子，1552），县丞杜孔禄完成了聚土为笔架山、凿井为池的工程（据顾连璧文，杜完成了建桥和筑笔架山的工程，但没有“凿井为池”）。诸生孙应溪[1]及国子生顾存仁[2]等人为此请顾铎撰写了《博兴庙学山井记》。顾铎在文中说：“此令之事也，杜君以丞能为之，亦可记也。然如斯而已乎？”应溪辈曰：“未也。山将增之高也，九仞焉已矣；池将凿之深且长也，怀山及泉焉已矣。山之颠建亭焉，美轮美奂，见者改观也。完矣，黄公之意，亦止于是矣……”顾铎又曰：“犹未也。池深矣，莲芡种焉，鱼鸟翔泳，粲然如锦。山高矣，柏竹植焉，云烟滃郁，巍乎

① 孙应溪：不知所由仕，初为汝宁府照磨，升秀水主簿。清介，能决疑狱。迁丹徒丞，再迁通州州同，以管收皇粮却常例金。寻迁重庆府通判。乞归，殂于道。享祭乡贤祠。未注明出处者，均录自旧志，下同。

② 顾存仁：曾官永安府照磨。博兴老县城原有三世恩纶坊，为明知县顾存仁、同知顾连璧、郎中顾颐建。

莫京。诸生不日取捷而回，拉老夫坐亭中，观花卉竹柏，俯清池胸次，悠然举目，鸢鱼飞跃也。姑记而待之，见厥成也。”顾铎对尚未完成的凿井为池、山巅建亭工程给予了规划并充满希望。

然此文亦有疏略之处。其后，顾连璧所撰的《博兴县学重修风水记》中关于锦秋亭的文字，补正了顾铎文章的疏略之处，以及顾铎逝世后锦秋亭的建设情况。其文曰：“岁甲申，佥宪黄公鳌东巡谒庙，周回览视，谓‘朱雀主文明之象，而南方低陷，非宜’，乃捐金置学田一十四亩，令架桥为山于门之外，业置田已，事竟中止。”“壬子春，县二尹杜君孔禄[①]任其役，即所置田桥者桥，山者山，而黄公之志始成云。”“丁巳，邑侯刘公廷琮[②]复于山后浚井凿池、亭其上焉。”也就是说，壬子（1552）春，县丞杜孔禄完成了桥（迎秀门南的登瀛桥）和笔架山的建设；丁巳年（1557），知县刘廷琮在笔架山后浚井凿池、改建锦秋亭于笔架山的东峰。改建锦秋亭于笔架山的时间乃丁巳年（1557），并非王渔洋所言的“山乃嘉靖甲辰（1544）佥事[③]黄鳌所筑，则亭之移，当在是时也”。顾连璧所撰的《博兴县学重修风水记》中有“岁甲申，佥宪黄公鳌东巡谒庙”的明确记载，相信王渔洋游博兴孔庙时应是见过顾连璧所撰的《博兴县学重修风水记》碑文的，王渔洋的“山乃嘉靖甲辰（1544）佥事黄鳌所筑，则亭之移，当在

---

① 杜孔禄：河南人。嘉靖由岁贡任博兴丞。凿池筑山于学宫前。社民某鬻子女偿课，孔禄代偿，退其银，令其赎女。尝见民有父子兄弟挽而耕者，孔禄以俸助绘图，上当道，请置官牛五百头。

② 刘廷琮：巩昌人，监生。嘉靖三十六年（1557）任博兴知县。

③ 佥事黄鳌：生平事迹不详。各省按察司副使、佥事本有分道巡察之责，既巡察民政、财政、学政，也巡察军政。参见白钢主编《中国政治制度通史》第九卷，人民出版社1996年版。

是时也”之说，则是将“甲申”误记为“甲辰”[①]。这可根据全文的时间逻辑关系细看，不辩自知。

自壬子年（1552）建登瀛桥和笔架山，佥事黄鳌关于县学风水的建议初成。是岁秋，崔应鹤乡试中举人；乙卯年（1555），初旦中举人。丁巳年（1557），知县刘廷琮复于山后浚井凿池、移建锦秋亭于笔架山。戊午年（1558），顾连璧与弟合璧中举人；翌年，顾连璧中进士；辛酉年（1561），于藩中举人；丁卯年（1567），白应乾中举人。可谓文运大开。至壬申年（1572），两科诸生没有中举者，黄鳌认为“文运犹未泰乎”，欲再次进行县学风水整建。时任知县王尧臣[②]应诸生所请，遂与同僚各捐俸若干，仍请士夫乡民尚义者共济美举。“月余乃成，将勒诸石，以征余（指顾连璧）文”，顾连璧“姑摛词以记其盛”。《博兴县学重修风水记》撰文于壬申年（1572），作者顾连璧，字曰温，号文岗。其父顾存仁，字守元，号乐山，以拔贡生任河北永平府照磨。顾连璧好读书，文章博赡雄浑。万历二年（1574）中三甲第60名进士，授盩厔（今陕西周至）知县。后来顾连璧调任嘉兴都丞。死后赠太仆寺卿。其弟顾合璧为举人，授博野县令；顾连珠、顾合珠均为贡生。其子顾颐为万历二十六年(1598)进士。

丁巳年（1557，嘉靖三十六年），知县刘廷琮移建锦秋亭于笔架山（亦名奎山）东脊，更方便游人呼朋唤友，登临赏景，把酒言欢，故有许多吟诵锦秋湖、锦秋亭的诗词歌赋留存。康熙十二年《新城县志》卷四《艺

---

① 此类误写，并非仅见此处！亦曾见其将康熙十二年到徐夜家的时间“癸丑”年误为“癸亥”年！“按：《池北偶谈》卷六载此事作癸亥春。癸亥为康熙二十二年，必晚年纪事偶误也。”参见蒋寅著《王渔洋事迹征略》，中国社会科学出版社2014年版。

② 王尧臣：都昌人，举人。隆庆年间(1567—1572)任博兴知县。

文志》载有王象春[①]撰于万历四十二年（1614）七月十三日的《北湖游记》，这篇游记真实再现了明万历年间锦秋湖及锦秋亭之胜景，“城之南门有亭翼然点苍，曰‘锦秋亭’，元中统间邑人所建”。可惜此文将丁巳年（1557）知县刘廷琮移建于笔架山的锦秋亭，误为“元中统间邑人所建”。今桓台马踏湖中有20世纪80年代末在原址重建的徐夜书屋，书屋之内面南正中悬挂着徐夜的画像，画像之侧端挂着徐夜的诗作，其中有一首《登锦秋亭有怀》：“博昌耆旧日凋零，怀古来登天畔亭。鸿迹偶然留剩雪，鸥盟惟可问漂萍。秋光映水全收绿，山色空浮欲坠青。好醉韩公垆畔酒，东风吹梦未曾醒。”《徐夜诗选注》[②]在其诗下有注：诗人自注“亭下有韩公酒垆”。城里的名店“韩公酒垆”都曾在此开店，可知锦秋亭旁有酒店等旅游服务行业。诗人骚客在亭中饮酒赋诗，抒发情怀，繁华胜景可想而知。正如毛畹《登锦秋亭》诗中所言：“此地谁为主？常来高士游。行行循岸柳，处处见汀鸥。水阔桥通路，亭闲客自留。溪风吹满袖，不觉已深秋。”

三、风雨沧桑锦秋亭

明崇祯十五年（1642），清军窜入山东大肆掳掠。季冬初旬，清兵猝至博兴，城陷，杀掠无数，博兴人民进行了宁死不屈的抗争。笔者多方查阅攻城者资料，在《清代人物传稿》中发现攻城者是清初著名将领赖塔：“当奉

① 王象春：王士禛从祖，官至吏部郎中。

② 张光兴等编《徐夜诗选注》作《锦秋亭有怀》，诗文用字亦稍有不同。参见天津古籍出版社1993年版第151页。

命大将军阿巴泰统兵攻掠明朝内地时，他随军一直打到山东，在进攻新城（在今山东桓台正西）、高阳（今属河北）、霸州（今河北霸县）、寿光、博兴（今均属山东）等城池的战斗中，他都率军先登，五次受伤……”城破后，官民死伤无数，城南的锦秋亭更是首当其冲，被损毁。江苏昆山人徐乾学[①]在顺治十一年（1654）以选贡入京师国子监，至康熙九年（1670）中进士第三（探花），博兴是他进京或返家的必经之路。其古风《博兴》[②]诗中清晰地记录了清初博兴城破败苍凉及博兴民不聊生的凄惨景象：

我行适青齐，秣马博兴城。城门昼常闭，亭午无人行。
土室筑道周，云是锦秋亭。昔时游赏地，零落存两楹。
潴泽荒蒲稗，严冬结层冰。狐狸窜荆棘，鸱鸦群悲鸣。
入城问父老，叹息谓苦兵。博兴数十户，庐舍悉已倾。
今兹二三载，大守多横征。府帖昨夜下，搜括诸穷氓。
瞿目一吼怒，如闻虓虎声。苛政不一端，有土不得耕。
县令贤且惠，暂乃安其生。不然为盗贼，死重名正轻。
听此策马去，恻怆难为情。

此诗应写于顺治十一年（1654）至康熙七年（1668）之间，因康熙十二年《博兴县志》有锦秋亭“皇清康熙八年，训导迟龙宾[③]捐俸重修”的记载。此诗是徐乾学在回京路过博兴时留下的：他在城南外喂马，见城门白天经常关闭，正午也没有行人。路旁破败的土屋，是昔日游赏胜地，而

① 徐乾学：字原一，号健庵，江苏昆山人。康熙九年（1670）进士第三（探花），授翰林院编修。康熙十四年，徐乾学升为左春坊左赞善，充任日讲起居注官。康熙二十六年升左都御史、刑部尚书。曾主持编修《明史》《大清一统志》等，著《憺园文集》等。

② 见《清诗汇》（原名《晚晴簃诗汇》）卷三十六。

③ 迟龙宾：莱阳人。康熙三年（1664）起任博兴训导。

今成为只存两根房柱的锦秋亭旧址。厚冰覆盖的锦秋湖边满是荒芜的蒲草与稗草，狐狸在荆棘中乱跑，鸱鸦成群地鸣叫。他进城后问老年人，他们叹气地说，是苦于战争，现存人家仅数十户，房屋都已倾倒。几年来，青州府大守（即太守）横征暴敛，搜刮穷苦百姓，繁重的赋税、苛刻的法令层出不穷，百姓有土地而不得耕种。幸亏知县贤明仁惠，能暂时安顿生活。如果不是这样的话，大家早就做盗贼去了。徐乾学听了这些话，哀伤得受不了，骑马离开了博兴城。徐乾学的古风《博兴》诗是清初真实可信的画卷再现，留下了弥足珍贵的锦秋亭历史资料。该诗被编入徐乾学撰的《憺园文集》卷三，见《清代诗文集汇编》第124册第293页；还被收入曾任民国大总统徐世昌编选的《清诗汇》（原名《晚晴簃诗汇》）卷三十六。更多的读者读到此纪实诗，都不禁为明末惨遭兵燹的博兴人民及锦秋亭的遭遇而哀叹。

历代地方文人及大家学者对锦秋亭多有诗文吟咏，记载了不同时期的锦秋亭胜景。成书于顺治十三年（1656）的《落笺堂集》中有王渔洋博兴游湖时所写的《笔架山作》诗："笔架山前水正清，博姑城下几舟横。白云无尽秋天远，水国凉思一夜生。"[①] 还有写于康熙二年（1663）的《送家兄礼吉归济南》二首之一载[②]："锦秋湖边稻花凉，锦秋亭下鲈鱼香。垂虹秋色一千里，秋到吴淞思故乡。"此时锦秋亭虽未重修，却也是诗人寄托乡思的著名景点。秋色惹人思乡，王渔洋送别亲人归里后，念及"亭下鲈鱼香"，不禁对家乡的无比思念。康熙十二年《博兴县志·方舆志》载："奎山，一名笔架山，在迎秀门外，累土为之。山上有亭，

① 见《王士禛全集（一）·诗文集》第80页。齐鲁书社2007年版。"笔架山"皆误作"架笔山"。

② 见《王士禛全集（一）·诗文集》第367页。齐鲁书社2007年版。

山下有池，俯瞯城市，远眺湖光，柳色春媚，荷香夏凝，亦一胜也。”注曰:“亭名锦秋,详载《古迹》内。”此即“皇清康熙八年，训导迟龙宾捐俸重修”后笔架山及锦秋亭的景况。

山东清代修志名家李焕章[①]常与博兴友人聚会，其《锦秋湖同人泛舟赋》曰:“余友东莱钱伯衡先生，忠烈名胄，骚雅宗盟，广文蒲姑。其地有孝廉许君镇南，文学马君子唯、王君介士、贾君炅寅，雄文伟望，振动时流。于孟秋之日，暑气已退，凉飔频来，招余锦秋湖上。”其《锦秋八友记》中记载：善琴、善棋、善书、好诗、工画八友者，博邑高士也，被呼为“锦秋八友”，“结盟联社于锦秋亭上。期春之花朝，上巳、清明，夏之清和、端午、天腊，秋之七日、中秋、九日”之时，他们泛舟游湖，吟诗作画，弹琴清唱；“元夕长至，荧籽春灯，爽皑霁雪，则聚饮锦秋亭中，意兴如枏浆，时十五年于兹矣”。李焕章逝世于康熙二十九年（1690），其所记的锦秋亭应为康熙八年（1669）训导迟龙宾捐俸重修后的锦秋亭。李焕章不愧为修志名家，其“结盟联社于锦秋亭上”，记载了博兴历史上第一个文人雅士成立社会团体的时间、地址及活动时间、活动内容。他们坚持活动，“十五年于兹矣”，也就是说康熙八年锦秋亭重修后不久，锦秋亭就成了博兴文人社团雅集活动的场所。

---

① 李焕章：山东广饶人。入清后，不复应举。与人同修《山东通志》《乐安县志》，主纂《临淄县志》《青州府志》。是山东清代修志名家。《博兴县志》所载李焕章嘉文有：《锦秋八友记》《锦秋湖同人泛舟赋》等。李焕章与著名文人顾炎武相友善。顾炎武称赞其文章说“李先生作书，精古文辞，其传记、书序、志表、碑铭出入河东（柳宗元）、庐陵（欧阳修），小品大有眉山（苏轼）意。”今存《织斋文集》八卷及《织斋遗诗》一卷。

四、清康熙五十七年移建

康熙五十五年至六十一年（1716—1722）任博兴知县的李元伟于康熙六十年纂修《博兴县志》，其中《方舆志·古迹》云:“锦秋亭,元中统间,邑人建于东南城上。……亭后移奎山东脊，岁久倾圮。康熙五十七年，知县李相度地势,于旧亭东百余步(按一尺约为0.32米,五尺为一步),得水中小洲，筑使高阔，建亭数楹于上，有曲栏回砌，水色侵阶，花香入户，渔艇往来于绿荷白蘋中，不啻赤县神州之在瑶岛，博邑名胜遂为第一。”由此亦知，康熙八年训导迟龙宾捐俸重修的锦秋亭存世亦不太久。李元伟将湖中小洲“即渚为基，浚下益上，固以金椎，缘以石砌，作亭其上，仍名之曰‘锦秋亭’。书院开于南，郑公祠建于北，鼎峙若三岛然。”他“每当风霜高洁、潦水澄清之候，偕客二三临眺其上，城障西障，东畴一望无垠，惟见黍稷稻粱，穰穰蕃熟，白蘋红蓼，黄叶丹枫，渲染成彩，湖光天光，碧色互相映衬，而鸿雁一声，历落点次于青冥之中。余乃把酒临风，与满沟满车之父老子弟，为之鼓腹而庆丰

康熙六十年《博兴县志·博兴县治图》中锦秋亭位置示意图

年焉”。曾任益都知县的成永健到访过博兴，与博兴知县李元伟等相聚锦秋亭，写有《锦秋湖赋》：

辛丑仲夏，过博昌，与二三友人憩饮锦秋湖亭，荷香拂拂，鱼艇往来。因念斯湖之胜久虚，而李侯开浚支脉，复建斯亭，不减古人先忧后乐也，赋此以记。

九河道久湮，济漯下流塞。昔人浚清河，支脉通海北。
岁改地多壅，法弛人罕力。处处汩洪流，鱼龙枕稼穑。
李侯绾符来，恻然事沟洫。由旧若创始，毁誉不遑恤。
大府任勿疑，功成见泽国。郭外锦秋亭，长湖光欲滴。
油油满稻畦，田田漾莲菂。后乐本先忧，匡济拯所溺。
主人事行役，对兹怀明德。把酒望西浦，夕雨昌蓑笠。
鱼艇三两轻，欸乃杂长笛。

成永健，江苏射阳人。清康熙三十三年（1694）进士，时任日照县令。成永健在康熙五十五年至五十七年（1716—1718）曾任益都知县，其离任后，康熙五十八年（1719）博兴知县李元伟曾兼益都知县。辛丑年是康熙六十年（1721），当时正值李元伟任博兴知县。诗中对李元伟开浚支脉河、复建锦秋亭等治绩多有赞誉。博兴时值太平盛世，其情其景在诗人笔下展现无遗。

仅仅十年，锦秋亭与锦秋书院等已“皆毁”。漫寻其踪，锦秋湖以锦秋亭得名，锦秋亭因湖水丰盛而风光旖旎，其水源于小清河、支脉河二河的长流水，与二河共盛衰。明嘉靖时，治城河（直身河）自城东南龙王庙庄（今锦秋街道东风村）引小清河水入城壕，围城周遭，复东流，由天齐庙而东。明成化九年（1473）开挖支脉河，其水从高苑县（今属高青县境）进境入锦秋湖，从湖东北注龙河洼，流向乐安县（今广饶县）。自康熙五十七年知县李元伟修支脉沟，其流不复至城下。诚如道光《博兴县志》卷二《河渠志》中所言：原支脉河有“流水沟迹，自锦秋湖东下，由大石桥洼、流舟洼（即龙注洼）、宽阔稍洼等处，步步渐低，曲折入海，从无水患。至康熙五十七年，始开挑成河，有博兴高工房[①]不顺水性，引向东北高亢之处，遂致碍难下流，壅水反逆”。[②]支脉河、小清河二河水流不复入湖，故锦秋湖水源奇缺，湖水日少。“扬州八怪”之一的李方膺任乐安（今广饶）知县时，于雍正九年（1731）至乾隆三年（1738）间，多次往来小清河诸水考察。据其水利专著《山东水利管窥略》一书记载：小清河“高苑县之军张闸迤东至博兴之湾头庄，淤塞四十六里，俗呼曰乾河”。当时支脉河流经的锦秋湖，“南北不过一里，东西不过半里，深不及二尺。至于宽阔梢，非湖非泊，不过芦草之荒荡”。锦秋湖已非往日之锦秋湖，自此，湖亭相映，

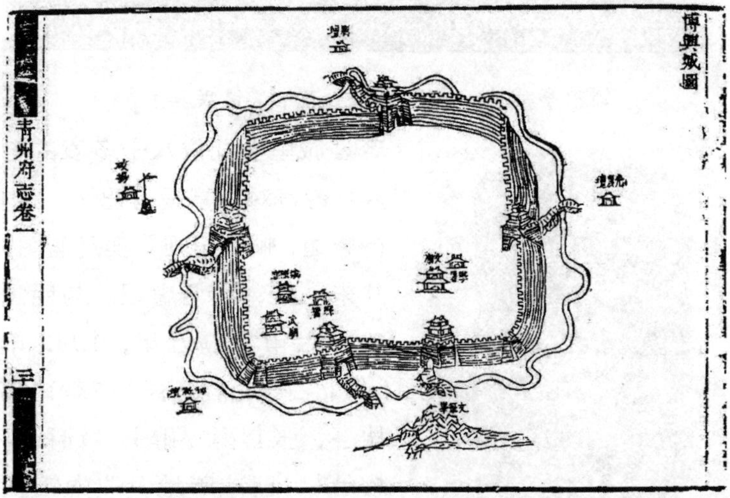

咸丰九年《青州府志·博兴城图》中的笔架山位置标为“文征峰”

① 工房：县衙的工房主管蚕桑、织造、公署修筑、水利兴修、银两销铸等事。按中央六部对口而设之州县官衙办事机构“六房”，即吏、户、礼、兵、刑、工房，具体办事人员为胥吏，正式名称为典吏。此指工房典吏姓高。

② 高苑生员刘魁《请修支脉沟河道状》，写于乾隆五十四年（1790）。

风光旖旎的佳景消失于人们的视线之内。咸丰九年《青州府志》的“博兴城图”中,原笔架山位置亦改标为“文征峰”。

自晚清始，锦秋湖“春夏常涸，秋乃有积潦”，湖已非湖。虽然如此，博兴重建锦秋亭的梦依然存在。民国二十五年《博兴县志》有补记:“民国二十六年二月，县长张其丙因锦秋亭遗址重行修建，顿复旧观。”今经访询

锦秋亭故址(载民国二十五年《博兴县志》)

锦秋亭故址碑
(现存于博兴县博物馆)

老县城里十几位八十多岁的老人，皆言对此亭没有记忆，“重行修建，顿复旧观”实乃蓝图，并未实施，可谓虚记。与民国二十六年相隔五年，1942 年《华北古迹古物综录》亦载:“锦秋亭，张其丙立碑书‘锦秋亭故址’，已成旷地，改为锦秋苗圃。”锦秋亭实已成为纸上的记忆。

七百多年来，锦秋亭几圮几修，已成为博兴文化胜景之象征。历经沧桑的锦秋亭虽已成为纸上记忆，但其文脉绵延

不绝，若锦秋亭重建，实属盛世盛典！祈愿博兴胜地之胜景锦秋亭盛世再现，以赓续历史，美名永传。

〔本文作者为张基地。本文于2022年12月获中共山东省委党史研究院（山东省地方史志研究院）“2022年度全省方志理论研讨会”论文三等奖。收入本书时有改动〕

吕剧起源的珍贵资料
——曹家达《俚歌行》研读

一

时值2022年岁末、2023年岁初辞旧迎新之际，笔者于费时两年所稽考汇编的《博兴古代诗词集》即将杀青之时，又搜寻发现了几首有关博兴的诗词，其中最有价值的是曹家达先生的《俚歌行》。经研读，发现该诗乃是记述博兴民间说唱艺术的资料，因涉及山东吕剧起源，更显珍贵。欣喜之余,特将曹家达《俚歌行》与研读一并发布，与同好共赏，供山东吕剧研究者参考。

原文照录于下：

俚歌行

〔清末至民国〕曹家达

潍邑东关有沙滩，乃白狼河水涸处，春夏之交，歌唱所聚也。听者如环墙，歌毕，则饷钱百十酬其值以为常。有博兴小儿二，时携四弦，奔走城阙间，未之异也。间亦往沙滩。予适往东关见之，问其居址，以博兴东北乡陈户店对，王姓，竹淇其父也。嗟乎！有子而不教以正业，令其以歌唱糊口四方，其父之为人，亦可知矣。途次有告余者曰：彼二孺子以旧岁歉，父母携之来潍，日得钱，以奉其亲，伊父母赖以无缺。夫以士大夫所不能免乞人，子乃行所无事为独难也？予既嘉其孝，为作《俚歌行》以告南北饥驱者，且因以自惩也。辞曰：

杨柳迢迢霏路尘，俚歌嘈哳催芳辰。
白狼河水随春尽，燕子飞来傍路人。
观者环墙钱散雨，博兴小儿击节舞。
自言琅琊大道家，弟及九龄兄十五。
去年年荒家道亏，阿娘阿爷常忍饥。
五月离家未归去，愿得乐土共哺糜。
家住博兴陈户店，到此侨居大属餍。
多钱博得爷娘欢，侵早出门暮还念。
我从客岁来潍阳，骤闻此语心傍徨。
世间那有不根草，道上谁家年少郎？

该诗源自薛仲良等辑《江上诗钞续》卷十四，《江上诗钞（四）》，第1375～1376页，广陵书社2009年版；又载山东人民出版社2020年出版的王志民先生总编纂、王宪明主编《历代诗咏齐鲁总汇·潍坊卷（一）》第85页。

曹家达《俚歌行》写于光绪二十四年（1898），该诗为其客居山东潍县一年后所作。春夏之交，作者客居潍县时，路过卖唱者的场所东关白狼河沙滩，看到有两个孩子卖唱，围观者甚多，“听者如环墙”。有一次，他在去东关途中与孩子相遇，问其居址，得知他们是博兴东北乡陈户店人，父亲名王竹淇。他感叹“有子而不教以正业，令其以歌唱糊口四方，其父之为人，亦可知矣”。半路上有知情者告诉作者，两个孩子是因为遭遇灾荒年，父母带他们到潍县卖唱，“日得钱，以奉其亲，伊父母赖以无缺”。作者因而懊悔自己的误解，“既嘉其孝，为作《俚歌行》以告南北饥驱者，且因以自惩也”。这是作者撰写《俚歌行》的缘起。

二

研究吕剧起源者，多据口口相传的资料，并未亲见吕剧初期演出景象。曹家达先生客居潍县时，既常见演出，又亲自问询当事者和知情者，其所撰的《俚歌行》记录和印证了博兴吕剧发源的初期演出情况。《春秋》杂志2010年第1期首设“齐鲁明珠”县区文史专栏，博兴县政协受命组稿开篇，笔者撰写的《吕剧源流初探》被刊载其中。《吕剧源流初探》考证：“吕剧是由一种很简单的民间曲艺逐步发展起来的。在黑暗的旧社会，军阀混战，民不聊生，春旱秋涝，灾荒连年，人民生活十分困窘。1880至1890年，这一时期的博兴县民间艺人……为生活所迫，四处流浪卖唱，借以乞讨谋生。……伴奏开始用四虎弦，节奏中打梆子。1911年在伴奏方面，又增加了洋琴和坠琴……”《俚歌行》中的“有博兴小儿二，时携四弦，奔走城阙间……问其居址，以博兴东北乡陈户店对”，印证了伴奏乐器是“四弦”，演唱者多为博兴东北部乡村（今吕剧发源地陈户、吕艺、纯化等乡镇）的民间艺人。

曹家达先生耳濡目染了因灾荒为赡养父母双亲，年方九岁的弟弟与十五岁的哥哥，一人操琴、一人击梆，合作演唱的盛况：“观者环墙钱散雨，博兴小儿击节舞。”顿时感慨万千：“世间那有不根草，道上谁家年少郎？”对民间小艺人给予了极大同情与赞赏。

曹家达写此诗的时间，乃据其同学兼好友著名教育家、江苏武进（今常州）人蒋维乔为曹家达作《曹颖甫先生年谱初编》考定。该年谱中载曹家达30岁（光绪二十三年）左右，为候科选班游历湖湘、齐鲁等地，无果而返。然后引证曹家达所著《伤寒发微》中其子曹锡嘉的跋："家君即酷嗜岐黄家言，间为人治病，辄著奇效。时年甫三十，以当时肆力举业文字，未遑问世，嗣后南走湖湘，北游齐鲁……及自潍县归……"对照《俚歌行》中"我从客岁来潍阳"中的"客岁"即"去年"，可知为光绪二十四年（1898）。也就是说，该诗写作时间当为光绪二十五年(1899)。诗中言"去年年荒家道亏"，"去年年荒"当值光绪二十四年（1898），文献记载亦印证无误。中国文史出版社2020年出版的《博兴通史》中记载：民国《博兴县志》载光绪二十四年（1898）七月，黄河由韩家口（今属滨城小营）决口，县境内沿新清河南北六十里（清代一里为576米），田禾均被淹没，水势之大，近年少有。"据次年正月查看山东赈务的溥良奏报：'六七月间济阳、东阿、历城等多处黄河决口，黄河以南尤重，水深四五尺以至丈余，受灾之地长、广十余里至七八十里。禾稼漂没一空，庐舍坍塌殆尽，其民淹毙、疫毙、饿毙者所在多有。其幸而未毙者，则自秋徂冬，绵历数月，大都先淘柳叶以杂糠核而食，继采麦苗屑、棉籽以杂糠核而食。父老每一言及，辄为泪下。此等苦状，以齐东、高苑、博兴为多。'"历史上博兴灾害频发，灾难深重。朝廷的灾后赈济主要包括钱粮赈济、蠲缓、调粟平粜、借贷和工赈等，实际上杯水车薪，无济于事。笔者近期梳理了《清实录》中的滨州灾情资料，发现自光绪元年至三十四年（1875—1908），每年正月及十一月都有光绪帝关于赈灾的上谕，年年有灾，都涉及博兴。据《清会典》（1899）载，清朝山东全省有10府、2直隶州、9散州、96县。光绪朝34年间，少者山东7州县被灾，多者达93州县被灾，博兴都是被灾县之一。查阅光绪朝对受灾州县的政策，仅仅是缓征、蠲缓（免征或缓征）被灾村庄的新旧额赋，并地租杂课有差而已（整个清朝267年间，唯一大开恩的是咸丰帝登基时于咸丰元年豁免山东历城、博兴等八十九州岛县道光二十九年以前民欠银米），家无果腹之粮，因而全家外出逃荒要饭，是灾民的唯一活路。

博兴地势南北高，中间洼，西高东低，呈簸箕状。加之濒河临海，常见的自然灾害有旱灾、水灾、蝗灾、风灾、雹灾、瘟疫、雪灾、霜冻、地震、海潮等，特别是咸丰五年（1855）黄河改道从山东入海以后，黄河的决堤水灾成为博兴最严重的自然灾害。博兴的自然灾害，其种类之多、发生之频繁、危害之严重，在山东省范围内都是极为突出的。每遇不可抵御的灾荒年，博兴百姓举家外出，到东北三省、山西省或省内东南部山区年景好的地方逃荒要饭。以演唱乞讨为生的民间艺人，只有不断提高演出技艺和演出形式，才能更好地糊口，这也是他们生存下去的唯一出路。哥弟二人，手拉四弦琴，伴以梆子节奏，加之舞蹈动作（“博兴小儿击节舞”），自然会观众如潮，散钱如雨。诗中言:“多钱博得爷娘欢，侵早出门暮还念。”由此可知，两个孩子因“父母携之来潍”，其父母并没有天天陪伴他们到演出现场，演出能获得观众的认可，实属大不易。这也得力于其演出形式不断改进，由沿街“跑门子”说唱到“盘凳子”坐唱，进而发展为“拉地摊”演唱。演出时间及场地的固定，是在一个地方能较长时间演出的有利条件。《俚歌行》的珍贵之处就在于最早记录了吕剧前身“琴书说唱”的“拉地摊”演出盛况。1995 年山东人民出版社出版的《山东省志·文化志》中记载 20 世纪初吕剧艺人“长期活动在广饶、博兴、利津、滨县、惠民、无棣、阳信、张店、博山、章丘、潍县和胶东一带的城镇农村”。1921 年以后，博兴、广饶的艺人班社相继进入济南，到省会城市的戏园演出，吕剧才有了更加广阔的舞台。

三

博兴明清时有古道，是登、莱、青三郡至京师的通衢，东上经乐安（今广饶）、寿光至潍县200多里。潍县自古为东莱首邑、北海名城，文风昌盛。明清乃至民国时期，潍县经济、文化繁荣，乾隆年间曾有“南苏州，北潍县”的说法，曾任职潍县知县七年的郑板桥留有“三更灯火不曾收，玉脍金齑满市楼。云外清歌花外笛，潍州原是小苏州”的诗句，成为当时潍县社会民生与民间艺术的绝佳写照。光绪三十年（1904）胶济铁路建成通车，朝廷谕令沿胶济铁路的潍县与济南、周村开放为商埠，潍县在山东的地位之重要，更是自不待言。潍县人口众多，据民国三十年《潍县志稿》卷十三《民社·户口》载，光绪三十二年（1906），潍县有79742户，497328口。《潍县志稿》卷七《疆域·会集》载：“人类生活之所需，必赖交易而后备。是以人口日增者，其市场日盛。潍县�毂胶东，行商坐贾日有增加，故山会市集之设立，亦与人口而俱繁矣。……《光绪乡土志》：集场七十有三，在城内南门者一，在东关沙滩者一，其余七十一皆在乡。”县城东关外的白狼河沙滩，平时还是人们聚会的场所，每逢清明节，据《潍县志稿》卷十四《民社·风俗》载：“小儿女作纸鸢、秋千之戏。纸鸢其制不一，于鹤、燕、蝶、蝉各类外，兼作种种人物，无不惟妙惟肖……惟城外白狼河边沙滩上坎地，竖一木柱，上缀横梁，四面绳系画板，谓之‘转秋千’。小家女子多着新衣围坐画板上，柱下围一木栅，内有人推柱使转，节之以锣。当锣声急时，推走如飞，画板可筛出丈余……”端阳节更是“游观者几于万人空巷，邻县数百里之人，多有来者”。如此诸多的贸易交流及文化底蕴，为演唱乞讨供养父母为生的“博兴小儿击节舞”提供了广阔、持久的舞台。

曹家达游学客居潍县期间，想必熟读过郑板桥的诗作，其《俚歌行》的创作应与郑板桥的影响不无关系。郑板桥《逃荒行》:“十日卖一儿，五日卖一妇。来日剩一身，茫茫即长路……”《思归行》:“山东遇荒岁，牛马先受殃。人食十之三，畜食何可量。杀畜食其肉，畜尽人亦亡……”潍县举人郭悦芝亦有《流民行》，可为胶东饥民逃荒潍县乞食的佐证：“偶出城东门，闲眺白狼涘。有客扶杖来，蹀躞病鹤似。老妪尾其后，襁抱一弱子。共栖枯树根，相对但唏嘘。问自何方来，含悲诉邑里。隶籍胶水东……”郑板桥的《道情十首》其六“尽风流，小乞儿，数莲花，唱竹枝，千门打鼓沿街市”，则是乞儿沿街说唱乞讨的真实写照，与曹家达《俚歌行》所描写东门沙滩“观者环墙钱散雨”的演出相互映衬，展现出不同时期饥民潍县说唱乞讨全景图。

四

《俚歌行》作者曹家达（1867—1937），字尹孚，又字颖甫（后以“颖甫”行于世），号鹏南，晚年别号拙巢子、拙巢老人，江苏江阴城内司马街人。曹氏乃江阴名门望族，据《江阴县续志》卷十《氏族·伞墩曹氏》载：“曹氏先世，宋时由中州南渡。元末曹子英避兵迁居江阴伞墩。曹忠，明成化丁未进士，官工部郎中，子宏，正德丁丑进士，官山东道御史；曹玑，崇祯丁丑

曹家达像

进士，官户部主事；曹禾，清康熙甲辰进士，己未，取鸿博，官至国子监祭酒；曹毓瑛，道光丁酉拔贡，癸卯顺天举人，官至兵部尚书，谥恭慤，《清史》有传。同族举人四人，钦赐举人一人，武举一人。”光绪二十一年（1895），曹家达考取秀才，入南菁书院研求经世之学，时任书院山长黄以周是著名汉学大师兼精医学，曹家达就读其门下，得益甚多。他于光绪二十八年（1902）考中举人，后科举废，即绝意进取，征选知县不应。他 30 岁左右时，曾游学湖湘及齐鲁的潍县等地。

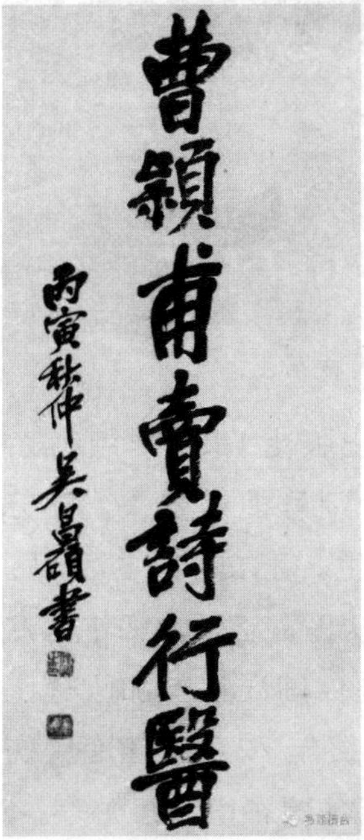

吴昌硕手书

曹家达除致力于学问，研求经训外，能书、善画、工文章、擅画梅，毕生风骨寓于画意。其南菁书院的同学蒋维乔说他“常藉诗文以抒胸臆，而其傲岸之气，又旁溢为画梅。画拟冬心，而老干挺立，折枝洒落，舍遒劲于秀逸，毕生风骨，尽寓于是焉。”民国八年（1919），他迁居上海，被上海中医专门学校聘为教授、教务长，并在上海慈善团体同仁辅元堂坐诊。他文采一流，书画双绝，所以行医之余，也常卖诗赈画。其间，结识了杭州西泠印社首任社长、清末“海派四大家”之一的吴昌硕等名流。民国十五年（1926），吴昌硕曾专门为他写了一幅字：“曹颖甫卖诗行医。”曹家达存世一千五百余首诗，与吴昌硕唱和的有七言律诗《和吴昌硕见赠》《吴昌硕于三月八日嫁孙女诗以贺之》两首。

民国二十六年（1937），抗日战争全面爆发，八一三事变后，曹家达携家归里。12 月 2 日江阴沦陷，7 日，日寇在城内肆虐，一妇女被追逃到曹家达家，他闻声拄杖而出，痛斥日寇，被敌杀害，一代名士慷慨就义。其医学论著有《曹颖甫医案》《伤寒发微》《金匮发微》《经方实验录》等，诗词有《梅花集》《气听斋诗集》等。

1990年移建的曹颖甫故居

《民国人物大辞典》(河北人民出版社 1991 年版)载：曹家达（1866—1938），字颖甫，别号拙巢老人，江苏江阴人，1866 年（清同治五年）生。工文学，善辞章。曾师承秦芍舲、黄以周之医理，后执医。曾任上海中医专门学校教授，并在上海慈善团体同仁辅元堂参加医疗工作。1938 年江阴沦陷，不屈殉难。终年 72 岁。著有《伤寒发微》《金匮发微》《经方实验录》《曹颖甫医案》等。

以上传文，一是传主生卒年有误，应为 1867—1937，终年 70 岁；二是有名有字无号，何来“别号拙巢老人”？

曹家达医著民国时期即有出版，2014 年中国医药科技出版社整理出版了他的《伤寒发微》《金匮发微》《经方实验录》。2022 年，中国中医药出版社编著出版了“中医历代名家学术研究丛书”《曹颖甫》一书。该丛书上至汉代张仲景，下至民国曹颖甫等名医，计102人，对读者了解名医的生平医术，甚有帮助。笔者粗阅《曹颖甫》，获益匪浅，然对曹家达的“生平概述”，亦有商榷之处。一是名、字有误，该书正文开篇即错：“曹颖甫，字家达，一字尹浮，号鹏南，晚署拙巢”，应为名“家达”，字“颖甫”；一字“尹浮”的“尹浮”，应为“尹孚”。有书为证：民国十年《江阴县续志》卷十三《选举志》有“(光绪)二十八年(1902)壬寅科，是年补庚子、辛丑乡举”，“曹家达，字尹孚”。曹家达在江阴壬寅科的10名举人中列第4名。

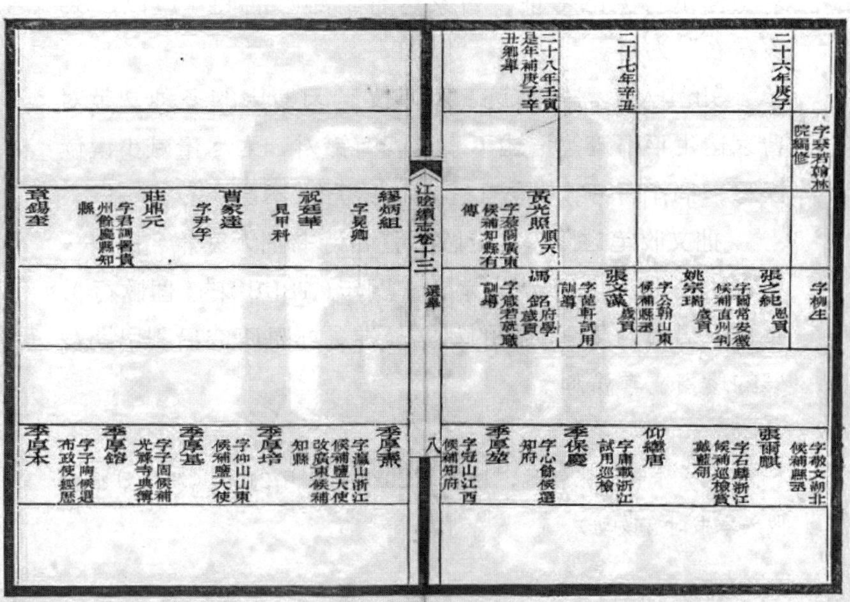
二十六年庚子
字琴若翰林院編修
字栴生
張之純 恩貢 字爾常安徽候補直州判
姚宗瑚 歲貢 字公翰山東候補縣丞
字敬文湖北候補縣丞
張爾麒 字石麟浙江候補巡檢賞藍翎
二十七年辛丑
張文熾 歲貢 字莨軒試用訓導
仰繼唐 字庸載浙江試用巡檢
二十八年壬寅 是年補庚子辛丑鄉舉
黃光照 順天 字蓉閣廣東候補知縣有傳
錫銘 府學歲貢 字威君武職訓導
季保慶 字心餘候選知府
季厚堃 字冠山江西候補知府
江陰續志卷十三 選舉 八
繆炳組 字見卿
季厚燕 字瀛山浙江候補鹽大使改廣東候補知縣
祝廷華 見甲科
季厚培 字仰山山東候補鹽大使
曹家達 字尹孚
季厚基 字子固候補光祿寺典簿
莊鼎元 字君調署貴州餘慶縣知縣
季厚鎔 字子陶候選布政使經歷
貢錫奎
季厚木

《江阴县续志》卷十三《选举志》载：“曹家达，字尹孚”

曹家达曾参与《江阴县续志》编修，任采访，参与该志采访人员共111名，曹家达列第6名。因而应以《江阴县续志》所列曹的资料为是！《曹颖甫》“生平概述”开篇列曹“生于清同治六年(1867)”，该书第7页“曹颖甫年谱”又有“清同治五年(1868)出生于江苏江阴”

一说，且不说同治五年应为1866年，曹生于清同治六年（1867）已是特明晰的事，此书前后不一，编校粗疏，由此可略见一斑。再，该年谱云："清光绪二十八年（1902）35岁。曹氏乡试中举，尝赴山东潍县选班，无合意者，归回故里。"亦有商榷之处！据蒋维乔为曹家达作《曹颖甫先生年谱初编》考定：清光绪二十三年（1897）"30岁左右，为候科选班游历湖湘、齐鲁等地，无果而返。"然后引证曹家达所著《伤寒发微》中其子曹锡嘉的跋："时年甫三十，以当时肆力举业文字，未遑问世，嗣后南走湖湘，北游齐鲁……及自潍县归"两相对照研考，加之笔者对《俚歌行》的考证，曹家达游学潍县时间，应以"30岁左右"为是。

知其人，需知其迹、明其文。因搜集的多种文献对曹家达生平事迹等记述不一，间有错舛，为尽量减少误读误写，稍作研考，赘叙于上，尚望方家不吝赐教。

拙文收笔之际，实应感恩著名诗书画大家兼名医——曹家达先生，他写于清光绪二十四年（1898）的《俚歌行》，是文人最早为吕剧演出的写实长卷，亦是研究吕剧早期发展的珍贵文字资料。

（本文作者为张基地，原载于2023年2月21日《滨州日报》。收入本书时有改动）

作者小传、作品索引

H

J

S

T

附：作者佚名诗作索引

参考文献

（一）丛书

1.《文渊阁四库全书》，上海古籍出版社 1987 年版。

2.《四库全书禁毁书丛刊》，《四库全书禁毁书丛刊》编纂委员会编，北京出版社 1997 年版。

3.《山东文献集成》第一辑，《山东文献集成》编撰委员会编，山东大学出版社 2006 年版。

4.《山东文献集成》第二辑，《山东文献集成》编撰委员会编，山东大学出版社 2007 年版。

5.《山东文献集成》第三辑，《山东文献集成》编撰委员会编，山东大学出版社 2009 年版。

6.《山东文献集成》第四辑，《山东文献集成》编撰委员会编，山东大学出版社 2010 年版。

（二）总集

1.《先秦汉魏晋南北朝诗》，逯钦立辑校，中华书局 1983 年版。

2.《全唐诗》，〔清〕彭定求等编，中华书局 1999 版。

3.《全宋诗》，傅璇琮等主编，北京大学出版社 1991—1999 年版。

4.《全元散曲》，隋树森编，中华书局 2018 年版。

5.《清代诗文集汇编》，上海古籍出版社 2010 年版。

6.《全清词·顺康卷》，南京大学中国语言文学系《全清词》编纂研究室编，中华书局 2002 年版。

7.《日本影弘仁本〈文馆词林〉校注》，林家骊、邓成林著，中国社会科学出版社 2021 年版。

8.《敦煌变文集》，王重民等编，人民文学出版社1957年版。

（三）选集

1.《唐诗纪事》，〔宋〕计有功辑撰，上海古籍出版社2008年版。

2.《宋文鉴》，〔清〕吕祖谦编，中华书局1992年版。

3.《清抄本（青州府）十一县古迹诗校注》，〔清〕乐丰野人七十三集，霁亭先生注，毕义星校注，山东齐鲁音像出版有限公司2022年版。

4.《清诗汇》，〔民国〕徐世昌编选，浙江大学图书馆藏得耕堂1929年刊本。

5.《淄博历代诗选》，柳泉诗社编著，中国文联出版社2011年版。

6.《台湾诗录》，陈汉光编，台湾省文献委员会1971年版。

7.《滨城古代诗歌选注》，关增岭编注，山东友谊出版社2014年版。

8.《江上诗钞续》，薛仲良等辑，广陵书社2009年版。

9.《槜李诗系》，〔清〕沈季友编，浙江巡抚采进本。

10.《历代诗咏滨州·东营总汇》，刘春华主编，山东人民出版社2020年版。

（四）别集

1.《诗经译注》，程俊英译注，上海古籍出版社1985年版。

2.《任中丞集》，〔梁〕任昉著，〔明〕张溥辑，张溥《汉魏六朝百三名家集》辑本。

3.《骆宾王集》，〔唐〕骆宾王撰，〔清〕陈熙晋笺注，王群栗点校，浙江古籍出版社2018年版。

4.《冯惟敏全集》,〔明〕冯惟敏著，谢伯阳编纂，齐鲁书社 2007 年版。

5.《迂园诗》,〔明〕王象艮撰，明万历刻本。

6.《翁山诗外》,〔明末清初〕屈大均著，清康熙刻本。

7.《徐夜诗选注》，张光兴等编，天津古籍出版社 1993 年版。

8.《王士禛全集》,〔清〕王士禛著，袁世硕主编，齐鲁书社 2007 年版。

9.《赵执信全集》,〔清〕赵执信著，赵蔚芝、刘聿鑫校点，齐鲁书社 1993 年版。

10.《李文藻诗文集》,〔清〕李文藻著，丁昌武、隋同文校勘，青州市政协文史委 2013 年版。

11.《志壑堂诗集》,〔清〕唐梦赉著，西湖书林藏版。

12.《御制诗》五集,〔清〕爱新觉罗·弘历撰,清刊本。

13.《白云山房诗集》,〔清〕张象津撰，哈佛大学图书馆藏道光十六年刻本。

14.《家言随记》,〔清〕王贤仪著，哈佛大学图书馆藏同治九年刊行版。

15.《孝友堂铁峰诗稿》,〔清〕张德基著，张调、张讷辑《合刻诗文稿》，清同治五年刻本。

16.《玉函山房诗钞》,〔清〕马国翰著，上海图书馆藏清道光咸丰间历城马氏刻、光绪十年绣江李氏补刻本。

17.《孙承宗集》,〔明〕孙承宗著，李红权辑录、点校，学苑出版社 2014 年版。

18.《林蕙堂全集》,〔明末清初〕吴绮撰，清康熙三十九年刻本。

19.《悦亲楼诗集》,〔清〕祝德麟撰，清嘉庆二年姑苏刻本。

20.《柽华馆诗集》,〔清〕路德撰，清光绪七年解梁刻本。

21.《惜余诗草》（增订本），石天行著，1996 年自印本。

22.《李铁锋纪念文集》，中共温州市委党史研究室、温州中共党史学会编，中国文史出版社 2016 年版。

23.《覆瓿集》，王保泰著，王士鹤存手稿本。

（五）史志

1.《齐乘校释》（修订本），（元）于钦撰，刘敦愿等校释，中华书局 2012 年版。

2.《山东通志》，（清）岳濬修，（清）杜诏纂，乾隆元年刻本。

3.《青州府志》，（清）毛永柏修，（清）李图、刘耀春纂，咸丰九年刻本。

4.《武定府志》，（清）李熙龄修，（清）邹恒纂，咸丰九年刻本。

5.《青州府博兴县志》，（清）万云修，（清）迟龙宾纂，康熙十二年刻本。

6.《博兴县志》，（清）李元伟纂修，康熙六十年刻本。

7.《蒲台县志》，（清）严文典修，（清）任相纂，乾隆二十八年刻本。

8.《新城县志》，（明）王象晋纂修，天启四年刻本。

9.《新城县续志》，（清）孙元衡著，（清）王启涑编，康熙三十二年刻本。

10.《新城县志》，（清）崔懋修，（清）严濂曾纂，康熙三十三年刻本。

11.《高苑县志》，（清）张耀璧修，乾隆二十三年刻本。

12.《黄岩县志》，（明）袁应祺等纂修，上海古籍书店 1963 年版。

13.《顺德县志》，（清）郭汝诚修，咸丰三年刻本。

14.《桓台胜览》，（清）成聿炌著，桓台县民政局

1986年影印版。

15.《博兴文史资料》第四辑，滨州地区新闻出版局1987年版。

16.《博兴文史资料》第五辑，滨州地区新闻出版局1990年版。

17.《博兴文史资料》第六辑，滨州地区新闻出版局1993年版。

18.《博兴文史集粹》，政协博兴县委员会编著，黄河出版社2013年版。

19.《博兴文化大观·文学卷》，博兴县人大常委会编，中国文史出版社2015年版。

20.《博兴文化大观·人物春秋卷》，博兴县人大常委会编，中国文史出版社2016年版。

21.《博兴文化大观·董永孝风卷》，博兴县人大常委会编，中国文史出版社2015年版。

22.《博兴文化大观·魏休庵卷》，博兴县人大常委会、博兴县魏休庵文化研究协会编，线装书局2019年版。

23.《博兴红色记忆》，中共博兴县委党史研究中心编。

24.《博兴故事》，政协博兴县委员会编，黄海数字出版社2022年版。

25.《博兴通史》，政协博兴县委员会、博兴县地方史志研究中心编，中国文史出版社2020年版。

（六）碑帖

1.《陆宝忠、张百熙、徐郙、吴树梅书二十四孝》册页，台北故宫博物院藏。

2.《北魏墓志名品〔一〕张黑女墓志》，上海书画出版社2013年版。

后　记

居诸不息，寒暑推移。经过紧张而有序的搜集、整理、考证、辨别、汇总，如今，《博兴历代诗汇》作为博兴史上第一本诗歌总集，终于完稿，即将付梓。

博兴历史悠久、文化昌盛、风光秀美、人民聪慧，有着久远而深厚的文化底蕴。挖掘、整理、研究博兴的历史文化，是历届县政协的重点工作之一。新一届政协换届伊始，即将《博兴历代诗汇》的编纂明确为文史重点工作并加以推进，方最终促成了该书的面世。相信该书的出版，有助于广大读者进一步了解博兴、热爱博兴、建设博兴，激发人们爱乡爱国、振兴家园的热情。

《博兴历代诗汇》共收录古今180余位诗人的诗作900余首，另有佚名诗作7组，根据诗作来源分属“诗经齐风”“志乘选录”“披沙沥金”“烽火遗韵”“邑人诗集”五个单元，以第一手资料全面真实地反映了博兴历代文坛面貌、历史风貌。

乡贤顾春先生一直关心家乡文化事业的发展，历年来在博兴众多文史书籍的编纂出版过程中提出了大量指导性建议。本书的编纂得到了顾春先生自始至终的关注与关心，顾先生在本书材料搜集、体例确定等方面提供了大力帮助，并慨然作序推介，在此谨志衷心的谢忱。

本书的编纂过程中，在资料搜集、整理、考证、选录、编辑等方面，得到了各方社会贤达慨然提供大量一手资料、珍本珍藏等支持。这些无私的帮助，极大丰富了我们的选编内容，在此一并致谢。

由于编者学力所限，编辑过程中难免挂一漏万，别有遗珠，唯愿以此抛砖引玉，企望方家不吝指正。

编　者

2023年11月